U0544336

Staread
星文文化

密室狂乱时代的孤岛事件

[日] 鸭崎暖炉 著　　丁宇宁 译

北京日報出版社

图书在版编目（CIP）数据

密室狂乱时代的孤岛事件 / (日) 鸭崎暖炉著；丁宇宁译 . -- 北京：北京日报出版社，2023.10

ISBN 978-7-5477-4341-6

Ⅰ. ①密… Ⅱ. ①鸭… ②丁… Ⅲ. ①推理小说—日本—现代 Ⅳ. ①I313.45

中国国家版本馆 CIP 数据核字 (2023) 第 132390 号

著作权合同登记图字：01-01-2023-4101

密室狂乱时代的孤岛事件

出 品 人：柯　伟
选题策划：刘思懿
责任编辑：王　莹
特约编辑：刘思懿
封面设计：尬　木
封面绘画：XuAn
版式设计：李琳璐
出版发行：北京日报出版社
地　　址：北京市东城区东单三条 8-16 号东方广场东配楼四层
邮　　编：100005
电　　话：发行部：（010）65255876
　　　　　总编室：（010）65252135
印　　刷：北京盛通印刷股份有限公司
经　　销：各地新华书店
版　　次：2023 年 10 月第 1 版
　　　　　2023 年 10 月第 1 次印刷
开　　本：880 毫米 × 1230 毫米　1/32
印　　张：11
字　　数：210 千字
定　　价：49.80 元

『证明密室无法解开与不在场证明拥有同样的价值。因此，只要案发现场为密室状态，就应当做出无罪判决。』

——节选自东京地方法院原法官黑川千代里撰写的判决书

人物介绍

黑川千代里……………………28 岁，东京地方法院原法官。

波洛坂耕助……………………35 岁，侦探类博主。

将军音崎………………………32 岁，侦探类原创歌手。

安东尼·詹特曼………………67 岁，宗教团体“晓之塔”的骨干。

外泊里英美里…………………年龄不详，自称是活了上千年的吸血鬼。

大富原苍大依…………………24 岁，大富豪，金网岛主人。

执木浩市………………………27 岁，金网岛执事。

远山羊子………………………25 岁，金网岛执事。

莱蒂西亚·布雷克法斯特……28 岁，金网岛厨师。

山崎医织………………………29 岁，金网岛医生。

葛白香澄………………………17 岁，高中三年级学生。

朝比奈夜月……………………21 岁，大学三年级学生。

蜜村漆璃………………………18 岁，高中三年级学生。

目录

本で初めて密室殺
人が起きてから三年
と四ヶ月が経った

楔子

日本第一起密室杀人案件发生三年又四个月后

“密室是浪漫，是艺术——同时，也是虚妄。”

有个朋友曾写过一篇短篇推理小说，开篇便是此句，我们这群推理爱好者也曾深以为然。那时的我们深信，密室杀人虽华美无比，但若真的将其付诸实践，则毫无意义。可如今想来，我们当时实在是思虑不周，竟会对密室杀人产生如此夸张的误解。

实际上，密室杀人不仅华美无比，还能在现实犯罪中派上巨大用场——一个天才罪犯创造出的完美密室和一位法官世所罕见的愚蠢判决证明了这一点。

这是日本司法史上最应引以为耻，同时也是最严谨的判决。法官宣判时一定羞愧不已。

三年前的冬天，日本发生了有史以来第一起密室杀人案件。在这个国度从未发生过类似案件，这是开天辟地头一遭。司法部门必须给出判决结果。案发现场是一处完美密室，没有一位警察或检察官能想出破解之法。如何处理这种特殊状况自然成了判决的焦点。

换言之，法官必须从两种判决中做出抉择：一、认为被告不可能犯下这桩罪行而判其无罪；二、像无数推理小说中写到的那样，认为密室是无稽之谈而判其有罪。

那位法官最终做出了这样的选择：“证明密室无法解开与不在场证明拥有同样的价值。因此，只要案发现场为密室状态，就应当做出无罪判决。”——鉴于被告不可能犯下这桩罪行，故判其无罪。就像宣布拥有完美不在场证明的嫌疑人无罪一样。

从那以后，密室杀人案件数量激增。

判决过后的第一年，有七十人在密室中惨遭杀害，第二年这个数字上升到九十二人，第三年则上升到一百四十人。日本沦为世界上最美丽的地狱，也迎来了密室的黄金时代。

第一章

密室诡计游戏

密室トリックゲーム

那个杀手坐到窗边，紧紧盯着步枪的瞄准镜。被镜片放大的视野里映出目标人物的面孔。杀手调整着自己的呼吸，静待心跳重归平缓。第一次杀人时，他的指尖曾因恐惧而颤抖，第二次杀人时，他的胸口曾因罪恶感而疼痛。如今，他的手上已经沾满数十人的鲜血，恐惧和罪恶感早已成为过去，但这些情感在他的脑中留下了一片残影，干扰着他指尖的触觉。所以，他尽可能地保持平静，等待着清晨泡咖啡时那种闲适心情的到来。唯有如此，他才能完成好这次的任务。

终于，他的心情如同水面一般平静。他抓住这一瞬的机会扣动了扳机。射出的子弹正中目标头部，目标人物当场死亡。

杀手长舒了一口气，把步枪放在原地，从口袋里掏出一支烟，用打火机点燃。正吞云吐雾时，手机响了。打电话来的是一个替他介绍杀人生意的掮客。

他接起电话，掮客问道："最近怎么样？"之后掮客也不多客套，直截了当地说："有个活儿想让你来做。"

杀手苦笑了一下。那人总是这样，从不知道有"客套话"的存在。但杀手也不喜欢多讲废话，对掮客的处事风格很是欣赏。

杀手答道："有活儿？行啊。"掮客说了句"太好了"，之后像有什么难言之隐似的，又补了一句："不过雇主提了个挺麻烦的附加条件。"

杀手听了这句话，眉头微蹙。他意识到这单生意可能会有些棘手，犹豫着问：“到底是什么条件？”

“他想让你在密室里杀人。”

杀手露出了一丝苦笑。原来如此，这确实是个“麻烦的条件”。

自从密室杀人开始泛滥，一种新职业在这个国家横空出世。那便是专做密室杀人生意的杀手。这些被叫作“密室代理人”的人在杀人时必会把现场布置成密室。无论刮风下雨，他们都一定要在密室里才会杀人。

而杀手自己也曾是密室代理人中的一员。是的，“曾是”——过去式啊。

杀手叹了口气，答道：“我已经不做密室代理人了。我现在只是一个普通的杀手。”

电话那头的掮客不可置信地说：“你在说什么呢！你以前可是大名鼎鼎的‘密室全鉴’啊！”

“密室全鉴”，真是令人怀念的说法。杀手那时候对世上所有的密室诡计都运用自如，所以被世人冠以“密室全鉴”的名号。最先这样叫他的是谁已无从考证，不过渐渐地连他自己也用起了这个名号。这些事不过是发生在几年前，他如今想来却已恍若隔世。那个时候的自己还年轻得很——杀手——“密室全鉴”这样提醒着自己。

杀手兀自沉湎于感慨，掮客终于忍不住说：“拜托了。咱俩都是老朋友了。”

确实，自己刚开始做密室代理人时就认识这个掮客了。不过密室代理人本身也是三年前才出现的新兴职业，所以两个人来往的时间也不算太久。

然而，“密室全鉴”已经决定要接下这单生意了。没有什么具体的理由。他只是很久没有接过密室杀人的活儿了，突然有人给他介绍这样的生意，当然兴致很高。他甚至有点厌恶自己头脑之单纯。果然自己永远也无法拒绝“密室”两个字带来的甘甜滋味吗？

“好，这单生意我接了。”“密室全鉴”答道。

掮客听了雀跃不已，随后又自觉失态似的，一板一眼地说：“这真是太好了。”“密室全鉴”并不讨厌掮客的这一点。掮客是个本性善良、坦率纯朴的男人，他为什么要涉足这个见不得人的行当反倒是个谜团。

“密室全鉴”向这个坦率纯朴的男人问道：“那目标是谁？”

“啊，等等……”电话那边传来了翻动纸张的声音。“目标有好几个，一会儿我把名单给你发过去。不过里面可有个大人物。”

“是谁？”

“大富原苍大依这个人，你听说过吗？”

“密室全鉴”点了点头，自己当然听说过。于是他答道：“知道。日本首屈一指的大富豪。”

据说如果把股票和房地产都算上，大富原的资产将近1兆日元[①]。

“这位大富豪——大富原苍大依，也是这次的目标。另外还有几个人。”掮客说道，“大富原住在‘金网岛’上。那是太平洋上一个远海的孤岛，也是大富原自己的私产。”

“这地方正适合上演密室杀人的情节，跟推理小说一样。”“密

① 约合497亿人民币。——译者注（本书注释如无特别说明，均为译者注）

室全鉴”苦笑一声，“在这座远海的孤岛上，连续密室杀人的大幕就要拉开了吗……”

校园里的樱花树纷纷抖落繁花，长出新叶，令人真切地感受到四月中旬即将到来。新学期开课有半个月了，刚刚升入高中三年级的我——葛白香澄——从校舍的窗户出神地眺望着外面的樱花树。虽然已经成为高三备考生，但我还没能适应这个新角色，学习不算用功，日日沉迷于推理小说。我总觉得自己就像温水里的青蛙，大概不到最后一刻就永远也意识不到事情的严重性吧。“对不起，未来的葛白香澄，”我对未来的自己说，“希望你能过上幸福的生活，我只能为你祈祷了。”

我一边合掌祈求着，一边走过新校舍洒满日光的走廊。走廊尽头光线稍差的地方，藏着文艺部活动室的房门。我推开了房门。

门后，一位容貌不凡的黑发少女正翻阅着一册文库本[①]图书。这个女孩拥有一种令人震撼的美。此刻，她正眯起细长清秀的双眸，认真阅读着书里的文字，表情极为投入。我走近了些，想看看她究竟在读什么书。她注意到我的动作，把书的封面抬起来给我看。书名是《白亚城之谜》。

“昨天从书店买来的。买得有点冲动了。”那女孩——蜜村漆璃——说道。

蜜村是我的旧识了。我们初中时就是同级同学，还一起加入了文艺部。今年一月她转学到我所在的这所高中后，我们又成了

① 文库本：日本一种 A6 大小、廉价且便于携带的平装书籍，以普及知识为目的。

同级同学。后来，蜜村又像初中时那样加入了文艺部，我们得以再续“同部之谊”，经常共度放学后的时光。文艺部的成员只有我与蜜村两个人。我们一放学就会来到这间活动室，看看喜欢的书，打打桌游。部门的指导老师有时也会骂我们：“你们到底有什么活动成果？！”

今天的活动大概也没什么成果。我应该会和蜜村一起悠游自在地度过这段时光吧。

我看了看她举起的那本书的封面——《白亚城之谜》，没听说过。不过我有点好奇：“推理小说？”

“是纯文学[①]。”

“叫‘某某之谜’的书，居然是纯文学？”

“是啊，不可思议吧。我完全被这个名字骗了。”蜜村皱着眉头说，“叫‘某某之谜’的书竟然不是推理小说，真是标题党啊。要不我给出版社发个邮件抗议吧？”

她噘了噘嘴，又心有不甘地说：“不过这本书还是挺有意思的，我也不是不能原谅他们。”

说完，她又把视线重新投向书。今天的她似乎很享受读书。其实我今天本想和她玩桌游的，但眼下的氛围似乎并不适合向她提出邀请。我觉得如果贸然说“今天想和你玩桌游”的话，她大概只会笑着回答我：“是吗？原来你想和我一起玩桌游呀！”这会让我有些恼火，我的自尊心也不允许我这样做。

① 纯文学：一种侧重表达内心体验和抒发内心情感的文学载体，注重探索人的更广阔、更深入的精神领域。与通俗文学相比，纯文学作品可能显得晦涩难懂。

没办法，我只好在文艺部的书架上翻找起来，也想挑本书来看看。

突然，一本满载旧时回忆的书引起了我的注意。我把它抽出来，拿在手里。那是一部文集——虽然勉强算是文集，但实际上异常简陋，它甚至不是一本正式装订的书，而是一沓被订书钉简单地订在一起、印了字的B5复印纸。

不过正因如此，眷恋之情才会涌上我的心头。

那是我读初中时和蜜村一起创作的文集，其中收录了六篇短篇小说，我和蜜村各三篇。

而这部初中时代的文集之所以会出现在高中文艺部的书架上，是因为我刚刚加入文艺部的时候，怀着恶作剧的心理把它带到了这间活动室来，又偷偷插进了书架上。但我至今仍不知道自己当时为什么会这样做。动机不明。或许是希望有人能发现它，然后四处询问它的来历，希望那个和我一起写出这部文集的女孩能成为话题的中心吧。

但直到文艺部的前辈们纷纷毕业了，也没有一个人注意到它的存在。

我翻开了手里的文集。

卷首印着蜜村写的短篇推理小说。开篇第一句是："密室是浪漫，是艺术，也是虚妄。"我不由得笑了笑，这确实是她的风格。

"密室是虚妄吗……"我喃喃道。

现如今，密室绝不再是"虚妄"了。自从三年前的冬天那起杀人案件发生以来，这个世界早已沧海桑田，不复从前。

我拿出手机开始浏览今天的新闻。映入眼帘的消息让我不禁发出一声长叹。

果然——我早已预感到，这样的事情就快发生了。

手机屏幕上显示的新闻是：今晨东京一处公寓内发生密室杀人案件。正好是今年的第六十起。

而今年才刚刚过去三个半月——就在这么短的时间内，已经发生了六十起密室杀人案件。

“今年比往年又快了些。”我如是想道。

文艺部的活动结束后，我走路回家，路上忽然看到自家邮筒里插着一封信。信封用上等纸张做成，我原以为是婚礼邀请函之类的东西，但收件人一栏写着的却不是我父母的名字，而是“葛白香澄先生”。我把信封翻过来，背面寄件人的名字映入眼帘。那里写着“大富原苍大依”几个字。

大富原苍大依——我当然知道这个名字。这位日本屈指可数的大富豪是“大富原工业”公司的社长。大富原工业的产品十分丰富，从电器产品到办公文具均有涉足。最近该公司生产的一款可溶于热水的黏合剂给人留下了深刻印象。它的黏合力足以固定住数十公斤重的物体，但洒上热水后又能轻易溶解并冲洗掉。以此为卖点的这款产品很是畅销。据说用它制作模型十分方便。

我记得大富原相当年轻，不过25岁左右。当然，她并不是大富原工业的创始人，而是从父母手中继承了这家公司。但从媒体的描述来看，她本人绝非泛泛之辈。

可这位大富豪来找我，到底有何“贵干”呢？我既不清楚她为何知道有我这样一个人的存在，更想象不出她特意调查我的住址、给我写信究竟有何意义。

我拿着信进了家门，用剪刀剪开了信封。里面的东西让我不由得睁大了双眼——我一开始对这封信的内容一头雾水，但细细读过后，我发现它远远超乎我的想象。

这竟是一封邀请函，而且是一场解谜游戏的邀请函。

“密室诡计游戏邀请函”——这是信上的第一句话。整封信以瑰丽的字体印刷而成，我大脑一片混乱，反反复复读了好几遍。

终于，我弄清了事情的大概。

大富原似乎想把一众名侦探聚集到她名下的孤岛——金网岛，然后在那里举办名为“密室诡计游戏”的解谜游戏。而赏金足足有 10 亿日元——如果赢得了这笔钱，那后半生都能高枕无忧了。

可问题是，赏金这么高的游戏，她为什么会邀请我去参加呢？

这个问题的答案也在信里写得明明白白。其实我去年十二月曾参观过位于日本埼玉县的一处宅邸，在那里被卷入一桩连续密室杀人案件。信中写道：“葛白先生，您干净利落地破解了那桩连续密室杀人案件，我对您的功绩万分景仰，诚邀您拨冗参加此次游戏。”无论我反复读多少遍，信上都清清楚楚地写着这些话。从某种意义上来说，这几句话也是整封信中最令我不解的地方。

因为我在那桩案件中几乎没有发挥任何作用。揭开真相的人，是我的同级同学、与我同为文艺部成员的黑发美少女——蜜村漆璃。我不过是在她周围胡乱地瞎窜了一通罢了。我也尝试过自己解谜，但总是落后她一步。如今，这封信件的寄件人竟然觉得干净利落地破解了那次案件的人是我——葛白香澄，看来当初的事被以讹传讹，等传到对方耳朵里时已经相当走样失真了。

总而言之，我本不应该被邀请去参加这场游戏。

不过，10亿日元赏金的魅力实在不容拒绝。而且游戏举办时间是下个月的黄金周[①]期间，我虽然还在上学，却也能利用假期去参加。另外，即使没有赏金的事，我对游戏地点——金网岛——也很感兴趣。这是因为，金网岛出于某种原因，在推理迷当中拥有极高的知名度。

所以我一定要去金网岛看看。可我该怎么去呢？装作若无其事的样子接受邀请吗？我正犹豫着，门铃突然响了起来。母亲上班去了，不在家，我又想着自己的事情，顾不上理会它。但门外的人异常执着，又按了好几次门铃。这位客人还真是没礼貌。没办法，我只好打开玄关的门。站在外面的是自幼与我相识的女孩，朝比奈夜月。

夜月有一头蓬松的茶色头发，楚楚动人，不过脑子却总是少根筋，显得呆萌可爱。她前几天刚刚过完生日，现在刚满21岁。

夜月见到我后，就自信满满、大言不惭地说："香澄，我要去找卓柏卡布拉！"

"啊？卓柏卡布拉是什么？"

我嘴上附和着她，心想："这姑娘的脑子终于坏掉了吗？"

"你不知道吗？是一种未知生物，眼睛很大，会抓羊来吃——简单来说，就是外星人。"

---

① 黄金周：日本黄金周假期一般在4月末5月初，时长一星期左右。

我怎么记得卓柏卡布拉不是外星人……不过现在更重要的问题是，她为什么要去找卓柏卡布拉？

“我很喜欢未知生物之类的东西呀，你忘了？那本超自然杂志，叫*MU*的那本，我从记事以来就是它的忠实粉丝。”

这我可没忘，一丁点都没忘。毕竟她以前就说过要去找雪怪之类的傻话。

我叹了口气，诚恳地说：“那你加油吧。找卓柏卡布拉肯定很不容易，但愿你能平安回来。”

希望这不是我们今生见的最后一面。青梅竹马去寻找卓柏卡布拉而下落不明——这种事实在太令人难过了。

夜月看着如此诚恳的我，惊讶地叹了口气：“你说什么呢，香澄！你得和我一起去！”

什么？！

“……你是说，让我陪你一起去南美洲？”

我们的青梅竹马之情倒也没有那么深。

夜月再次露出一副吃惊的表情：“你说什么呢，香澄！不去南美洲，去神奈川。”

这姑娘的脑子终于坏掉了吗？

我使劲揉了揉眼睛，看到的还是她那张自信满满的脸。她好像是认真的——虽然我希望是自己搞错了。

我盯着夜月问道：“那个……为什么找卓柏卡布拉要去神奈川？”

“当然是因为那里有卓柏卡布拉。”

她说这话时的口吻，和说“因为那里有山”一样稀松平常。

“……神奈川怎么可能有卓柏卡布拉呢！”

“就是有啊。你没听说过‘神奈川卓柏卡布拉’吗？”

“神奈川卓柏卡布拉”，这名字听起来好像《东京食尸鬼》的续集一样。

“很久很久以前，地球上没有现在这么多大陆，只有一块超级大陆——盘古大陆。”夜月得意地说，“所以那时候从日本可以走到南美洲，从南美洲也可以走到日本。”

“所以那时候卓柏卡布拉就从南美洲跑到神奈川了？”

“有这个可能，不是吗？”

不，没有，绝对没有。

别说卓柏卡布拉有没有可能跑到神奈川了，盘古大陆已经是几亿年前的事情，那时候日本列岛存不存在还不一定呢。

总之，我不打算陪她去——说实话，我现在也顾不上什么卓柏卡布拉。正思索着，我的目光无意识地落在了手头的邀请函上。夜月眼尖地注意到那封邀请函，好奇地问：“香澄，那是什么？”

她像个盗圣一样，以迅雷不及掩耳之势把邀请函抢了过去，看完后却脸色突变：“金网岛……”

夜月睁大双眼，念出了邀请函上那座孤岛的名字。我对她的反应有些意外，偏过头问她：“你知道这个地方？”

“不是知不知道的问题……”夜月困惑地说，“我要去的也是这儿。因为神奈川卓柏卡布拉就住在金网岛。”

一个月后的黄金周。我正倚在船舷扶手上，出神地眺望着万里晴空下的汪洋大海。海风吹过，令人心旷神怡。我像卧在向阳处的猫一样懒懒地打着哈欠，目光追逐着游船在海面上激起的浪花。

今天早上，我和夜月按邀请函上所写的日期和具体时间到达港口。果然，一艘开往目的地金网岛的游船准时驶入港口。我已提前告知对方会带着夜月前来，所以我们两个人一路畅行无阻地上了船。这是一艘能容纳二十人左右的大型游船，但今天的乘客只有我与夜月两人。在我的询问下，船长告诉我们，游戏的其他玩家已经于前一天抵达了金网岛。只有我们两人因为还是学生无法请假，这才推迟一日出发。

“大概要一个小时。”

游船离开港口时，船长如是说道。他似乎是大富原经营的船舶公司的员工，在大富原请客人上岛时，负责迎来送往的工作。

游船航行在太平洋上。我正靠在船舷扶手上回想着船长的话时，客舱的门开了，夜月来到了甲板上。她的眼睛红红的，像哭肿了一样。我被她的表情吓了一跳，转念便猜到了原因。刚才夜月一直在客舱里用平板电脑看电影。这部意大利片是公认的催泪之作。她大概是为此而落泪吧。我也曾看过这部短片，的确质量很高，所以我很能理解夜月的心情。想到这儿，我刚要开口表达共鸣，夜月却打断了我：“不是因为那个。”

她擦了擦哭肿的双眼，让我看平板电脑界面。屏幕右上角分明写着“无信号”几个字。

“怎么这样啊？太过分了！”夜月使劲吸了吸鼻子，“正看到精彩的地方，突然就卡住了。”

我拿出手机，看了眼手机界面，也没有信号。但这也没办法。我们离陆地已经有相当一段距离了。

“真是的。我还想知道后面怎么样了呢。”夜月发出一声哀叹，“真的是最精彩的地方。”

“你看到哪儿了？”我之前看过这部电影，忍不住想炫耀一下。

“就那个镜头，”夜月似乎还在回味刚才的情节，“主人公躲进楼里狙击敌人的那个镜头。”

原来是那个镜头。恋人被挟持为人质，而主人公成功演绎了一次不容失败的狙击。的确很热血，也很感人。但我对那个镜头却有自己的看法。

于是我清了清嗓子：“我觉得那个镜头有点违和。”

“违和？”夜月侧过头，“哪里违和？”

这个问题正中我下怀。我得意扬扬地说：“主人公，也就是那个狙击手，不是用步枪打中敌人的头了吗？”

“嗯，砰的一声，在坏人的头上开了个洞。”

“但主人公用的那把枪是阿森纳武器公司生产的巴雷特 M82，那是一把反器材步枪。”

“反器材步枪？”

“反器材步枪是一种专为攻击装甲车等军用器材而设计的步枪。”我告诉她，“也就是说，它不是用来攻击‘人’，而是用来攻击‘物’的。所以它的威力也很强。如果用它来射击人的头部，绝不会像电影里演的那样在头上打出一个漂亮的洞，而是会头骨粉碎，脑浆四溅。”

“头骨粉碎，脑浆四溅……”

“是的。毕竟反器材步枪连 20 毫米厚的铁板也能击穿。人头在它面前实在不堪一击。如果用它打人的躯干的话，那身体会变得像奶酪一样千疮百孔。它的威力就是这么强。”

“身体变得像奶酪一样千疮百孔……”

“对。所以那个镜头——敌人明明被反器材步枪打中，但尸体太完整了——这有点脱离现实。就因为这电影这么精彩，我才希望它能把这些细节都做到位。”

我像跟谁辩论似的充满激情地说着，夜月却满脸震惊。

“你在说什么呢，香澄！”她的语气中带着几分斥责，“头骨粉碎，身体变得像奶酪一样千疮百孔——这种镜头怎么可能出现呢？那可是一部爱情电影啊！”

这么说倒也没错。

“香澄，我劝你重新思考一下，什么才叫爱情电影。”

夜月耸了耸肩，露出一副“这家伙已经无药可救了”的表情。

我恼火不已，正想说点什么来反驳她。夜月却突然惊呼道：“你看！”

“能看见岛了！”她顺着地平线指向远方。

我沿着她手指的方向看去，确实能隐约看到我们此行的目的地——金网岛。它的诡异让我有些喘不过气来。

上船之前，我已经查阅了很多关于这座岛的资料，但当它真真切切地出现在我眼前时，我还是被它的气势震慑到了。

这座孤岛浮在地平线上，四周围满了高高的围网。这些用金属丝网做成的围网高达30米，把这座直径500米的岛屿整个围在了中间。

夜月喃喃地念出这座岛的名字："终于到了。金网岛。"

金网岛上地势少有起伏，处处都是繁木，形成了许多小型森林。在离岸边1米左右的海里，有一道用混凝土砌成的高50厘米、厚50厘米的围墙。它把整座岛屿围在中间。而在围墙之上，则立着金网岛最具标志性的围网。围网高30米，网孔为边长5厘米左右的菱形。金网岛就是被这样的金属丝网围在了中间，看起来像是一处要塞，又像是一座监狱。但把它打造成今天这个样子的，并不是它的现任主人大富原，而是从前的主人——身负盛名的推理作家理查德·摩尔。

理查德·摩尔于20世纪20年代——也就是推理小说黄金时代——在英国崭露头角，是一位与阿加莎·克里斯蒂、埃勒里·奎因、约翰·狄克森·卡尔等人齐名的传奇小说家。而与其他几位小说巨匠不同的是，理查德·摩尔十分长寿，直到2010年才以101岁高龄去世。而且，他是在日本，在金网岛这座完美体现出他理想的孤岛上，度过了晚年时光。

"金网岛"是摩尔这位"日本通"起的俗称。这座岛的正式名称其实是"满月岛"。但现在所有人都叫它"金网岛"，没有人再提起"满月岛"这个正式名称，甚至有些地图都直接将它标注为"金网岛"。

因此，金网岛在推理迷的圈子里是尽人皆知的圣地。然而最近，它却因为别的原因而为圈外人所熟知。摩尔去世后，金网岛被某位资本家买下，后来又被转卖给现在的所有者——大富原。这是半年前发生的事。那么，之前那位资本家为什么要把岛转卖给大富原呢？

是资金的原因吗？不是。单纯是因为那位资本家得了心病。

事情得从前年说起。

前年和去年连续两年，岛上的一座小别墅内都发生了密室杀人案件。

换言之，这座岛上已经有两个人在密室中殒命。

岛屿四周的围网上只开了一道门。游船停在了门前的栈桥旁。门上装着监控摄像头，门边则站着一位身穿执事服装的年轻女子。她个子很高，眉目清秀，一头乌黑的秀发整整齐齐地束在脑后。

我和夜月下了船，走上栈桥。船长也没跟我们多客套，只留下了这样一句话就掉头返程："黄金周结束以前，也就是4天之内，我不会再来岛上了。"

我们走过栈桥，来到门前。穿着执事服装的女子朝我们露出和善的笑容。

"我是受雇于大富原女士的执事，远山羊子。"

说完，她朝我们微微鞠躬行礼。我和夜月也赶忙鞠躬。

"执事羊子小姐……"我听到夜月的自言自语。大概是因为"执事"和"羊子"两个词读音相近[①]。夜月很喜欢借助谐音来记人名。

① 日语中，"执事（shitsuji）"和"羊子（hitsuji）"的读音很接近。

执事羊子小姐从口袋里取出手机看了看，然后问道：“是葛白香澄先生和朝比奈夜月小姐吧。”手机上显示的应该是宾客名单。

“欢迎二位大驾光临。我带你们去跟大家会合。”羊子的笑容中带着威严。

我侧过头问：“‘大家’是谁？”

“当然是游戏的其他玩家。大家已经到齐了。”

听她这么一说，我想起其他玩家确实已在前一天上了岛。

羊子小姐转过身进了门。我和夜月也穿过大门，踏上了金网岛。

我无意间看了看手机屏幕，果然还是没有信号，连无线网络信号也没有。

“固定电话是可以正常使用的，”羊子小姐说，“因为电话线可通过海底电缆连接到日本本土。”

“那只要电话线不被割断，我们就能放心啦。”夜月开玩笑似的说。

我们沿着海岸线，绕着金网岛缓缓散步。隔着金属丝网，可以看到在离金网岛不远的海面上还有一座岛屿。它位于金网岛北侧，离金网岛只有数米的距离。它虽然整体看上去起伏变化较少，但北部隆起一处海拔 40 米左右的小丘，小丘上靠海一侧有一座宅邸。宅邸距我站立的地方约有 500 米，但它却是一座巨大的西洋式宅邸，所以即使隔这么远肉眼也能看清。

“那座岛是？”我问道。

“好像以前是某位资本家的所有物。”羊子小姐答道，“现在似乎成了一座无人岛。我从没见过那上面有人点灯。”

“是吗？那岛真不小。”夜月说。

“它的周长大概有500米。”羊子小姐说，“据说如果从空中俯视的话，它看起来就像个月牙，所以叫月牙岛。”

这名字起得可真随便。金网岛的正式名称是满月岛。月牙岛，满月岛——让人觉得起名的人很是敷衍。

我沿着沙滩漫步，又把目光投向金网岛。可以看到，岛上稀稀落落地散布着一些小别墅。小别墅样式不一，既有最常见的那种用原木搭成的，也有用石块或砖瓦砌成的。

“岛上小别墅的样式真不少啊。”我说。

“据说都是推理作家理查德·摩尔建的。”羊子小姐答道。

我们边闲聊边往前走，忽然看到沙滩上也立着一座小别墅。而且在小别墅的前面还搭着一顶帐篷，像是有人在露营一样。想到这儿，我又往前走了两步，终于看到正在生火的少女的身影。她似乎真的在露营。少女觉察到我的动作，朝这边看了过来。

那少女宛如白雪一般，头发、肌肤、身上穿的连衣裙都是一片纯白，唯有瞳仁是赤红色。她是白化病患者吗？不对，白化病患者通常畏光，不会在沙滩上露营吧。那她究竟……

纯白少女烤着火，上下打量着我们几个人。从年纪判断，她大约是个初中生，长发梳成两个马尾辫，美丽的容貌和神秘的气质相得益彰。

少女盯着我们看了一会儿，终于朝我们轻轻招了招手。我和夜月像被她引诱了一样走到她身边。少女取了两串用火烤好的棉花糖，突然朝我递了过来，速度之快简直像是要刺中我一样。

“赐予你。”少女说[①]。

啊？为什么要给我？

少女露出一副嘲弄的表情：“赐你烤棉花糖，何需理由？”

这……还是需要的吧？

“香澄，你就拿着吧。”夜月同情地说，“你再不给她个面子，那她未免也太可怜了。”

“别把人当成可怜的小孩！此物，赐予你。”少女说着，又另拿了一串烤好的食物，这次递给了夜月。

夜月看了看上面穿的食材，疑惑地问：“那个……这是什么？”

“此乃烤软糖是也。”

“烤软糖……”夜月露出绝望的表情，“而且这是哈瑞宝[②]的可乐味软糖吧？”

“噫，有眼力。你认得此物？此乃世上最美味之烤软糖，哈瑞宝可乐味是也。”

“我不想知道这些乱七八糟的知识！”

夜月快要哭出来似的，接过那串穿着软糖的烤串，战战兢兢地把它送入口中。她的好奇心也太强了。夜月表情扭曲着，一边哈着气，一边大口吞下那烤软糖。忽然，她睁大了双眼：“好吃！”

真的假的？！肯定是骗人的吧！

“那个……你是什么人？”我满腹狐疑地问。

---

① 原文中少女说话语气类似于日本古语，故如此翻译。

② 哈瑞宝：德国知名糖果制造商。

少女露出一副“你终于问到这个问题了”的表情，轻轻把手抬起至胸前，手掌朝内，报出自己的名字：“本小姐乃外泊里英美里，长命千年之吸血鬼是也。”

嗯……至少她告诉了我们，她是个怪人。

“外泊里英美里妹妹……”夜月说，“在外宿泊的外泊里。”

她看起来的确像是住在屋外的这顶帐篷里。

“同时，也是吸血鬼……”夜月喃喃地说，不知在沉思些什么。终于，她像是忽然想起了什么，震惊地说：“莫非……传说中金网岛上的卓柏卡布拉，说的就是你？！”

串起来了！所有事都串起来了！

“非也。与本小姐无关。”

她否认了！外泊里干脆地否认了！

“吸血鬼与卓柏卡布拉，本就相差十万八千里。二者之区别，堪比蝙蝠与美西螈。”

这么一说，确实差别很大啊。

“且本小姐从未听闻金网岛上有什么卓柏卡布拉。你从何处听来？”

夜月擦了擦眼泪：“在 *MU* 上看到的……”

她太轻信 *MU* 了。

外泊里把烤好的棉花糖递给夜月。夜月接过来，边哭边吃。

我重振精神，接着问：“话说回来，外泊里你为什么在这种地方露营呢？”

“明知故问。”外泊里抚摸着自己的白发，“自然是因为，露营乃本小姐之兴趣。”

“露营是你的兴趣？”我皱了皱眉，“你不是说自己是吸血鬼吗？”

“什么叫‘说自己是’？本小姐乃如假包换之吸血鬼。”

“外泊里小姐是大富原女士的朋友。”羊子小姐说。

“正是。”外泊里微微颔首，“大富原说黄金周将至，请本小姐上岛游玩。住在小别墅里也是无趣，本小姐便来沙滩搭起帐篷。金网岛乃绝佳露营场所。还能在小别墅里淋浴打水，岂非如露营地一般？”

听了这话，我有点吃惊：“所以，你不是来参加这次游戏的？”

“游戏？哦，那个‘密室诡计游戏’？”外泊里说，“听起来很是有趣。本小姐也极想参加，但大富原拒绝了本小姐。”

“是吗？”

“那厮自视甚高，竟说出这样的话，”外泊里面露怒意，模仿着大富原苍大依的语气说，“‘十分抱歉，外泊里小姐没有资格参加。因为只有被层层选拔出的侦探们才能参加这场游戏。’”

和外泊里告别后，我们又沿着沙滩走了一阵，来到一处石阶前。登上石阶后，上面是沥青铺成的双车道。我们沿路而行，不一会儿就在右手边看到了盛放的樱花树。

是的，樱花。虽然已是五月，但这些樱花依然盛放着。虽然从花期来看，八成不是染井吉野[1]，但它们的美丝毫不逊于染井吉野这个樱花名种。

---

① 染井吉野：日本樱花中最常见、最知名的品种。

“哇！真美！”夜月感叹道，“好浪漫。”

“的确开得很美。”羊子小姐说，“这是名为‘染井遥野’的特殊品种。据说全世界一共只有几十株。其中一株就在这座岛上。”

“是吗！那的确很贵重啊。”

我附和着她的话，抬头看向眼前这棵高达10米的樱花树。单是看着那如帷幕般遮天蔽日的满树樱花，便觉得心旷神怡。我觉得它的花瓣甚至比染井吉野的还要红些。

“确实如此。”听了我的感想，羊子小姐如是说道，“毕竟它一直在吸食人血。”

我突然听到了什么不得了的话，立刻追问她：“啊？这话是什么意思？”

羊子小姐没有回答，而是飞快地指了指樱花树的另一侧。顺着她手指的方向——在离树荫10米左右的地方立着一座小别墅。在灿烂繁盛的樱花的映衬下，那座小别墅简直像是隐形了一样。

那是一座用金属建成的小别墅，形状近于长方体，四面的墙壁上雕刻着正方形的方格花纹，看起来像某种巨型魔方。外墙统一为银色，宛如镜子制成的箱笼一般。

我问羊子小姐：“这座小别墅有什么问题吗？”

羊子小姐有些惊讶：“嗯？您不知道吗？这座岛上曾发生过密室杀人案件。”

听了这话，我猛地想起来：“莫非，这座岛上两起密室杀人案件的现场就是……”

“是的。两次都是在这座小别墅里发生的。”

我忽然感到自己的心在狂跳。

这座岛上曾发生过两起密室杀人案件。第一起在前年，第二起在去年。而且两起都发生在五月。正好是岛上血色樱花盛放的时节。

“是的。两次都是在樱花盛开的时候发生的。”羊子小姐说，“所以这座岛上出现了一个传说——一旦在樱花季住进这座小别墅，就一定会在密室中惨遭毒手。就像之前那两次一样，在上了锁的房间内，被斩首杀害。”

听了她的话，我想起以前读到的新闻报道。确实，被害者都是被斩首杀害的。而且不是在死后被斩首，而是在活着的时候就被利刃活活割下头颅。

割下身处密室者的头颅，这自然是“不可能之事”。

因此，人们心怀畏惧地给这个太过完美的密室起了一个名字。

“这就是日本四大密室之一，”我喃喃地说，“金网岛斩首密室吗……”

所谓“日本四大密室”，是指发生在日本境内，破解难度最高的四起密室杀人案件。其中又数发生于三年前的第一起密室杀人案件——俗称“元初密室”——难度最高。

我当然对这些信息非常熟悉。但亲眼看到这座密室时，我还是惊叹不已。说句不太恰当的话，作为推理迷中的无名小卒，我实在无法拒绝这种层次的密室的魅力。

“我没听说过什么日本四大密室，”夜月说，“但每到樱花盛开的季节，一定会发生密室杀人案件——真的会有这样的事吗?

不是单纯的偶然？”

“或许现有的样本的确太少。”羊子小姐说，“密室杀人案件到目前为止只发生过两次，也可以把它们解释成偶然。密室杀人案件和樱花季之间的联系虽然是我提出来的，但我自己也不是很确信。我只是很喜欢这种都市传说一样的传言，所以总想跟别人聊一聊。”

羊子小姐害羞地笑了。夜月见了，不禁感叹：“真是奇怪的爱好。”——跑到孤岛来找卓柏卡布拉的人，竟然也能说出这样的话。

“不过……”羊子小姐接着说，“不管这个传言听起来有多迷信，它总有万分之一的可能性是真的。所以我不建议你们在樱花季入住这座小别墅。如果真出了事，那说什么都晚了。可是……”

羊子小姐不知为何，有些支支吾吾。

就在这时，小别墅的门哐啷一声开了。从门内走出一位打扮得像夏洛克·福尔摩斯一样的微胖男人。我疑惑地“嗯”了一声，看向羊子小姐，不解地问：“莫非，已经有人住进去了？”

羊子小姐无奈地皱了皱眉：“我已经劝过他了，不过……”

那个人要住在这里？真的假的？！

我把困惑的目光转向这位从小别墅里走出来的男人。他看起来35岁左右，留着八字胡，虽然身材较胖，但五官立体，瘦下来的话大概会很有男性魅力。

我正胡乱想着，旁边的夜月不知为何脸色突变：“难道他就是波洛坂耕助？”

那是谁？

夜月惊讶地耸了耸肩："香澄，你难道不知道吗？那个侦探类博主，波洛坂耕助！"

"所以……那是谁？"

"香澄，你真是没常识。"

"就因为我不认得一位博主，你就说我没常识，这没必要吧。"

话说回来，他明明叫波洛坂耕助，却既不模仿波洛[①]，也不模仿金田一耕助[②]，反而穿着一身夏洛克·福尔摩斯的衣服，这是什么思路？

"话说，那位波洛坂先生为什么会住在这座不太平的小别墅里？"我问羊子小姐。

波洛坂似乎听见了我的问题，亲自答道："本大爷是……"

嗯，自称"本大爷"的波洛坂。

"本大爷的频道叫'波洛坂的本格推理频道'。里面有个很出名的主题，那就是——本大爷去找各种有故事、有历史的推理圣地，然后住到里面。"

"住在推理圣地？"

"对。这个主题叫：'名侦探波洛坂的住宿体验！在那些可能成为推理小说舞台的建筑里！'"波洛坂得意扬扬地说，"这次本大爷选中了这个小别墅。这次的安排就是，本大爷在樱花开的时候住进这里，看看会不会真的被杀。"

"这也太过火了吧。"

① 波洛：推理作家阿加莎·克里斯蒂"波洛系列"推理小说作品中的主角。

② 金田一耕助：日本推理作家横沟正史"金田一探案集"系列推理小说作品中的主角。

“不过火就没意义了。本大爷顶讨厌其他博主做的那些无聊的主题。”

真的是这样吗？

“我看过我看过！很好看！”夜月兴奋地说，“有可能发生凶杀案的主题最好看了！”

这个频道都吸引了些什么样的观众啊？！

“不过你竟然真能弄到拍摄许可。”我不加掩饰地说出自己的想法，“这里是私人领地吧？这座岛的主人，那位大富原女士，她竟然会同意你在这儿拍视频？”

“啊……这个嘛……”

“大富原女士之所以会同意，”羊子小姐代替波洛坂回答道，“是因为，其实波洛坂先生也是这次‘密室诡计游戏’的玩家之一。作为请他来参加游戏的交换条件，大富原女士同意了他的拍摄计划。”

也就是说，波洛坂以参加游戏为代价，换来了这座小别墅的居住权吗？

“嗯，就是这么回事儿。”波洛坂点了点头，“换句话说，对本大爷来说，这次的游戏只是个添头。不过来都来了，本大爷还是要一举拿下胜利的。”

波洛坂说完，从怀中取出烟斗，用火柴点上了火。大量烟雾像是强行与时代逆向而行一样，从烟斗里冒了出来。

“所以波洛坂先生，时间也差不多了，请您到宅邸那里去吧。”羊子小姐边看表边说。

“啊，已经这个点儿了吗！”波洛坂吐出一大口烟，转身朝小别墅走去。

“本大爷得准备准备，你们先走吧。”

波洛坂只留下这样一句话，便消失在了小别墅中。

告别了波洛坂后，我们又沿着道路走了五分钟左右，终于到达了目的地。我们方才由北向南，纵穿了这座直径约500米的岛屿。

目的地是位于金网岛南端的大型宅邸。宅邸共有三层，背靠数米高的陡崖，悬崖下不远处便是大海和绕岛一周的围网。宅邸旁耸立着一座高塔。这座塔比岛屿四周30米高的围网还要再高上10米左右。

“这座塔塔顶的房间，”羊子小姐说，“是金网岛上唯一一处高于围网的地方。也就是说，它是岛上的制高点。所以这座塔被命名为‘天坠之塔’。”

这个名字实在取得很夸张。

“那咱们就过去吧。”

羊子小姐带领我们进入宅邸内部。一进门，我们就看到了很符合富豪宅邸风格的宽敞玄关。玄关处摆放着壶、画等装饰品，其中甚至有经常出现在幻想动漫里的那种剑身长达3米的大剑。大剑旁则放着一副银白色的全套西洋甲胄，甚至还配有一顶能遮住整个面部的头盔。

“哇！好帅！”夜月像是“中二病”复发似的，兴致勃勃地冲到了甲胄旁边，“很有古董的感觉。挺贵的吧？”

“确实很贵，”羊子小姐说，“不过它其实不是古董，而是最近才完工的。这柄大剑也是，虽然看起来是铁制品，但实际却是用一种特殊的合金打造而成的。”

“哦？用合金打造的？”我也来了兴致，走到甲胄旁，“用的什么合金？”

“是大富原女士的公司——大富原工业开发出来的一种合金，它的强度足有铁的5倍。”羊子小姐略显自豪地说，“其实，这里的大剑和甲胄，还有刚刚大家看到的波洛坂先生住的那座小别墅，都是用这种合金打造的。”

“是吗？可是那座小别墅不是在大富原女士买下这座岛之前就已经建好了吗？”

我记得大富原在半年前才接手这座岛。但在她接手以前，那座小别墅里已经发生过两起密室杀人案件了。

羊子小姐答道：“您说得对。那座小别墅的建造者是这座岛曾经的主人，推理作家理查德·摩尔。其实摩尔很早就和大富原工业有来往，所以他从大富原工业那里订购了这种合金，作为小别墅的建筑材料。这事大概发生在十年前，也就是摩尔先生去世前的半年。”

听了她的解释，我微微点了点头，顺势开始思考这座岛上发生过的密室杀人案件。

“啊！好轻！”夜月提着甲胄的头盔说，“不愧是合金做成的。”

我也掂了掂那顶头盔。头盔厚约1厘米，重量却相当轻。

穿过玄关又过了一道门，我们来到一条不长的走廊。走廊尽头又是一道门。羊子小姐走到那道门前，回过头来对我们说："这里就是游戏会场了。"

羊子小姐打开了大门。门后是一间风格素雅的会客厅。已经有三个人提前等在厅内。

他们分别是：身穿宗教服装的白人老绅士，明明在夏季却穿着毛皮大衣的金发男性，未满 30 岁的美丽女子。

两男一女——他们会是游戏玩家吗？我正琢磨着，忽然感到背后有人，回头一看，波洛坂正站在我身后。他像回自己家一样，大摇大摆地走进了会客厅。

于是包括我在内，现在这间会客厅里一共有七个人。除去夜月和羊子小姐，还剩五个人。我们彼此打量着，观察着，牵制着，相互试探了好一阵。最终，会客厅深处的门被打开了，这才打破了方才诡异的氛围。

从门后走出来的，是一位留着栗色长发、看起来受过良好教育的女性。她相貌端正，大大的眼睛透出强烈的好奇心，身着一袭柔顺的白色长裙，简直像是从外国的贵族宅邸穿越而来的贵族女性，从外表看大约 24 岁。

"大富原苍大依。"

我喃喃地念出这个名字。日本屈指可数的大富豪。虽然她在媒体上露面的次数不算太多，但我也有几次在电视和杂志上看到过她的身影。

大富原对我们笑了笑，然后用银铃般的声音说道："感谢各位拨冗出席。我是这座岛的主人，大富原。”

她介绍完自己以后，弯下了高高挺立的脊背，朝我们深深地鞠了一个躬。“那么，”她的目光一一扫过会客厅里的众人，“我就不多客套了，先来说一说我为什么要邀请诸位参加这次游戏吧。不瞒各位，我对‘名侦探’非常仰慕，一直希望能有机会以个人名义在这座宅邸里招待名震四方的名侦探们。不过，光是款待各位恐怕没什么意思，所以……”

“所以……以奖金为饵，让我们在游戏里相互竞争？”波洛坂接过了话头，揣度着大富原的意图。

大富原像个被揭穿了恶作剧的孩子一样：“这个想法不好吗？”

波洛坂捋着八字胡点了点头：“想法可能挺好，就是有点没教养。即便不办游戏，大家也都知道本大爷是这几个人里最强的。”

“哦？这么有自信？”这次的玩家之一，穿着毛皮大衣的金发男说，“不愧是人气博主波洛坂耕助啊。不过我好心劝你一句，你还是赶紧夹起尾巴逃跑吧！如果你不想毁掉好不容易得来的名声的话。”

波洛坂一下子移开了视线，不理会金发男的话。

被无视的金发男一脸落寞：“喂，别不理我啊……”

“人选呢？”波洛坂再次无视了他的话，向大富原询问道，“这次游戏玩家的人选都有谁？现在可是密室黄金时代——名侦探要多少有多少。为什么你从那么多名侦探里挑了在场这几位？我单纯好奇这一点。”

“喂，听我说……”

“我尽量把不同类型的侦探会聚一堂。”大富原答道，“我有一个在社交媒体上认识的朋友，叫‘密室伯爵’。不过虽说是朋友，我们却没有在现实中见过面，只在社交媒体上交流过。我向这个朋友咨询了上岛的侦探人选。朋友帮我列出了一份名单。我看了看名单，确实类型丰富，而且是我绝对想不到的人选。我很是激动，当即决定按照这份名单来邀请各位玩家。这次的人选就是这样确定下来的。”

也就是说，大富原把选拔玩家的任务全权委托给了别人，她自己完全没有参与其中。所有人选都是那位“密室伯爵”来确定的。

“原来如此，这爱好可真有意思。”穿着毛皮大衣的金发男点了点头，“而且人选也很有意思。不对，不如说这次的人选真是完美。为什么这么说呢？原因当然只有一个。那就是——因为里面有‘我’！就因为有我，所以这次的人选完美无缺。”

大富原无视了他的话。

“喂，听我说……”金发男喊道。

“我是逗你玩的，不是真的不想理你。”

“你怎么开这种玩笑啊……”穿着毛皮大衣的金发男几乎要哭出来。

大富原露出了恶作剧一样的笑容，说了句“不好意思”。之后，她再次扫视众人，提议道：“在说明游戏规则以前，可以请各位简单介绍一下自己吗？第一位……就请音崎先生先来吧。”

说完，大富原把目光投向了穿着毛皮大衣的金发男。他激动地说：“太好了，终于开始了！”然后，他开始介绍自己的名字：

“我叫将军音崎，是侦探类原创歌手，主要的创作主题是‘密室’。我的代表作，众所周知，就是‘她在密室中被害之日’。”

我完全没听说过这首“代表作”，在场的其他人似乎也都没听说过。音崎因此一脸落寞。

看着音崎这样的表情，夜月点了点头：“音乐家音崎……”

她念完这句顺口溜后，侧过头来：“嗯？可是为什么音乐家会被请来参加这次游戏？”

“音崎先生既是音乐家也是侦探。”大富原补充道，“我记得去年的《密室侦探实力榜》把音崎先生排在了第八名吧？”

原来如此。这么说来，他也相当有实力。

所谓“密室侦探”，是指受警方委托调查密室杀人案件的侦探。它是出现于密室黄金时代的一种全新职业。而《密室侦探实力榜》则是一本对密室侦探进行排名的半年刊。对密室侦探来说，跻身这个榜单前列是种莫大的荣耀。

“那么，有请下一位做自我介绍。”大富原说着，把目光投向波洛坂，“波洛坂先生，可以请您介绍一下自己吗？”

波洛坂点了点头，用手指捋了捋八字胡的末梢，说道：“本大爷是波洛坂耕助。介绍完了。”

说完，他又捋了捋八字胡，不再开口。

大富原有些惊讶地笑着说：“您的自我介绍结束了吗？”

“除此之外还有什么可说的？”波洛坂不耐烦地说，“本来就没必要自我介绍。毕竟全日本没人不认识本大爷。”

嗯……还是有的，比如我。

但大富原却说：“确实如您所说。”

我跟世界已经脱节到这个程度了吗？难道波洛坂真的很出名？

“那么，下一位，”大富原结束了关于波洛坂的话题，点了下一个人的名字，“安东尼先生，可以请您来吗？”

身着宗教服装的白人老绅士微微点头。这位65岁左右的男士脊背挺直，气质高贵，一头白发向脑后拢去，戴着银框圆片眼镜，露出善良温和的笑容。

这位外国老人用流畅的日语说：“我叫安东尼·詹特曼。大家从我的衣着也能看出来，我是个宗教人士。我在名为‘晓之塔’的宗教团体中担任骨干一职。”

他说完后，屋内一阵骚动。

“晓之塔”这个宗教团体，在日本进入密室黄金时代后实力迅速壮大，世人都知道它是一个“崇拜密室杀人的团体”。更准确地说，“晓之塔”的信徒们崇拜的不是“密室杀人”本身，而是“密室杀人现场”，他们会用照片记录现场，然后把照片当作神体[①]来供奉。他们的基本理念是：信徒通过祈祷来净化涌动在密室杀人现场的被害者的怨念，使负能量转化为正能量，进而获得幸福。

那位老绅士詹特曼身上穿的的确是“晓之塔”的宗教服装，所以在他介绍自己之前，大家已经知道他与教团之间存在某种联系。但他说自己是“晓之塔”的骨干——“晓之塔”的骨干只包括被称为“五大主教”的五位大人物，他们也是未来的首领人选。带上这种先入为主的观念再去看詹特曼，我觉得这位老人身上的

① 神体：在日本神道中，神体被认为是神寄寓之物。

气质确实非比寻常。

在这种略显尴尬的气氛中，夜月却漫不经心地念叨着：“老绅士詹特曼[①]……”

不过他绝不只是一位“老绅士”而已。

“那么，下一位，”大富原的视线与我交汇在一处，“葛白先生。”

我有些紧张，做了个非常简短的自我介绍。

“葛白先生，感谢您的介绍。”听了我的介绍后，大富原轻轻拍着手说，“那么，下一位……”

大富原把目光转向仅剩的一个人。这位女性看起来不到30岁，容貌端正，一头短发，穿着高领衫和牛仔裤，打扮得很是随性。

这位美丽的女性用清丽的声音说道：“我叫黑川千代里。职业，就算是律师吧，但由于某种原因被业界冷藏，所以现在等同于一个无业游民。以前曾在东京地方法院做法官，但两年前因个人原因辞职了。”

她说完后，会客厅内再次骚动起来。黑川千代里——我当然听说过这个名字，可以说她是日本司法史上最著名的法官。

三年前的冬天，她曾对某起杀人案件做出判决，那次判决彻底改变了日本刑事案件的裁判方法。这绝不是夸张的说法，真的是从根本上彻底改变。

我盯着始作俑者黑川千代里。我当然没有见过她本人，但三

① 老绅士詹特曼：此处为谐音梗，詹特曼的英文为“gentleman”，有绅士之意。

年前 Wide Show[1] 等节目上经常会出现关于她的画面，所以我认得她。她还是当年那个美人。不过，我之所以在她做自我介绍之前没能认出她来，大概是因为她剪掉了当年的一头长发，换成了如今爽利的短发。

“各位的自我介绍已经全部结束了。”在场诸人仍沉浸在见到黑川千代里的惊愕当中，羊子小姐似乎想让大家冷静下来，轻咳一声说，“那么，终于可以进入游戏说明环节了。正如邀请函上所写，本次邀请各位挑战的是‘密室诡计游戏’。具体来说……”

“等等。”大富原突然打断了羊子小姐，“现在解释游戏规则还为时过早。”她的语气听起来有些故作高深，不知道在暗示着些什么。

羊子小姐不解地问：“为什么呢？”

“当然是因为，还有一位玩家没到。”

“啊？可是……”羊子小姐困惑地说，“不是一共只有五位玩家吗？所有人都已经到齐了啊。”

“其实我私底下又多叫了一个人。”大富原看起来心情不错。

还有惊喜嘉宾吗？至少我和夜月在来金网岛的船上没有见到这号人物。也就是说，大富原亲自安排船只，瞒着羊子小姐，额外邀请了一位玩家？

“哦？”大富原侧耳听着周围的声音，看向与走廊相连的会客

① Wide Show：日本一类电视节目的总称。这类节目通常聚焦社会新闻、民生问题、娱乐八卦等，在介绍背景知识和采访相关人士的基础上，听取各领域专家的意见，展开深度讨论。

厅入口处的大门，唇角浮现出天真的笑容：“来了。”

正在此时，大门的把手被人转动了一下。

推门而入的是一位年轻的男性执事，他的身后跟着一位少女。

我惊叫出声。

那少女有一头及腰的乌黑长发，漂亮极了，大而细长的眼睛中透出清冷的光芒。

“蜜村……漆璃？！”

我喃喃地念出这位同级少女的名字。

她为什么会出现在这儿？我恍惚了一瞬，随即嘲笑起自己的愚蠢来。

为什么她会来这儿？这话应该反过来问。为什么我会蠢到以为她不会来这儿？

如果一会儿的游戏是以密室为主题的话，那么，没有她便无法开始游戏。因为世界上与“密室”这个词最相配的人，就是眼前的这位少女，蜜村漆璃。

“密室的无解证明与嫌疑人的不在场证明拥有同等效力。”

三年前的冬天，一名初中二年级女生以谋杀父亲的嫌疑被捕。从现场状况来看，少女毫无疑问就是凶手，但最终法院却判决她无罪。为什么？因为现场是一间密室。

三年前的冬天——日本第一起密室杀人案件发生了。

那名嫌疑人的名字是——蜜村漆璃，这位曾是我同级同学的少女。

蜜村登场后，会客厅内的气氛明显变得紧张起来。老绅士詹特曼兴致盎然地“哦”了一声，上下打量着蜜村。音乐家音崎震惊地自言自语：“蜜村漆璃……”其他人的反应也大致如此。

或许我应该用“果然”这个词——果然，他们全都知道蜜村的事。日本第一起密室杀人案件的凶手——不对，她在法庭上被判无罪，所以或许应该叫她“当初的被告”。总之，在那次的案件中，蜜村是最可疑的人物，直到现在几乎所有日本人都依然相信她就是真凶。在法庭上检方出示的证据是那么完美——但那么完美的证据，却被世上最为愚蠢的法官判决给推翻了。这便是时任东京地方法院法官——黑川千代里所犯下的罪行。

日本由此迎来了每年发生不下百起密室杀人案件的“密室黄金时代”。而蜜村漆璃则站在了“密室黄金时代”舞台的正中央。

案发时蜜村尚未成年，所以当时的新闻报道并没有使用她的真实姓名，但还是有一些好事者辗转得知了她的样貌和名字，此次游戏的玩家似乎都属好事者之列。

会客厅里暗潮涌动。蜜村环顾四周，最后把目光停留在了某一个点上。那里站着黑川千代里。蜜村有些惊讶地眯起眼睛，现在她的眼睛比黑川千代里的更加细长。这两个人似乎都没有预料到今天的会面——曾经的被告与法官竟会在此重逢。其他人也意识到这一点，现场的气氛变得越发吊诡。

只有夜月一个人完全没有意识到周围戏剧性的状况，一脸莫名其妙地说：“喂，香澄，这是怎么回事？蜜村小姐很有名吗？”

这么说来，夜月并不知道蜜村的过去？

想到这儿，我敷衍道：“她读初中的时候上过杂志封面，很有名。”

夜月马上就信了：“是吗！原来如此！”

我不禁为夜月的将来感到担心。她这么好骗，以后能活得下去吗？

“既然所有人都到齐了，让我们开始游戏吧！”大富原扫视众人，“执木，接下来就交给你了。”

这话是对那名和蜜村一起进屋的男性执事说的。这位青年二十五六岁，身材高大，面容精悍。他向大家鞠躬行礼后，报上了自己的名字：“执木浩市。”

“执事执木先生……”夜月说。我听了点了点头。也就是说，这座岛上一共有执木和羊子小姐两位执事。

“下面请允许我为大家介绍一下这次的游戏。”被委以游戏主持重任的执木说，“正如邀请函上所写，这次请各位来参加的是我们原创的‘密室诡计游戏’。正如其名，这是一场以‘密室诡计’为主题的游戏。羊子小姐，请把那个……”

执木向羊子小姐递了个眼色。羊子小姐把放在房间角落里的一捆纸张取来，分发给在场众人。纸上写着“密室诡计游戏”的游戏规则。

【密室诡计游戏规则】

一、每日抽签一次，确定一位凶手玩家。

二、凶手玩家实施“杀人”，并把现场布置成密室。

三、未被选为凶手的其他玩家自动成为侦探玩家。

四、侦探玩家尝试破解凶手玩家布置的密室。

五、若侦探玩家成功破解密室，则破解者获得三分。

六、若当天日落前未能破解密室，则凶手玩家获得五分。

七、游戏时长为五天，总分最高的玩家获得胜利。

八、若密室被破解，则当日的凶手玩家被关入“大牢”，其后三天不得参加游戏。

九、凶手玩家即使被其他玩家发现凶手身份，也不会受到任何惩罚。

十、凶手玩家通过抽签选出。故而可能出现多次被选为凶手或始终未能被选为凶手的情况。

我把纸上的文字翻来覆去读了好几遍，细细咀嚼着这几条规则。虽然有很多相当琐碎的规则，但游戏本身的机制却相当简单。凶手玩家通过造出无法被破解的密室获得积分，侦探玩家则通过破解密室获得积分——就是这么简单。凶手玩家如果顺利的话，一天之内就能得到五分，所以乍看之下被抽选为凶手似乎比较有利。但凶手玩家也可能面临惩罚，如果失败的话，其后三天都不能再参加游戏。游戏一共只有五天，倘若禁赛三天，那就很难获得胜利了。这么看来，当凶手也伴随着相当大的风险。

“可以问个问题吗？”

举手提问的是“晓之塔”的骨干，老绅士詹特曼。他边看那张写有规则的纸边问执木：“规则上写着，被选为凶手的玩家要实施‘杀人’。请问具体要怎么做呢？不会是让我们真的去杀人吧？”

“哦，关于这个事……”执木听了他的问题，朝羊子小姐使了个眼色。羊子小姐从里面的房间里抱出来一个巨大的白熊布偶。

“可爱，好可爱！”夜月看着布偶说。

确实很可爱。不过，这个布偶恐怕……

“这个布偶将充当被害者。”执木说。

如我所料。

夜月大受打击，哀叹道：“它明明这么可爱！”

“凶手玩家把哪间房间布置成密室都可以吗？”

问这个问题的人是波洛坂。执木点了点头：“是的。只要是这座宅邸里的屋子，哪间都可以。”

“不过希望大家能避开大富原女士的私人房间。所以，被选为凶手的玩家请先跟我们商量一下，比如希望把哪间房间布置成密室，我们会把相应房间的钥匙借给您。另外，制造密室需要用到的道具，比如针线、冰块等，我们也会尽可能帮您准备。”

“丝线和冰块也就算了，现在的人造密室哪还用得到针呢？”波洛坂冷笑一声，“规则都了解清楚了，进行下一步吧。”

羊子小姐听了，取来房间角落里放着的一摞信封。她把信封排成扇形拿在手里，走到波洛坂身边：“这次抽签将帮助我们选出凶手玩家。请您抽一封吧。”

波洛坂从一摞信封中抽出一个，然后其他人也纷纷抽出了一个信封。

我也抽了一封，趁人不备偷偷看了看里面的东西，是一张白纸。

“凶手玩家的信封里，装着一张写有‘Killer’（杀手）字样的纸。”大富原说。

看来我不是凶手。

“请各位移步这边。”

执木打开了会客厅的大门，催促我们来到走廊。他引着我们沿走廊往前走了一阵，在走廊的一角停了下来。这里并排立着好几道门。

执木打开了其中一道门，里面是一间装饰朴素的房间，约有 8 叠[①]大小。

“旁边还有好几间跟这间完全相同的房间，”执木说，“从现在开始，请各位在这些房间中等待一小时。在这一小时当中，凶手玩家将实施犯罪。”

“原来如此。换言之，大家在各自房间中消磨一小时，”老绅士詹特曼说，“只有凶手玩家会偷偷溜出房间，在‘杀人’后再若无其事地回到自己的房间。如此一来，其他的玩家，也就是侦探玩家们就不会察觉到凶手玩家的罪行了。”

“正是如此，”大富原兴奋地说，“您这么快就理解了，真是太好了。”

老绅士詹特曼狡黠地耸了耸肩，看向刚刚被执木打开门的房间：“那这一间就归我了。”

说着，他进入房内。房门“啪”的一声关上了。

执木把其他玩家一一带到各自的房间内。

---

① 叠：日本房间面积的计量单位。1 叠为 1 张榻榻米的大小，相当于 1.62 平方米。8 叠约为 13 平方米。

我抓住这个空当跟蜜村搭上了话："你怎么会来这座岛？"

蜜村眉头紧锁："这句话该由我来说吧。你为什么会来这座岛？"

"我不知道。"确实，我完全不知道自己为什么会被叫来参加游戏。从某种意义上来说，蜜村被邀请是理所应当的，而我的情况与她截然不同。但我关心的并不是这个问题……

"我想问的是，你为什么会接受邀请？"

蜜村一直隐瞒着自己的过去，这也是自然。即使在学校，她也会用"夏村祭"这个假名字。我无论如何也想不通如此小心谨慎的她为什么要接受这个邀请。

"肯定只有那一个理由啊，"蜜村毫不掩饰地说，"为了拿到10亿日元的赏金！"

我批评她："我以前没觉得你是个守财奴啊！"

"哦？葛白，你会把为了得到10亿日元去买彩票的人叫作守财奴？"

"不会。可……"

"那你的批评就站不住脚。"蜜村耸了耸肩，然后嘲笑般地说，"我刚才是开玩笑的。"

"其实事情是这样的。那张邀请函让我很生气，因此决定要来这座岛。我想跟大富原说：'你以后不要再干这样的事情了！'但我刚一上岛，游戏就开始了，我没找着机会教育她，现在正不知道怎么办才好呢。"蜜村露出一丝苦笑。

正在这时，执木过来叫她："蜜村小姐！"蜜村被执木催促着进入了房间。

“葛白，过会儿再见。”蜜村朝我摆了摆手，门被“砰”的一声关上了。

现在留在走廊的客人，除了不参加游戏的夜月以外，只剩下我一个了。

“葛白先生，请您来这边。”

我也进入了执木安排的房间。

所有人都进入各自的房间后，很快其中一扇门被打开，从里面走出一个人来。那便是这次游戏的“凶手玩家”。凶手玩家告诉羊子有些东西需要她帮忙准备。“好的，请讲。”羊子打开手机上的备忘录，按凶手玩家的吩咐一一输入了几件物品的名字。

“您需要的东西是：遥控车、晾衣夹、绳子、风筝线、胶带，还有转椅？好的，这些我们都能为您备齐。请稍等。”

我的房间里摆放着《死亡笔记》和《钢之炼金术师》两部漫画的全卷本，所以当凶手玩家忙着制造密室时，我翻了翻这些漫画来打发时间。差不多一个小时后，突然有人大力拍打起我的房门。我赶忙打开门，门外站着羊子小姐。她神色紧张地说：“不好了！有人被杀了！”

我吓了一跳：“谁？谁被杀了？”

“不是，不是。”羊子小姐尴尬地笑了笑，“这也是游戏的一部分，都是演的，不是真的有人死了。”

哦，原来如此。

羊子小姐带我来到宅邸的某扇门前，其他玩家已经齐聚在此。

房门上贴着一张纸，上面写着：“房间里有一具尸体。被害者白熊已经殒命。”

我凝望着那张纸，看来这里就是“密室诡计游戏”的第一处案发现场了。

我问执木：“这间房间有备用钥匙之类的东西吗？”

“既没有备用钥匙，也没有万能钥匙。就算有，也用不上。”执木说，“至于原因嘛……您请看这里。”

执木指了指房门。门上根本就没有钥匙孔。原来如此。所以这扇门是无法从外面上锁的。

“嗯……这么说来，凶手就是从房间里面锁上了门吗？”

波洛坂说着，大力摇了摇房门上的球形把手。看到他的动作，我出于谨慎考虑，也走过去确认了一下房门有没有上锁。这扇门是朝内开的。我推了推门把手，可以清晰感受到插在门框中的反锁舌带来的特殊触感。毫无疑问，这扇门是锁着的。

我问大富原：“我可以把这门弄坏吗？”

大富原笑道：“可以啊，如果你能把它弄坏的话。”

我感觉她话里有话，但还是退后了几步，大力撞了撞门。结果是——我的表情扭曲了。房门异常坚固，恐怕只有拿斧头来才能把它破坏掉。

“从窗户那边绕道进去会比较快吧。”蜜村自言自语。

正在这时，忽然有人“嗖”一下冲了出去，是波洛坂。波洛坂虽然身材略胖，却身手矫健地沿着走廊跑远了。

“糟糕，被人抢先了。”

老绅士詹特曼说完，便跟在波洛坂后面跑了起来，我下意识地追赶起他们。剩下的人像看到了起跑信号一样，一齐跑了起来。就连游戏的举办者大富原也像被好奇心驱使一样，加快了脚步追赶着我们。

“为什么大家都要跑呢？”跑在我旁边的夜月问。

我喘着粗气回答她：“因为第一个到达现场的人能占得先机。”

夜月思考了一会儿，像是接受了我的解释：“原来如此。如果能第一个到现场，就能最早掌握各种信息，占到有利地位。”

确实也有这方面的原因，不过……

“大家担心的应该是别的事情。”

“什么事情？”

“比如说，第一个到达现场的人有可能把凶手遗留在现场的证据给藏起来。这样一来，其他玩家就不知道现场曾经留有那项证据，也就少了一条推理的必要线索。所以其他玩家无法识破诡计，而隐藏了证据的玩家则能够在游戏中处于优势地位。”

换言之，最先到达现场的人可以妨碍其他玩家的推理。

我追着别人转过了走廊的转角，来到玄关前。众人出了玄关来到室外，绕到某道外墙下——我们认为这次的“杀人案件”正是发生在这道墙上一扇窗户后面的房间里。

这扇窗户是一扇固定窗。也就是说，它是一扇无法被打开的窗户。从窗户向屋内望去，可以看到充当被害者的白熊布偶倒在地上，一把刀深深地插在它的胸前。

“太……太过分了，”夜月哀叹，“真可怜。”

这场面确实令人心生怜悯。

总之，我们必须进入室内检查白熊的尸体。而为了进入室内，我们只能选择把窗户打破。我正想着该如何弄破窗户时，突然听到背后一阵脚步声。回过头一看，蜜村正手持拖把朝这边走来。

“葛白，躲开点。”蜜村走到窗前，像举着标枪一样拿着拖把。她看了看大富原：“我想把窗户打碎，可以吧？”

大富原笑道：“每次发生密室杀人案件以后，人们好像都会在发现尸体时把窗户打破。请您随意。”

“那么——恭敬不如从命。”

蜜村全力刺出拖把，弄碎了玻璃。反复几次后，玻璃上的破洞终于变得足够大。她用手抓着窗框，矫健地翻进了室内。

没想到这家伙还挺有运动天分。我边暗自感叹着，边学着她的样子越过窗框翻进室内。其他玩家也陆续翻了进来。在刚要靠近被刀刺中的白熊布偶时，我们注意到了“那个东西”。

“蜜村，你看那个。”

我指向白熊布偶旁边的地上。那里放着一把钥匙。我走近布偶，把钥匙捡了起来。

“这是……”

“这个房间的钥匙？”

蜜村说着，将目光投向房间入口处的房门。房门的内侧没有安装内锁旋钮，但有一个钥匙孔。这类房门如果想从内侧上锁，就必须使用钥匙。换言之，凶手是把钥匙插进了内侧的钥匙孔，给房门上锁后，又把钥匙从钥匙孔里拔出来，并放在充当尸体的布偶旁边。

但这样一来，便有一个问题无法解释。

我们刚才已经在走廊确认过，这扇房门的外侧并没有钥匙孔。也就是说，无法使用钥匙从房间外把门锁上。所以凶手无疑是从房间内锁的门。可如此一来，凶手自身就无法离开房间。房门已被上锁，无法打开，窗户也是固定窗，凶手没有逃跑路径。

这是一间实打实的密室，教科书一样的密室。

“有意思。”蜜村也提起了兴趣，一把抢走我手里的钥匙，盯着那把钥匙说，“一般来说，我们得怀疑一下这把钥匙是不是假的。不过这次即使它是假的也说明不了什么。”

我一开始不太明白她是什么意思，但旋即反应过来。如果是普通密室的话，凶手可以使用这样的诡计：在现场故意留下一把假钥匙，然后用真钥匙从房间外上锁。但这次的密室完全不同。房门外侧没有钥匙孔，所以把真钥匙带到房间外对凶手而言没有任何好处，凶手不可能从外侧用钥匙上锁。所以，把真钥匙带离现场毫无意义，同样，凶手也没有任何理由留一把假钥匙在现场。这样看来，留在现场的钥匙必然是真的——这种思路比较符合逻辑。

“不过谨慎起见，还是确认一下吧。”

蜜村拿着钥匙走近房门，将钥匙插进钥匙孔，朝右拧了拧。我们听到“咔嚓”一声，明显是锁被打开的声音。蜜村握住把手，门慢慢朝房间内侧被打开了。蜜村轻耸了下肩膀。如她所料，留在现场的钥匙就是真的。

“看上去是一间完美密室啊。”老绅士詹特曼说完，又把房门关了起来，朝门下看去，“而且门下也没有空隙——那么凶手既无法用丝线之类的东西从门下给房门上锁，也无法利用门下的空隙来抹去诡计留下的痕迹。”

“金网岛上所有建筑里的门，门下都没有空隙，当初就是这样设计的。”羊子小姐补充道，“这座宅邸也是，岛上各处的小别墅也是。所以，所有利用门下空隙的诡计统统无法奏效。”

“原来如此。哎，这设计可真是优美！不愧是那位推理大作家——理查德·摩尔拥有的孤岛！”

老绅士詹特曼的兴奋程度高得有些诡异。与他的兴奋正相反，我已然在这种无路可走的状况面前败下阵来。我环顾房间内部——这里没有任何遮挡物，换言之，没有能供人藏身之所，所以凶手也不可能藏身室内。空空如也、单调扫兴的一间房间。房内几乎没有任何家具，只放着一把能调节椅面高度的转椅——没有人知道它为何会出现在这里。

“第一间密室就这么漂亮。”大富原欣慰地说，“那么，在日落之前究竟有没有人能够破解这间密室呢？如果没有的话，凶手就得到五分了哦。”

我看了看表。现在是下午三点——离日落还有一段时间，但现在大家还没有找到任何头绪，这点时间实在显得太少了些。

我为了获得些线索，不得已准备举手提问。就在此时，有人抢先一步轻轻举起了手。举手的是东京地方法院原法官，黑川千代里。

大富原看了看她，侧过头问："哦？黑川小姐，有什么问题吗？"

"不是有问题。"黑川千代里摇了摇头，"我只是想告诉您，我已经解开密室之谜了。现在可以说出答案了吧？毕竟'密室诡计游戏'已经开场了。"

在场所有人都满脸震惊。

"真……真的已经解开了？"波洛坂的声音显得有点慌张。

"当然。"黑川千代里抬起右手，胡乱揉着自己的短发，"没什么值得惊讶的吧？这个密室就是很简单啊。应该吃惊的人是我——这种三流密室你们为什么还没解开？我实在是想不通。"

已经解开密室之谜了——在场所有人都对说出这句话的黑川千代里露出或玩味或充满敌意的目光。

"那我就为大家重现一下凶手的诡计吧。"黑川千代里没有理会周围人的目光，自信满满地说，"下面我说明一下凶手是如何把这个房间变成密室的。"

我们不由得屏住了呼吸。黑川千代里首先走到蜜村身边，接过房间的钥匙。接下来，她看向羊子小姐："为了重现诡计，需要您帮我准备些东西。"

"好的。"羊子小姐说着，取出手机准备记录。

黑川千代里对她说："说实话，这个密室有无数种方法能做出来……不过请先给我准备晾衣夹、绳子、风筝线、胶带和遥控车吧。"

羊子小姐听完后，不知为何睁大了眼睛。"好……好的。马上为您准备。"说完后，她马上跑到了屋外。

过了大约十分钟，羊子小姐带着那些东西回来了。黑川千代里把东西接过来，说："那我就开始了。首先，在房门关闭的状态下，把提前放在房间里的转椅拉到房门旁边。"

说着，她将那把从我们进入房间时就已经放在屋内的转椅拉到紧闭的房门旁边，又将从蜜村手里接过的钥匙插入房门内侧的钥匙孔中。然后，她用一只晾衣夹夹住钥匙尾部扁平的部分——也就是钥匙柄。她往晾衣夹上缠绕了很多圈风筝线，将晾衣夹和钥匙紧紧固定在一起。这样晾衣夹就不会轻易从钥匙上脱落了。在确定晾衣夹已经绑牢后，黑川千代里又取来遥控车，把晾衣夹尾部压在遥控车后轮的侧面上，和方才一样用风筝线将二者紧紧绑在一起。如此一来，插在钥匙孔里的钥匙和晾衣夹、晾衣夹和遥控车的后轮便被分别固定在了一起。遥控车的侧面对着房门，晾衣夹则与遥控车后轮呈垂直状态。换言之，晾衣夹以"A"字形立在轮胎侧面。

做完这些准备后，黑川千代里又开始在刚才拉过来的那把转椅上做文章。她调整了一下椅面高度，把遥控车摆在椅背的正上方，并用胶带将遥控车和椅背固定在一起。她的手离开遥控车后，遥控车也稳稳立在椅背上，丝毫不会晃动。因为她是用胶带紧紧固定住的，所以遥控车不会轻易摇动或掉落。

最后，她在转椅的椅脚上绑上绳子，把绳子的另一端系在房门内侧的把手上。

"好了，准备工作做完了。"黑川千代里说完，把遥控车的遥控器拿在手中，"剩下的只需要在这个遥控器上操作就行了。你

第一个密室（游戏中的密室）的诡计

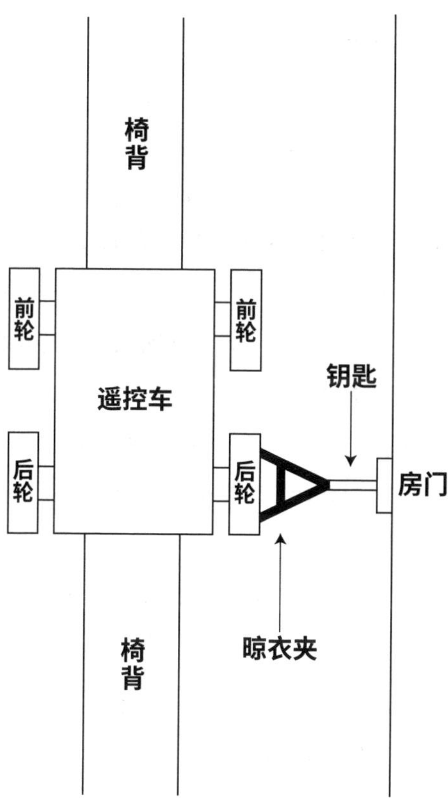

们知道接下来会发生什么吗？”

我们彼此交换着眼神，隐约猜到了她接下来要做什么。现在房间的钥匙正插在钥匙孔里，并通过夹在其尾部的晾衣夹与遥控车的后轮相连。在这个状态下，如果操作遥控器的话——换言之，如果让遥控车的后轮转动起来的话——

“当然，会发生这种情况。”

黑川千代里按下了遥控器上的前进键。但遥控车被固定在椅背上，轮胎没有接触地面，所以轮胎一直空转着，遥控车并未前进半分。然而，绑在轮胎上的晾衣夹却转动起来，而被晾衣夹夹住的钥匙也随之转动起来——

“咔嚓”一声，门被上了锁。所有人都为之震撼。

“好了，门已上锁。”

黑川千代里拧了拧门把手，像是要打开这扇朝内开的门似的。但反锁舌插进了门框中，门完全无法被打开。于是，完美地上了锁。

“厉……厉害！”夜月睁大了眼睛，“这……这真是天才般的诡计！”

夜月十分亢奋，而我们却是因为别的原因而睁大了双眼——这个诡计里有一个致命的缺陷。

“那你说说，这个装置是怎么回收的？”波洛坂忍不住问。

我们纷纷点头，波洛坂替大家问出了心中所想。

用黑川千代里刚刚演示的诡计，的确可以给房门上锁。但在诡计中用到的装置——遥控车和晾衣夹之类的东西还留在房间内，而由于房门已经上锁，凶手将无法从密室中回收这些物品。所以，即使凶手使用了这个诡计，我们进入房间时室内也应留有遥控车等装置。可实际上，除了转椅外，房间内什么也没有。换言之，黑川千代里提出的诡计与现场状况之间存在着致命的矛盾。当然，如果她有办法抹去密室诡计留下的痕迹，那就另当别论。

然而，面对我们的质疑，黑川千代里的笑容中带着几分讥讽："从密室内回收装置的方法？当然有。不过现在还不能说，还没到向大家说明这个方法的时候。"

开始了，开始了，侦探的坏毛病又开始了。

还没到向大家说明这个方法的时候——大概每个侦探都希望自己这辈子能有机会说一次这句台词吧。但从听者的角度来看，没有什么是比这句台词更令人恼火的了。

我们朝黑川千代里投去愤恨的目光。但她根本没把周围人的目光放在心上，接着说："那接下来我为大家重现一下发现尸体时的场景吧。在那之前，请大家先离开房间一会儿，这样我解释起来会比较方便。"

黑川千代里说完，就操作起遥控车的遥控器来。遥控车的后轮开始反转，与后轮相连接的钥匙也沿着与刚才相反的方向旋转起来。门锁"咔嚓"一声被打开了。原来如此。如果按下遥控器上的前进键，轮胎正转，房门就会被上锁；如果按下遥控器上的后退键，轮胎反转，门锁就会被打开。而且，遥控车马达的马力一般不会太强，车体撞上障碍物后，轮胎就会停止转动。所以无论是顺时针还是逆时针，钥匙只要拧到底，轮胎就会自动停止转动，用风筝线系在轮胎上的晾衣夹也不会脱落。

黑川千代里轻轻打开这扇已被解锁的门。经由钥匙和遥控车与房门相连接的那把转椅，也随着门的旋转而缓缓滑动。我们走出门外后，最后一个出来的黑川千代里轻轻关上了房门。用绳子连接在门把手上的椅子也随着房门的关闭而发出移动的声响。椅子被绳子绑在门上，所以插在钥匙孔中的钥匙也不会中途脱落。

黑川背靠关闭的房门，对站在走廊中的众人说："请大家回想一下案发后我们赶到这间房间时的场景。当时，我们都采取了什么行动？嗯……你是……"

黑川千代里看向我，皱了皱眉，露出一副困惑的表情，她好像是忘记了我的名字。好难过……明明我刚刚才做完自我介绍。

没办法，我只好又说了一遍自己的名字。

"我叫葛白。葛白香澄。"

"哦，想起来了。葛白香澄。"黑川千代里露出一个爽朗的笑容，然后朝我重复了一遍刚才的问题，"那么，香澄，我再问你一遍。当时，我们都采取了些什么行动？"

"我想想。首先，"我努力回忆着，"首先好像是波洛坂先生确认了一下房门是否上了锁吧？"

波洛坂重重点了点头："确实。"

"然后我也去确认了一遍，房门的确上锁了。"我说。

黑川千代里点了点头："是的。当时房门的确上锁了。所以现在我也要把门关起来。"

说完，她开始操作遥控车的遥控器。随后，室内传来遥控车的轮胎转动的声音，几乎同时，我们听到了房门上锁的声音。她似乎用刚刚已经试验过的方法给房门上了锁。为慎重起见，我又试着推了推房门，可以感觉到反锁舌正紧紧插在门框里。的确，门是锁着的。

“如此一来，当时的场景已经被完全重现出来了。”黑川千代里说完，又问我们，“那么，下一个行动是什么？在确认完房门上着锁以后，我们又采取了什么行动？”

“之后不是所有人都出了宅邸，绕到房间的窗户外边了吗？”音崎说道。

黑川千代里点了点头，吩咐大家：“是的。那么，下面请大家重现一下当时的行动。从玄关出去，然后绕到窗户外边。”

我们照她说的，正要朝玄关走去，忽然听到背后有人纠正道：“不是让你们这样走。”我们转过身，发现黑川千代里正一脸不满地看着我们。

“完全不对。当时大家应该都是跑过去的，所以现在也请大家跑过去。我希望大家能尽可能忠实地重现当时的场景。”

我们听了她的话，面面相觑。之后，我们像是被体育老师训斥的学生一样，无奈地跑了起来，全力冲过贴满木板的走廊，气势磅礴地通过玄关冲到宅邸外部。一切都和刚才发现充当尸体的布偶时的场景一模一样。

在宅邸外，大家突然停住了——关键人物黑川千代里没有跟过来。回头一看，黑川比大家晚了一分钟左右才从玄关出来。她明明长了一张看起来很有运动天分的脸，怎么跑得这么慢呢？与她会合后，我们又跑了起来，终于到达案发现场房间的窗外。

“现在，请大家从窗户看看房间内的样子。”黑川千代里说。

现如今，窗户已经被我们打破了——我们透过这扇破碎的窗户往房间内看去。“什么？！”大家纷纷发出惊呼。怎么回事？为什么会这样？为什么……

“遥控车不见了！”我自言自语。

从窗户可以看到房门——房门旁边并没有遥控车的踪影。它刚才明明还停在那里。不对，不光是遥控车，晾衣夹、转椅、固定它们的风筝线和胶带，这些东西统统不见了。只有一件东西还留在现场，那就是原本应该插在房门内侧钥匙孔里的钥匙。它此时已经被人扔在了地上，扔在充当尸体的布偶身旁。现场的状况和我们发现尸体时一模一样。

“到底是怎么做到的？”音崎疑惑地说，“遥控车去哪儿了？”

“是你把它回收了？”波洛坂盯着黑川千代里问，“到底是怎么做到的？”

“难道是从这扇碎窗回收的吗？”老绅士詹特曼说。

“并不是，”黑川千代里摇了摇头，“我根本没有机会先于你们靠近这扇碎窗。即使我真的这样做，也没有任何意义。因为案发时这扇窗户还没有被打破。”

听她这么一说，的确是这样。但如果不是从碎窗，那黑川千代里到底是如何回收那辆遥控车的呢？

我的大脑一片混乱。从其他人的表情来看，他们也同样困惑不解。

终于，音崎忍不住说：“我说，差不多得了。

“差不多该告诉我们，你到底用的是什么诡计了吧？”

黑川千代里听了，耸了耸肩：“是差不多了。”

“那我就满足你的要求，向大家解释一下吧。不过这个诡计实在太简单，大家知道答案后肯定会生气的。”

我们翻过碎窗重新回到房间内。黑川千代里捡起地上的钥匙，把它插进房门内侧的钥匙孔里。随后她拧动钥匙，“咔嚓”一声打开房门，又一次带着我们出门来到走廊。

“下面我将再次为大家重现这个诡计。请稍等一会儿。”说完，黑川走进了面向走廊的另一间房间。然后，她从房间里拿出了刚才用到的遥控车装置——也就是用胶带固定在转椅上的那一辆。众人吃惊不已。那个装置直到我们刚刚离开案发现场为止，都还在那间密室里。它到底是什么时候跑到其他房间里去的？

黑川千代里完全没有理会我们的疑惑，自顾自地把遥控车装置放入案发房间，像刚才一样把钥匙插进钥匙孔中，又把晾衣夹夹在钥匙上。然后，她用风筝线把钥匙、晾衣夹和遥控车的轮胎固定在一起，走出房间关上了门。她操作遥控器，门内传来遥控车的马达声，同时房门被上了锁。直到现在，她所有的动作都与上一次完全相同。

“接下来，只需要和刚才一样把这个遥控车装置从密室中回收就可以了。”黑川千代里环视众人，命令道，“现在可以请大家再从玄关出去一次，绕到这扇窗户外面吗？”

我们点了点头，又沿走廊跑了出去。刚出发，就听到背后传来一声："停！"我们急忙站住了，回头一看，黑川千代里正捋着她的一头短发说："站在那里不要动。现在我要回收遥控车的装置了。"

听了这话，我明白她的意图了。原来如此，凶手是装作和大家一起跑向玄关，然后趁人不备一个人偷偷折回来，回收了装置。

但凶手究竟是用什么方法回收的呢？我边想边注视着黑川千代里的一举一动。她又取来遥控器按下后退键，让室内的遥控车开始倒车，我听到了钥匙转动的"咔嚓"声。我的大脑一瞬间有些空白，但很快明白过来究竟发生了什么。她大概是通过让遥控车的轮胎倒转，转动了插在钥匙孔里的钥匙，从而打开了房门的锁。黑川千代里像是要证实我的猜测一样，推开了那扇向内打开的门，把用胶带固定在椅背上的遥控车拆了下来，又取出剪刀，剪断把钥匙和晾衣夹固定在一起的风筝线。然后，她把剪断的风筝线和撕掉的胶带揉成一团塞进口袋里，拿着遥控车走出房门，"哐啷"一声把门关上了。做完这些，她得意地说："遥控车回收完毕。剩下的就是跑过去和大家会合。这样，这个密室诡计就完成了。"

我们愣愣地看着黑川千代里，又满腹疑惑地面面相觑。

如她所说，用这个方法确实可以从现场回收遥控车。但这样一来就产生了一个更加要紧的问题，也是一个绝对无法忽视的致命缺陷。

"开什么玩笑！"终于，波洛坂忍不住喊道。他怒气冲冲地朝黑川千代里走去，态度激烈得几乎要抓起她前胸的衣服。"开玩笑也得有个限度吧！"他的怒火终于爆发出来，"如果像你说的这么做，房门不就没锁吗！"

确实像波洛坂说的那样。遥控车装置虽然能够回收，但回收的代价是凶手无法锁上房门。这样一来，这就不再是一间密室了。这不再是一间密室了！

面对怒不可遏的波洛坂，黑川千代里却平静地说：“这有什么问题吗？”

波洛坂听了这话，呆若木鸡。然后，他的态度变得越发强硬起来：“问题太大了！因为当时房门确实是上锁了啊！”

“真的吗？”

“啊？”

“房门真的上了锁吗？”黑川千代里用大大的眼睛盯着波洛坂说，“案发后我们赶到案发现场这间房间的门前时，的确曾确认过房门是上了锁的。但打破窗户进入房间后呢？那个时候我们重新确认过房门上没上锁了吗？当我们跑向玄关想要绕到窗外时，凶手独自一人偷偷折回来，像我刚才演示的那样开了锁，回收了遥控车装置，然后没有锁门便离开了现场。你真的能否认这种可能吗？你真能断言在我们打破窗户进入房间时，房门百分之百被锁住了吗？”

波洛坂被问得一时有些语塞，但他马上又气势汹汹地说：“当然，我能断言。”

“你还记得吧？之前咱们从窗户进入房间后，不是检查过那把掉在地上的钥匙是不是真的吗？为了验证我们的猜想，咱们把钥匙插进了房门内侧的钥匙孔里拧了拧。那时确实听到了钥匙转动的‘咔嚓’声。如果当时房门真的没上锁，那么把钥匙朝‘开锁’方向拧的时候它只会空转而不会发出响声。所以那个‘咔嚓’

声证明了当时房门是上了锁的！”

我点了点头，认同波洛坂说的话。诚然如此，那时房门确实应该是上了锁的。

案发现场的房门内侧没有内锁旋钮，只有一个钥匙孔。与内锁旋钮不同，钥匙孔单从外观上无法看出房门是否已经上锁。所以是不是当时的房门其实没有上锁呢？——以上是黑川千代里的思路，我也可以理解她的想法。不过现实来说，她的思路不可能成立。因为我们都听到了钥匙转动的声音。可以确认，当时房门就是上了锁的。

黑川千代里点了点头：“你的想法我也能理解。不过……”她环视众人，说道：“不过，我当然有法子来解决这个问题。有一个诡计可以让大家误以为这扇没上锁的房门上了锁。”

“有这样的诡计？！”我说。

“不过，这个诡计相当简单。”黑川千代里笑道，“现在我就给大家演示一下。请大家进房间。”

她打开了房门。所有人都进入房间后，她自己也走进来，然后关上了门。

我们的面前立着一扇未上锁的房门。

“现在，这扇门没有上锁，”黑川千代里说，“所以即使把钥匙插进钥匙孔并朝‘开锁’方向旋转，钥匙也应该是空转吧？可实际上并不是这样。像这样……”

黑川千代里把手上的钥匙插进了钥匙孔里，然后朝“开锁”方向拧了拧。

就在她拧动的一瞬间，我们听到了钥匙转动的“咔嚓”声。

所有人都睁大了双眼。

“这，这……”音崎的声音有些颤抖，“你只是弄错了拧钥匙的方向而已啊！本来想朝‘开锁’方向拧，结果却朝‘上锁’方向拧了。”

“确实，这样一来就会发出钥匙转动的声音了。”我点了点头，“也就是说，我们听到的并不是开锁的声音，而是上锁的声音。所以现在，这扇门已经是上锁的状态了。”

我为了确认这一点，把手搭在把手上，转动把手并拉了一下这扇朝内开的门。门毫无阻力地被打开了。我忍不住发出一声惊叹。门没上锁。这是怎么回事？刚才我明明听到了钥匙转动的声音。

黑川千代里从口袋里拿出手机：“我是用这个播放的声音。”她点了点手机画面。

手机里放出的，是钥匙转动的“咔嚓”声。原来如此，我明白了。

“所以你是在朝‘开锁’方向转动钥匙时，用放在口袋里的手机播放了‘咔嚓’的声音吗？”

黑川千代里点了点头，认可了我的说法。

“刚才演示这个诡计的时候，我不是让大家从玄关出去，然后自己偷偷折回来回收了遥控车吗？就在那时我顺便录了一段音。然后刚才又把这段录音放了出来。”

确实，如此一来，别人就都以为房门一开始被上了锁，在插入钥匙后锁又被打开了。难道凶手只不过是给我们演了一场戏：

其实一开始房门就没有上锁，凶手不过是装作用钥匙开了锁吗？

所有人都认为上了锁的房门，其实并没有上锁——在已知的密室诡计中，确实存在这类手法。但这起案件的关键在于一开始房门的确上了锁，凶手找机会把锁打开，并从房间内回收了诡计中用到的装置。但打破窗户并从窗户进入房间的我们，理所当然地认为房门还被锁着。因为几分钟以前我们才确认过房门已经上了锁。我们怎么也想不到，就在自己离开房门绕到窗外的几分钟时间里，凶手竟会打开房门的锁。

我正思考着这些，突然音崎好像发现了些什么，说了一声：“嗯？”他目不转睛地盯着黑川千代里手中的手机。

“等等。我们发现充当尸体的布偶时，凶手也像你刚才一样用手机播放了钥匙转动的声音，是吧？”音崎扶着额头，一边回忆一边说，“也就是说，凶手就是当时把落在现场的钥匙插进钥匙孔的人。如果不是的话，凶手就没法演出这场‘开锁’大戏了。所以，凶手就是——”

所有人都把视线转向那个人。

“正是。”黑川千代里说道，“所以，凶手就是你，蜜村漆璃。”

我被黑川千代里说出的真相惊得一句话也说不出来。蜜村是凶手？怎么可能！

我想到这儿，正要替蜜村抗辩几句时，突然脑海中闪过一幅画面——是蜜村手持拖把的样子。

案发后，当所有人都绕道赶往案发现场房间的窗外时，蜜村手里却拿着一把拖把。为什么她会拿着拖把呢？当然是因为她要打破玻璃。可真的只是因为这个理由吗？真相可能没有这么简单。听完黑川千代里的推理后，我觉得另一种假说也能解释蜜村这个行为的动机。

黑川千代里提出的密室诡计有一个缺点。那就是当所有人都朝着窗外跑去时，凶手必须独自折回房间回收遥控车装置，所以只有凶手会比其他人到得更晚。这种行动实在很不自然。如果蜜村是为了掩饰这种不自然，才特意拿着一把拖把的呢？也就是说——

“我刚才去找能打破窗户的拖把了，所以比你们晚到一会儿。”

这个理由实在是很冠冕堂皇，听起来也相当自然。我在看到手持拖把的蜜村时，也确实完全没有怀疑过她的行动。我当时只觉得：“哦，原来她是为了打破窗户去找拖把了吗？这家伙想事情真周到啊。”

我反复咀嚼着头脑中涌起的各种念头。在把这些念头全都消化吸收了以后，我看向蜜村：“你是凶手？”

蜜村目不转睛地盯着我，耸了耸肩，说：“是。我是凶手。”

众人骚动起来。这股骚动尚未平息下来，大富原便开口道：“在本次‘密室诡计游戏’当中，凶手是谁并不重要。重要的只有一点，那就是侦探玩家提出的密室诡计是否正确。那么，究竟黑川小姐的推理是不是正确答案呢？请回答‘是’或‘否’。顺便说一句，我们不允许凶手玩家作伪证。如果她说的是正确答案，请凶手玩家一定要痛痛快快地承认。”

蜜村听了，露出一丝苦笑：“这也没写在规则里啊。”

“忘记写上去了。”大富原毫无愧色地说。

蜜村又苦笑了一下，像放弃挣扎一样叹了口气，说道：“她是对的。黑川小姐的推理完全正确。我就是用她说的诡计制造出这个密室的。”

“游戏第一回合的胜利者是黑川小姐——您破解了密室，可以获得三分的积分。而蜜村小姐，您的密室被人破解了，作为惩罚，接下来的三天您将不能继续参加‘密室诡计游戏’。”

蜜村交代完自己的“罪行”后，游戏主持人执木高声宣读了奖惩决定。我边听着他的声音，边觉得不可思议。我仿佛听到自己一直以来都无比坚信的价值观“砰”的一声落在了地上。

蜜村漆璃竟然输了。

而且是如此轻易地输了。

我的双目一度失焦，过了好一会儿才终于聚焦于某一个人身上，是那位留着短发、年近三十的美人。

那个女人轻轻走向蜜村，在她面前停下脚步，凑到她耳边开了口。

“手生了？”黑川千代里说，“还是说，你是故意露的破绽？”

“你觉得呢？”蜜村耸了耸肩。

黑川千代里见对方是这个态度，一下子转开脸走远了。

蜜村久久凝望着她的背影。那双眼睛中，混杂着怜悯、憎恶、信赖、仰慕等种种情绪。

第二章

密室全鉴

密室全覧

“蜜村小姐，接下来的三天就请您在这间屋子里稍事休息吧。”

蜜村已经是一个“失格”的凶手。作为惩罚，她不得不在宅邸的一处房间里被“关押”三天。这个房间便是游戏规则中提到的“大牢”，但它约有十叠大小，很是宽敞，像酒店一样整洁。

蜜村被羊子小姐带到了“大牢”内，我也漫无目的地跟了过去。床上铺着洁白的床单。蜜村一下子坐到了床上，环顾着房间的内部装饰，点了点头：“所以我要在这个房间里被关上三天吗？”

“不是，您可以自由出入。因为房门的锁从内侧也可以打开。”羊子小姐说，“不过，那个……我们还是希望您尽量不要出来。”

这种“关押”还真是随便。

“另外，门前装了监控摄像头，所以您每次出门时，我们都能通过摄像头看到。”

“那如果我出去的话，会有什么惩罚吗？”

“没有。”

“嗯……行吧。这样也好。”

蜜村似乎对这个随便的规则有些扫兴。她重重地躺在了床上，浓密的黑色长发从床边垂了下来。

“葛白，你回去吧。如果我能被平安释放的话，到时再去找你。”蜜村躺在床上朝我摆了摆手，“你可一定要替我报仇啊，让那个黑川千代里哑口无言。我为你祈祷。”

我不由得苦笑一声：“你觉得我能做到？”

“不能。”

“我就说……”

“不过我希望你能，我会在这里给你加油鼓劲。你在游戏里绞尽脑汁的时候，我就在这儿看一看上回冲动之下买来的那本《密室白银时代的杀人事件》。”

蜜村说着，从旅行袋里取出一本文库本图书。

我看了看那书的封面，侧过头去问她：“《密室白银时代的杀人事件——岚之馆与6种诡计》？没听说过。好看吗？”

“还行。”蜜村说，“不过也有几个地方是我不喜欢的。比如女主人公的性格就很不好，我很讨厌她。”

“是吗？女主人公性格不好？”

我个人觉得，说这话的人才是性格不好……

和蜜村告别后，我和羊子小姐一起回到了刚才那场游戏中的“犯罪现场”。游戏主持人执木宣布：“在原地解散之前，请各位抽签选出明天的凶手玩家。”

波洛坂听了，不解地问：“不是应该明天再抽签吗？”

“从第二回合游戏开始就改成前一天抽签了。”大富原说，“这样凶手玩家就可以花一个晚上的时间精心设计出自己的诡计。”

的确，或许凶手玩家晚间在宅邸里散步时就能想出一个优秀的诡计来。

其他几人似乎也和我的想法一致，谁也没有对此提出反对意见，大家依次开始抽签。和上次抽签时一样，信封数量与在场的游戏玩家数量一致，每个人都一脸严肃地选好自己的信封并打开查看。正在这时，一位玩家突然大笑起来。

“哈哈哈哈哈，这可真有意思！”

说话的是音崎，他的情绪似乎异常高涨。在场诸人都冷眼瞧着他，似乎在彼此探问：“他没事吧？”“他怎么了？”

见没有一个人搭理自己，音崎的神情有些落寞。没办法，我只好问他：“那个……音崎先生，您怎么了？”

“你很想知道吗，葛白？”

其实也没有那么想，但我还是答道：“是，我很想知道！”

“既然你这样问，那我也只好告诉你了。”

音崎把装在自己信封里的纸拿给我看。

我看过后大惊失色。

他的纸上写着“Killer”几个字。也就是说，他就是第二回合游戏中的凶手玩家。

我急忙说：“您就这样告诉我们您自己是凶手？这样好吗？”

“没关系。这也没有违反规则吧？”

“您说得对，没有违反规则。”大富原似乎心情还不错，“因为这场游戏唯一的目的是破解诡计。不过现在大家都知道了您就是凶手，就会在案发后一直注视着您的一举一动。这样一来您就无法自由行动了，恐怕会对您不利。”

“没关系。我巴不得增加点难度。”音崎自信满满地说，“大家拭目以待吧。明天早上我就让你们看看什么才是完美的密室。我已经能想象到你们在我的谜题前臣服的样子了。”

虽然时间还有些早，但我们还是在宅邸的餐厅一起吃了一顿晚餐。我和夜月在同一张桌子旁落座后，暂时充当服务员的羊子小姐为我们端来了饭菜。

“这是今天的前菜——法国大革命风味香煎生腌牛肉。”

这道菜的名字就像一个谜题一样，而且我觉得香煎和生腌本身就是两个截然相反的概念。

“是吗！它看起来挺好吃的。”夜月拿起刀叉，熟练地切下一块送到嘴里。

她瞬间睁大了双眼：“真好吃！”

“真的假的？”

“你也尝尝。就像嘴里发生了法国大革命一样。”

“嘴里发生法国大革命……”我的舌头真的会期待革命的发生吗……

我提心吊胆地尝了一口，瞬间睁大了双眼：“这个生腌牛肉也太好吃了！”

真的像是口中发生了法国大革命一样。我的舌头上上演了一出攻陷巴士底狱的大戏。我的字典里没有“牛肉”两个字。不对，有。我每天都要花三个小时来吃生腌牛肉。

我发表的食评简直像《孤独的美食家》[①]里的台词一样。

羊子小姐笑道：“饭菜能合您的口味就是我们最大的荣幸。”

---

① 《孤独的美食家》：日本漫画家久住昌之创作的美食漫画。故事的主角美食家井之头五郎在去各地做生意的同时寻访当地美食，并将美食视为自己生命的意义。

我有点尴尬，但对不仅不知羞耻还经常丢人现眼的夜月来说，这都不算什么大事。我还红着脸，她已经在一旁笑意盈盈地跟羊子小姐搭话：“这道菜是谁做的呀？”

“是这里的专属厨师做的。厨师名叫莱蒂西亚·布雷克法斯特。”

“莱……莱蒂西亚·布雷克法斯特？”夜月难得有些狼狈，“这个名字听起来……那位厨师应该早餐做得很好吃吧[①]？”

“您说得对，莱蒂西亚·布雷克法斯特最擅长做早餐，尤其是欧姆蛋和班尼迪克蛋。”

“班尼迪克蛋！排在美国美食排行榜第一名的那个吗？”夜月激动地说，满脸兴奋地看向我，“我太期待明天的早餐了！”

“确实。”我点了点头，又吃了一口生腌牛肉，状似无意地向羊子小姐问了一个我留意许久的问题，“这么说来，在我们上岛以前，这里一共住了四个人？大富原女士、羊子小姐、执木先生和那位布雷克法斯特主厨？”

羊子小姐摇了摇头，说：“大富原女士的主治医生也住在这里，所以一共有五个人。”

“哦？主治医生也在？”

“是的。主治医生是一位年轻的女士。”

我们还没有见到过这位女士。不过我们还会在这座岛上住几天，大概能有机会遇到她吧。

我边想边吃。正在这时，我忽然感觉到有一道视线正紧紧盯

---

① 此处为谐音梗，布雷克法斯特的英文为“breakfast”，意为早餐。

着我。我看向那道视线的源头，与装饰在餐厅里的兔子玩偶四目相对。玩偶一共有十只，其中七只穿着塔士多礼服[1]，另外三只则穿着长裙。它们都瞪着圆圆的眼睛，死死地盯着我。

我倒吸一口冷气，总觉得气氛有些诡异。

吃完晚饭后，执木把我和夜月领到了今晚泊宿的小别墅。我们刚登上金网岛就马不停蹄地参加了“密室诡计游戏”，所以还没有去过自己住宿的小别墅。日头西斜，柏油路被夕阳染上了茜色，我们提着旅行袋沿路前行。

大约走了十分钟，我们来到一座小别墅前。这是一座设计比较传统的木质小别墅。

“这里是夜月小姐的住处。”

执木说着，从口袋中取出两张房卡——其中一张应该是备用房卡。他把两张房卡都递给了夜月，说：“这是您的房卡。”

“原来这座小别墅是用房卡开门的呀！”夜月看向小别墅大门上装着的读卡器。

这台读卡器不同于公交IC卡的读卡器，似乎不是通过把卡片靠近机器来读取信息，而是要把卡片插进机器里。换言之，开锁时必须手动插卡，拔卡时也必须手动拔出。不过对于一张插入式房卡而言，它似乎有些太厚了——大概有两张信用卡叠在一起那么厚，目测厚度约为2毫米。这种插入式房卡应该很少会厚达2毫米。

① 塔士多礼服：无尾晚礼服，是男士在正式场合穿着的一种礼服。

两张房卡上分别贴有贴纸，贴纸上印着数字“3”。房门上贴有一块金属板，金属板上同样刻着数字“3”。“3”应该是这座小别墅的房号。

夜月把手中的房卡插入读卡器中。随着一阵“哔哔”声，门锁开了。

“香澄，明天见。”

她从读卡器中拔出房卡，朝我摆摆手就走进了房间。

“葛白先生，我现在带您去您的住处吧。”

执木说完，把我带到了我的小别墅。这座小别墅离夜月那座只有1分钟左右的路程，设计也一模一样。两处小别墅房卡的结构也相同。执木像刚才一样取出两张房卡递给我：“这是您的房卡。”

我赶紧接过房卡插进了读卡器。

然后我惊讶地发现，虽然房卡已经插进了读卡器，但读卡器却毫无反应。我拧了拧门把手，发现房门仍处于上锁状态。

或许是插得太浅了？我又把房卡插到头，可读卡器还是没有反应。

“奇怪。”执木也有些难以置信，“可以让我来试试吗？”他从我的手里接过房卡，仔细观察了好一会儿，最后小声说道：“原来如此。这张房卡裂了一块。”

房卡为8厘米乘以5厘米的长方形，底色为白色，只在最前端有一片1厘米乘以5厘米的黑色区域。

“这里是储存磁数据的地方。”执木指着房卡上的黑色区域说，“也就是说，读卡器深处的传感器，就是通过读取存储在这里面的数据来给房门开锁的。如果这个区域开裂，那么房卡就无法使用了。如果是其他部分开裂，不管裂得多严重，也不会影响房卡的正常使用。葛白先生，您房卡上的裂缝就是在这片黑色区域里。”

我仔细看了看执木手中房卡上的黑色区域。确实，那里有一道裂缝。怪不得用不了了。

“真是太抱歉了。”虽然这不是执木的错，但他还是朝我深深鞠躬致歉，“另一张房卡应该能用，您试试。”他真是一个一丝不苟的人。

我依他的话把另一张房卡插进读卡器深处。这次，随着“哔哔”声，门锁一下就打开了。

执木松了口气，开玩笑说：“太好了，差点让您露宿野外。之后如果再遇到什么事，请您随时吩咐我。”

他又朝我鞠了一躬，随后转身往宅邸走去。

执木的“一丝不苟”简直与字典里解释的一模一样。他是一个没有什么特点的平凡男人，只有一点引起了我的关注：他的左手无名指上有一处戒指留下的痕迹，并且看上去应是戒指刚取下来不久。

他最近是不是离婚了？

我一边猜测着，一边走进小别墅并关上了门。关门时我感到一丝诡异，又仔细看了看大门，很快发现了缘由——大门内侧的内锁旋钮正处于“开锁”位置。

看来这扇门不能自动上锁——使用房卡的大门一般会使用自动锁，这扇门还真是特别。我想做个试验，于是打开门走到门外，再次把房卡插进读卡器里。在“哔哔”声后，我又听到了房门上锁的声音。原来如此。无论开锁还是上锁，都必须把房卡插进读卡器才行。

小别墅的内部面积约有 15 叠，十分宽敞，一个人住甚至显得有些浪费。虽然只有一层，但层高很高，看上去有 4 米左右。窗户可以自由开关，打开后春天微凉的晚风便钻入屋中，令人心旷神怡。小别墅离大海很近，在室内还能听到波浪的声音。

小别墅里装有浴缸和马桶，我淋浴后看了一会儿书便直接上床休息。由于白天实在太过劳累，很快就睡着了。

夜里我忽然醒了过来，恍惚间看向窗外，苍白的月亮正浮在孤岛上澄澈的天空中，真美啊。我下了床，走到窗边欣赏着这幅美景。突然我发现除了月光，窗外还有一处光源。那是……我好奇地走出小别墅，走近那处光源，很快就反应过来那究竟是什么——如我所料，外泊里正在那儿生着篝火。

自称活了上千年的吸血鬼——在外泊宿的外泊里。

外泊里见我过来，兴奋地喊道：“你为何夤夜前来？散步？真是异想天开。”

我耸了耸肩：“半夜生篝火的人也挺异想天开。”

“篝火不正是夜间才生？”外泊里说得理所当然，“火光熄灭就会遇到危险。会被狮子袭击。”

“……这里是非洲还是别的什么地方？”我差点以为我们是在神奈川的某处孤岛上。

“你竟如此注重细节。”外泊里惊讶地说，“罢了。这个，吃了！”

外泊里说完，递给我一串用篝火烤好的芋头。我接过来，边哈着气边吃了起来。

忽然，我睁大了双眼：“这是什么？这么好吃！”这串用篝火烤过的芋头竟意外地好吃。

“芋头蕴藏着无限可能。”外泊里也哈着气，狼吞虎咽地吃下一串芋头，边吃边对我说，“从前，土豆和红薯乃薯芋类两大巨头。本小姐以为，芋头也有成为薯芋类巨头的潜质。”

“山药也有这个可能。”

“非也非也。山药做成山药泥最好吃。所以每次举办‘最美味的篝火烧烤之薯芋类植物锦标赛’时，山药都会遗憾败北。真可怜。”

“确实。”

真可怜。

外泊里吃完芋头后，又拿起一串穿在烧烤专用的金属签上的玉米。当玉米表面烤至微焦后，外泊里给玉米刷上酱油继续烤制。香气瞬间将我们二人包裹，我的食欲被调动到顶点。

我下意识地咽了咽口水，不抱希望地说：“这串玉米闻起来挺香。”

外泊里听了，露出一丝不怀好意的笑容：“真抱歉，本小姐不能把它送给你。”

“果然……”

我一下子泄了气，带着几分恨意看向吃得正香的外泊里。

“话说，”她像是突然想起了什么，“你叫何名？”

这么一说，我好像还没向她介绍过我自己。

虽然有些迟，我还是报上了自己的名字：“葛白香澄。请多指教。”

“葛白香澄……”外泊里还在吃着那串烤玉米，皱了皱美丽的眉毛，“这名字有点怪。”

……我不想被一个叫“外泊里英美里”的人做出这样的评价。

外泊里轻哼一声，侧过头问我：“顺便问一句，与你一同上岛的那个女孩是谁？那个看起来脑子不太行的呆萌美人。”

她说的大概是夜月吧。不，肯定是夜月。

“那家伙叫朝比奈夜月。”

“哦，朝比奈夜月吗……好，如此一来，金网岛上所有客人的信息本小姐就都掌握了！”外泊里说话时，她的双马尾也轻轻晃动着，“博主波洛坂、音乐家将军音崎、原法官黑川千代里、上了年纪的宗教人士安东尼·詹特曼、呆萌美人朝比奈夜月……一共就是这几个人。”

“不对，还有一个人。”

“还有一个？是谁？”

“嗯……是一个叫蜜村漆璃的女孩。”

“蜜村漆璃……吗？”外泊里睁大了眼睛。

我觉察到她的反应有些反常：“你认识她？”

“某种程度上来说，她也算个名人。”外泊里说完，恍然大悟似的点了点头，“原来如此，这确实是大富原的风格。实不相瞒，大富原乃蜜村漆璃的超级粉丝。”

“啊？是吗？”我如是想道，不过没有表现出来。

“她很害羞的，真是个麻烦的家伙。”外泊里把她的朋友大富原称为“家伙”，“她不会直接对自己喜欢的人说喜欢。”

“怎么有点像偶像歌曲的歌词……”

我们的对话到此告一段落，我看了看手表，时针指向凌晨2点，已经很晚了。

我不经意地问：“话说外泊里你还不睡吗？”

外泊里像是被我的话刺痛了一样：“什么？不想再跟本小姐聊天了吗？”

“我不是这个意思。”

“骗人。不是这个意思，那是什么意思？想表达这个意思的时候，不是应该更不经意地端出茶泡饭来吗？这才叫温文尔雅。”

“京都文化真是博大精深啊[①]。”

“本小姐还……本小姐还不想睡！”

她发表完这一番宣言后，又拿了一串芋头咬了起来。然后，她抬头望了望天：“今晚的星星真美。”

于是，我也抬头望向天空。的确很美。或许我应该说，不愧是孤岛上的景色。这里既没有尾气也没有路灯，只有纯净的群星在不停闪烁。

“啊，真美！本小姐想要唱歌！”

---

① 日本人公认京都人说话拐弯抹角。一般认为京都人询问客人“要吃茶泡饭吗”就是在下逐客令。

外泊里似乎颇为兴奋，转身钻进帐篷拖出一个吉他盒来——这里竟会有这种东西？！

她抱着那把原声吉他说："本小姐开始唱了。织田裕二的《克服麻烦》（*Over the Trouble*）。"

"竟然是织田裕二的歌？！"

《克服麻烦》是织田裕二主演的电视剧《发达之路》的主题曲。

外泊里弹响了吉他，开始吟唱。她的歌声就像孤岛上空的春日星空一样纯净澄澈。我陶醉于其中，在她一曲终了时奋力鼓起掌来。

不过我的掌声好像使事态朝糟糕的方向发展了。

外泊里的兴致更高了："下一首歌是——"

她马上就开始准备唱第二首。

"等……等一下。你还要唱？"

"当然要唱。毕竟今晚的星星这么美。"

外泊里不负自己的宣言，之后又连续唱了两个小时。她的个人表演结束时，已经是凌晨四点多了。

第二天早上七点我就起了床。听说早饭七点三十分开始，所以我不得不在七点起床。昨晚一直熬夜到四点多，睡眠时间只有三个小时左右。真是……都是因为外泊里拉着我当她的个人演唱会的观众。

我揉着惺忪的睡眼朝宅邸走去，中途看到了正在沙滩上生着篝火的外泊里。她甚至还在哼着歌。这就是年轻的力量吗……不对，她说自己已经上千岁了，所以或许应该说这就是老年人的早起习惯吗……

我到达宅邸餐厅时，金网岛上的众人几乎已经齐聚于此。一位我不认识的女性正在用卡式炉煎欧姆蛋——酒店的早餐时间里经常能见到这幅场景。这位美丽的白人女性拥有如模特一般出众的身材，看起来还不到30岁。

“那个人是谁？”我向已经吃完早饭的夜月询问道。

她挺起胸答道：“她就是莱蒂西亚·布雷克法斯特小姐！”

“她就是那个传说中的……”擅长做早餐的布雷克法斯特小姐！

早餐的其他菜品都已经摆在了餐桌上，唯独欧姆蛋是现煎现吃的。所以我赶忙起身朝布雷克法斯特小姐走去。

“那个……可以请您帮我煎一份欧姆蛋吗？”我对她说。

在那张专门做欧姆蛋的桌子上摆着很多玻璃碗，里面分别装着小份的鸡蛋、奶酪、培根等食材。和酒店早餐一样，在这里客人也可以根据个人喜好来选择食材，让厨师为自己单独烹制菜品。

我说出了我的要求：“麻烦多放奶酪，多放培根，多放蘑菇。”

布雷克法斯特小姐听了，侧过头对我说：“Me paenitet，non intellego Iaponica.”

她突然对我说出一种谜一样的语言。

事发突然，我一瞬间不知该作何反应。担任服务员的羊子小姐见状慌忙赶了过来：“葛白先生，实在对不起。她不会说日语。”

“啊，这样啊。”

“她只会说拉丁语。”

“拉丁语？！”

原来那种“谜一样的语言”是拉丁语。不过……

“这个世界上还有人只会说拉丁语？”

我记得没有任何一个国家的常用语言是拉丁语吧。

“其实，她是在美国一个僻远的村庄里长大的。”羊子小姐说，“出于宗教方面的理由，那个村庄的村民们只用拉丁语交流，所以布雷克法斯特小姐也只会说拉丁语。”

“那她能入境日本真是不容易啊。”她到底是怎么办好入境手续的？

“关于这一点嘛……”羊子小姐向我道明了原委。

据羊子小姐说，大富原女士从前在美国旅行的时候曾参观过这个特殊的村庄，并在一家餐厅里就餐。那家餐厅的菜品实在太过美味，大富原女士便把当时的主厨——也就是布雷克法斯特小姐挖到了金网岛上。布雷克法斯特小姐原本是村里学校的体育老师，她想把自己烹饪的爱好发展成一项事业，于是开了一家餐厅。她被大富原女士开出的超高薪水吸引，所以来到了金网岛。

羊子小姐说完后，露出了温和的笑容：“您希望在欧姆蛋上撒些什么呢？我来帮您翻译。”

我吃惊地问：“羊子小姐会说拉丁语吗？”

羊子小姐似乎有些羞涩：“会说。其实我会说四国语言。”

“是吗！您都会说什么语言啊？”

“日语、拉丁语、匈牙利语和瑞典语。”

全都是使用人数很少的语言！这么说来，她不会说英语吗？为什么她会选择学这几种语言呢？

羊子小姐没有理会我心中的疑问，用拉丁语帮我点了一份欧姆蛋。

过了一会儿，我点的“多放奶酪，多放培根，多放蘑菇”的欧姆蛋终于做好了。真是颇费了一番周折。我端着那份欧姆蛋回到了自己的座位上。

我尝了一口，惊喜地说：“不愧是‘做早餐的布雷克法斯特’！这个绰号实至名归！”

“你在嘟囔什么呢……”夜月边喝牛奶边惊讶地说。

吃完欧姆蛋后，我又尝了尝其他菜品。这顿早餐包括沙拉、烘肉卷、意式腌茄子和其他几道简单菜品，每一道都异常美味。我正疯狂夹着菜，突然感到有些不对劲，抬起了头。不对劲的东西是餐厅中的装饰架。昨天架子上还摆着十只兔子玩偶，今天它们却不见了。

有人把它们拿走了吗……

我正想着，餐厅的门忽然开了。大富原走了进来。她今天也穿着一件柔顺的长款连衣裙，周身散发出欧洲贵族小姐般的气质。

“不知道今天的早餐还合大家的口味吗？”大富原的声音充满元气，“如果大家都用完餐了，那我们就开始今天的游戏吧！我从昨天开始就特别期待，今天究竟会出现怎样的密室……嗯？”

大富原止住话头，环视餐厅一周，面带惊诧。

“好像玩家还没有到齐呀。”

听到她这话，我也一一扫视餐厅中诸人。的确，大部分玩家已经到了，但还有一个人没来——音崎。难道他睡过头了吗？他在昨天的抽签中被选为今天的凶手玩家。担任如此重要角色的人，真的会迷迷糊糊睡过头吗？

“这么说来，”夜月侧过头说，“执木先生也没过来。”

大富原不知为何露出一丝苦笑：“哦，执木他……”

“经常睡过头。”羊子小姐接过话头，叹了口气，“没办法，我去叫他吧。顺便也去看看音崎先生到底怎么了。”说完她就离开了餐厅。

五分钟后，羊子小姐慌慌张张地跑回来，面色青白地说：“音崎先生不见了。他住的那座小别墅现在是空着的。”

“哦？是吗？”大富原有些不解，“那执木呢？他还在床上？”

“没有。执木他……”羊子小姐答道，“被杀了。”

听了羊子小姐的话，餐厅内众人一齐赶往执木居住的小别墅，只有布雷克法斯特小姐没有跟来。羊子小姐发现尸体后赶到餐厅时，布雷克法斯特小姐已经回到厨房。我们冲出餐厅时也没有留意到她的动向。等发现少了一个人后，想要再返回餐厅叫她，但因为这实在是浪费时间，所以我们只好丢下她朝案发现场赶去。

到达后，我们发现执木住的小别墅只有一层，外墙贴着仿砖瓦的瓷砖，外观极具欧式平民住宅的风格。屋顶上装有太阳能电池板。小别墅旁边建有一处公共厕所，它的外墙上同样贴着仿砖瓦的瓷砖。或许小别墅内部没有厕所。

我们绕小别墅转了半圈，发现在日照条件较好的南侧墙壁上，有一组可以左右对开的巨大窗户。从窗户向室内望去，每个人都露出了错愕的表情。执木倒在屋内，背部插着一把刀。怎么看他都是死了，这绝不是“密室诡计游戏”中的表演。

执木的尸体倒在窗户对面的墙边。但窗户上着锁无法打开，于是我们只好绕到小别墅的出入口，却发现大门也上着锁。

“这扇门的钥匙呢？”我问道。

“应该在执木自己手里。”羊子小姐说，“钥匙现在也许在小别墅里面。”

“她的推测应该是对的。”老绅士詹特曼刚从窗户那边走来，“刚才我从窗户朝里面看了看，就落在那里。钥匙——就在屋里。”

“什么？真的？！”

波洛坂一跃而起跑向窗户，我也追了过去。

我们再次从窗户向屋内看去，木板铺成的地面上确实有一把钥匙。钥匙刚巧被尸体挡住，位置十分隐蔽，但它确实就躺在那里。

“这间房间只有一把钥匙吗？”黑川千代里问道。

“是的，只有一把。”大富原耸了耸肩，“所以如果落在地上的钥匙是真的，那么我们就进不去房间了。”

“原来如此。那就没有其他办法了。”老绅士詹特曼补充道，“只能把窗户打碎了。大富原女士，您不介意吧？”

“不介意。毕竟密室的窗户就是为了被打碎而存在的。”大富原得意地说，又朝羊子小姐吩咐道，“羊子小姐，你去把它打碎吧。”

羊子小姐点了点头，从小别墅旁边捡起一块石头。这组能左右对开的窗户上装着月牙锁。此刻月牙锁处于上锁状态，而且由于被胶带固定住所以无法活动。羊子小姐用手中的石头将月牙锁旁边的玻璃敲碎，之后为了保留证据，用手机拍下了被胶带固定住的月牙锁的照片。然后她把手从玻璃上的破洞伸了进去，撕下胶带打开了月牙锁，将窗户向左右两边打开。我们从窗户进入了小别墅，赶到尸体旁边。最先赶到的人是我，之后是羊子小姐、大富原、老绅士詹特曼、波洛坂、夜月和黑川千代里。

执木确实已经死了，和我们从窗外看到的一样。看着他痛苦的表情，我不由得有些畏缩，不敢走近。他的背部被刺中数刀，无疑是他杀。此外，没有发现其他外伤。

在脸朝下倒在地上的尸体旁，有一把金属钥匙，钥匙被尸体遮挡，位置十分隐蔽。正是我们刚才从窗外看到的那一把。我捡起钥匙，羊子小姐看着它说："没错，就是这座小别墅的钥匙。"

"也就是说……"我低声说。

门窗都上着锁，而且唯一一把能给门上锁的钥匙还在屋内。毫无疑问，这是一场密室杀人案件。

"不过……"

慎重起见，还是有必要验证一下这把钥匙的真伪。我把地面上铺的木板踩得"吱吱"作响，走到这间房间的出入房门（也是这座小别墅的出入大门）旁边，检查了一下房门内侧的状态，瞬间被震惊得哑口无言。和我预想的一样，房门内侧的内锁旋钮处于上锁状态，且不止于此。门上有一道长 80 厘米、宽 10 厘米的木质门闩，此刻这道门闩也紧紧地插在门上。换言之，这道能向右滑动的门闩会妨碍这扇内开门的正常开合。如此一来，即使内锁旋钮处于“开锁”位置，门闩的存在也会使得房门无法开启。

“不过地上怎么湿湿的。”夜月不知何时来到了我的身边，如是说道，“你看，还有打湿的痕迹。”

夜月看向地面，我也看向地面，确实湿漉漉的。

“这……这是……”我喃喃自语。

冰块诡计！怎么看这都是冰块诡计！

然而，即使用上了冰块诡计，凶手也很难在用内锁旋钮锁门的同时插上门闩。那么凶手究竟用了什么诡计？我边思索着，边拧动内锁旋钮开了锁，又把门闩向旁边滑动，打开了这扇向内开启的房门。滑动门闩时我几乎不需要用力。之后我和夜月一起出门来到小别墅外侧，关上门后，我把手中的钥匙插进钥匙孔内。

我拧动钥匙后，听到房门上锁的声音。谨慎起见，我又拧了拧门把手，门已经被完全锁住了。也就是说，屋内的钥匙就是这座别墅的钥匙。

我又把锁打开，回到小别墅里，再次环顾屋内。

和我住的那座小别墅一样，这里的层高约为 4 米，室内面积约为 15 叠。这间房间肉眼看上去很大，我甚至觉得它比我住的小别墅还要大。明明是一样的面积，为什么它却显得如此宽敞？很快我就找到了原因。

第一个原因是，这座小别墅的光源全部隐藏在天花板内。而在我住的那座小别墅里，简易的吊灯从天花板上垂下，使人从视

第二个密室(小别墅中的密室)的大门略图

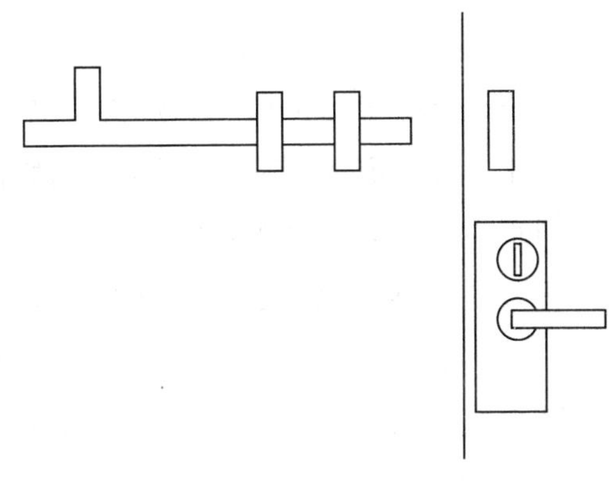

向右滑动门闩，可使大门上锁

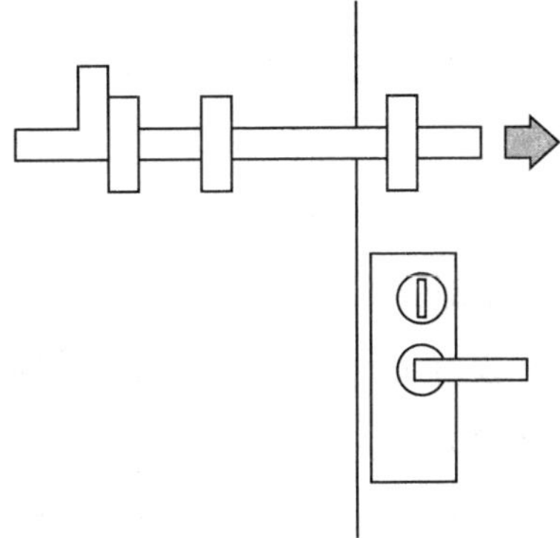

觉上感到天花板的高度较低。

而另一个原因则是——这间房间里没有家具。

不知为何，房间里一件家具也没有。既没有沙发，也没有床。从某种意义上来说，这间房间相当诡异。我重新观察了一遍现场的状况。

这间房间呈长方形，长约 6 米，宽约 4 米。具体来说，南北两侧墙壁长约 6 米，东西两侧墙壁长约 4 米。小别墅唯一的大门，也是唯一通往外部的出入口开在西侧墙壁上。

房间南侧墙壁上开有一组能左右对开的巨大窗户。窗户从地面一直延伸到天花板，也就是所谓的落地窗。左右对开的两扇窗构成一组，都是向庭院方向推开，每扇宽度均为 2 米左右。

在这组窗户对面的北侧墙壁上设有一道室内门，这扇门刚好开在窗户的正对面。

门上与视线平行的地方有一扇装有铁栅栏的观察窗。从观察窗中可以看到里面有一间长宽均为 2 米左右的正方形小房间。小房间里空无一人。室内门上了锁无法开启，于是我打开手机的录像软件，把手机从铁栅栏的缝隙中伸进小房间里，录下了门侧、天花板等死角部位的影像。

视频里没有录到任何人影，这也排除了凶手躲在小房间中等待我们离开的可能。

我把视线从小房间移开，看向站在离我稍远处的羊子小姐。她正远远看着墙边执木的尸体，眸中含泪。我不由得盯着她多看了一会儿，她连忙擦掉眼泪，像要遮掩什么似的，说：“执木是我

北

第二个密室（小别墅中的密室）的现场

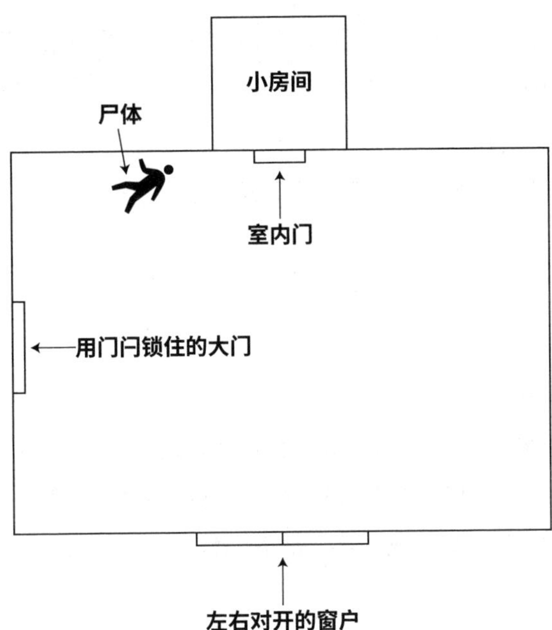

的丈夫。”

然后她又换上了一副苦笑的表情：“严格来说，是我的前夫。我们前一阵子离婚了。”

原来如此，我突然想起执木左手无名指上戒指的痕迹，他竟然是羊子小姐的前夫。

我不知道怎么接话才好，只好说：“节哀顺变。”

羊子小姐摇了摇头：“我没事。真的没事。我现在特别开心。”

我大脑一片混乱：“您的意思是，执木先生死了您特别开心？”

她又摇了摇头：“不是。”

“他死了我很难过。不过我的开心远胜过我的难过。”

“我不太明白您的意思……”

“不明白？为什么不明白？”羊子小姐突然大喊大叫起来，显得十分亢奋。

我吓了一跳。

羊子小姐用失焦的双眼看向我：“因为……”

“因为这间房间是个密室啊！”她的声音中充满了喜悦，“我爱的人在密室中被杀死了——难道世界上还有比这更让人高兴的事情吗？！”

听到这儿，我终于明白了。莫非她……

“哦？所以你……”

身着宗教服装的老绅士詹特曼走了过来，嘴边浮现出温和的笑意：“莫非，我们是教友？”

“是！我们是教友！”

羊子小姐解下执事服装上的领带，又解开白衬衫最上面的一颗纽扣，把手从胸口处伸进去，拽出一条银色念珠。这不是一条普通的念珠。被钉在十字架上的不是耶稣，而是一具没有肉的骸骨——是宗教团体“晓之塔”的纹章。

那个崇拜密室的宗教。它的理念，简单来说就是：越是在完美的密室中死去，越能给周围的人带来幸福。

“羊子小姐，死亡是一件可悲之事。”老绅士詹特曼（也是“晓之塔”的最高级骨干——“五大主教”之一）说道，“但在密室中死亡却是一件可喜之事。两种截然相反的情感交汇在一起，肯定会让人感到混沌迷茫。没有关系。人就是一种具有多面性的生物，会同时拥有很多想法。你可以既难过又开心。前方一定会有救赎。”

“我会努力的！”羊子小姐边开怀大笑边泪流满面，就像在实践着主教的训导一样，“我现在就是既难过又开心！”

不知为何，我感到有些头痛。

我想跟这些不正常的人保持点距离，正好波洛坂和黑川千代里就站在不远处，我赶忙走到他们那里。他们正站在北侧墙边的执木的尸体旁。见我过来，黑川千代里问我：“钥匙怎么样了？”

“钥匙……？”

“你捡起来的那把，这座小别墅的钥匙。”

我反应过来，把一直拿在手里的钥匙举给她看：“我把它插进钥匙孔里试了试，确实是真钥匙。所以这个房间就是一间完美的密室。”

“和我想的一样，本来就没必要特意去验证。”她不以为然地说。

我有些气恼：她没必要用这种语气说话吧？

“那这里情况如何了？”我朝黑川千代里问道，她似乎在检查尸体。

“哦，”她简单地回应了一句，“这里也有个有意思的发现。”

说完，她看向蹲在尸体旁边的波洛坂。

波洛坂冷哼一声，语带不满：“本大爷可不是来协助你调查的。”他把尸体旁边放着的“那个东西”拿给我看。

“它刚才在执木的上衣里。”

听了这话，我把目光转向他手中的“那个东西”。

“这是……”

“餐厅里的玩偶。”波洛坂接过了我的话头。

的确，它正是昨天还放在餐厅、今天却不见踪影的兔子玩偶。玩偶身穿塔士多礼服，背部插着一把迷你小刀，刀刃长度为 5 厘米左右，刀身较细。

玩偶中刀的姿势与我们眼前执木的尸体一模一样。

“这是……象征吗？”我喃喃自语道。

玩偶就像是再现了执木的死状。此外，玩偶身上还有另一个特征：玩偶背部插着的那把迷你小刀上，被人刻上了几个金光闪闪的字：“密室全鉴。”

我念出了这几个字。这到底是什么意思？是一本书的名字吗？书里搜罗了古今各国所有著名的密室诡计？

我向大家说出了自己的猜测，波洛坂干脆地否定了我：“不对。”

他皱着眉说：“‘密室全鉴’是一个很有名的密室代理人。他甚至能和那个‘密室操纵师’平起平坐。不对，单论实力的话，或许还是‘密室全鉴’更胜一筹。”

所谓“密室代理人”，是指专门在密室里杀人的杀手。而“密室操纵师”，则是其中最臭名昭著、在日本制造了最多密室杀人案件的一个人。能和“密室操纵师”平起平坐，甚至可能还更胜一筹——光是听这个描述，我已经知道“密室全鉴”是多么危险的人物了。

但“密室全鉴”这个绰号……

“有点夸张啊，这个名字。”

“本大爷也觉得，”波洛坂说，“但的确人如其名。‘密室全鉴’掌握古今各国所有密室诡计，其中甚至包括从未被人发现过的诡计。你不觉得只有‘密室全鉴’这样的名字才最适合用来形容这种像妖怪一样的人吗？”

我感到波洛坂在提到“密室全鉴”的时候越说越激动，言语中带着几分不一般的情感。

所以，我问道：“您真了解这个‘密室全鉴’啊。”

“这个嘛……”波洛坂一时语塞，顿了一会儿才苦闷地说，“我曾经负责过一次他制造出来的案件。”

“负责过他的案件？”

“直到两年前，本大爷都是个刑警。离开警局时，已经是警视厅刑事部搜查零课——人们也叫它‘密室课’——的警部[1]了。”

① 警部：日本警衔之一，一般而言可以在警察署担任课长。

听了他的话，我不禁睁大双眼。警视厅的密室课处在日本密室案件调查工作的最前线，波洛坂竟然有如此华丽的履历？！

“这也没什么了不起的。”波洛坂自嘲地说，“我虽然曾经是密室课的刑警，但其实也只是被密室侦探们使唤着做事。现在密室侦探才是密室案件调查工作的主角，刑警只能做点询问调查、收集证据之类的幕后工作。本大爷就是讨厌这一点才辞职的，只有这一个原因。然后本大爷就化名波洛坂耕助，靠做侦探类博主为生了。”

这可真是职业生涯中的巨大转身。我还有很多想问他的东西，但现在那些都不要紧，所以我克制住了自己的好奇。现在最要紧的是，这次的杀人事件可能是由那位密室代理人——“密室全鉴”制造出来的。

“不过我好像听说……”黑川千代里突然开口，“‘密室全鉴’不是已经金盆洗手了吗？听说他这一年一直都没什么动静。”

“哦，我……本大爷也听说过这件事。”波洛坂特意把“我”改成了“本大爷”，“不过这把迷你小刀——这把插在兔子玩偶身上的迷你小刀，的确是‘密室全鉴’喜欢留在现场的东西，本大爷曾经亲眼见过。不过本大爷也没法确定今天这把刀是不是真的。”

原来如此。也就是说，这也可能是一次模仿犯罪。插在玩偶身上的刀制作十分精良，很明显是定制的产品。如果说这是一件仿品，那么谁都能向制造商下单，按要求制作出来。

我正沉吟着，忽然看到落地窗外有人影闪过。我看向窗子，站在那里的是一位身材如模特般曼妙的白人女性——早餐专家布雷克法斯特小姐。

我朝她走去，想问问她是不是出了什么事。

走到她身边时，我不由得倒吸一口冷气。

布雷克法斯特小姐拿着一只身着塔士多礼服的兔子玩偶。玩偶的胸口插着一把迷你小刀，刀上刻着这样几个字："密室全鉴。"

我下意识地看向波洛坂。方才那只被刺中后背的兔子玩偶还好好地拿在他手上。所以，布雷克法斯特小姐手中的玩偶并不是执木怀中的那一只。

换言之，这是第二只玩偶。

"布雷克法斯特小姐！"我忍不住大叫起来，从落地窗前跑到小别墅外，紧紧抓住她的双肩，"这个玩偶怎么了？！"

她露出困惑的表情，说道："Hem，quid accidit？"

对了，她只会说拉丁语来着！羊子小姐看到我精神恍惚的样子，也从落地窗那里走了出来。

见羊子小姐过来，我不禁内心发凉、汗毛倒竖。但羊子小姐却像被什么东西附身了一样，表情出奇地平和，方才的惊变一扫而光，又变回了平常那个镇静从容的她。

羊子小姐轻咳一声，用拉丁语朝布雷克法斯特小姐说了些什么。她们交谈一阵后，羊子小姐告诉了我方才的谈话内容："布雷克法斯特小姐说，这只玩偶被人放在宅邸某间房间前面。"

小别墅里面的众人也听到了她的话，围拢到我和羊子小姐身边。从他们的表情中可以看出，大家的想法与我一样。

从今天早上开始，谁也没有见到音崎的身影。

大富原像是知晓众人心声一样，开了口："布雷克法斯特小姐，请你领我们到那间房间吧。"

布雷克法斯特小姐带领小别墅内的众人来到宅邸的某间房门前。据她说，兔子玩偶当时就被摆在这扇门前。

我检查了一下房门——它上了锁，这也在预料之中。而且门上并没有钥匙孔，看来这扇门只能从内侧锁住或打开。

如此一来，和我们在小别墅发现执木的尸体时一样，现在我们也只能打碎窗户才能进入房间，不过……

"这间房间没有窗户。"大富原说，"所以不能打碎窗户后再进去。"

"所以只能把门弄破？"波洛坂自言自语。

这扇木质门看起来不是特别结实，只要用身体撞上几次就能被破坏掉。所以我对波洛坂附和道："来吧。"

我和波洛坂在门前摆好架势，一齐撞向房门。撞了几次后，装在门框内的锁扣部分被撞坏，这扇向内开启的房门终于被打开了。我马上检查了一下房门内侧的状况，果然内锁旋钮处在"上锁"位置，房门并不是因为被什么东西抵住才打不开的。

确认过此事后，我重新看向门后这间小房间。

这是一间3叠大小的狭小房间，房内只有一条延伸到地下的楼梯。换言之，这间房间是地下室的入口。

熟悉情况的羊子小姐走在最前面，我们也跟在她身后沿楼梯下行。大约走了两层楼高的楼梯后，我们终于来到一间地下室。

地下室里贴着洁白的墙纸，显得十分洁净。

音乐家将军音崎仰面倒在地下室的正中央。他的胸口也插着一把刀——这副死状与布雷克法斯特小姐捡到的玩偶一模一样。显然，音崎已经死了。

“音崎先生……”

我们走到他身边，摸了摸他的脉搏。果然，他确实已经死了。而且这怎么看都是他杀——换言之，一夜之间已经有两个人惨遭毒手。

“这是同一个凶手干的吗？”老绅士詹特曼说道。

波洛坂回答道：“应该是。”

他说这话时，视线一直在自己手里那只从执木被害现场捡来的玩偶和布雷克法斯特小姐手里那只象征着音崎死状的玩偶之间徘徊。

“两个玩偶身上插着的刀一模一样。刀柄上刻着的‘密室全鉴’几个字也丝毫不差。可以认为这两把刀是由同一个匠人制造而成。而同一个匠人制作出来的两把刀被分别留在两处案发现场，说明这两起案件的凶手就是同一个人。”

确实，这是唯一的解释。我不经意地看了看周围几个人。

现在这间地下室里一共有八个人。我、夜月、黑川千代里、波洛坂、老绅士詹特曼、大富原、羊子小姐和布雷克法斯特小姐。凶手——也就是“密室全鉴”，就在这几人之中吗？再或者，“密室全鉴”是我们都不认识的第三人，秘密潜入这座岛上并且杀死了执木和音崎？如果是这样，那“密室全鉴”的目的是什么？还有下一个谋杀目标吗？

此外，还有另一个我不得不考虑的问题。

这间房间是地下室，必然没有窗户之类的东西，也没有通往其他房间的房门。所以要想进出这里，只能经过刚刚我们走过的那条楼梯。而楼梯入口所在房间的房门却从内侧上了锁——我们刚才已经确认过这一点。

“也就是说，和执木被杀的那座小别墅一样，这间地下室也是密室状态。”波洛坂说道。

在场众人的表情都显得有些僵硬，我却感到自己还保持着几分冷静。

就算一夜之间发生了两起密室杀人案件，这也并不是什么稀罕事。

在如今这个时代，这样的事时有发生。

“总之，咱们还是应该先报警。”波洛坂说。

羊子小姐点了点头。我们跟着羊子小姐拾级而上，回到了地面。我驻足在楼梯顶端那扇门前——那扇使现场成为密室，同时也是地下室入口的门前。夜月看向我，问道：“怎么了，香澄？”

我含糊地说：“没什么……”然后紧紧盯着那扇门。门上安装着两个标准的普通合页，每个上面都有被液体浸湿过的痕迹。

我侧过头说：“这里也用了冰块诡计吧？”

在先前执木被杀害的现场，房门附近也有被水浸湿过的痕迹，我把它解释为冰块诡计留下的痕迹。如此说来，凶手在这处现场也用了冰块诡计吗？可如果是这样的话，为什么与执木被杀害的现场不同，这里只有合页的部分被液体浸湿了呢？这一点非常值得关注。

想到这儿，我猛然灵光一现："难道，凶手用了拆下房门的诡计吗？"

这是一种古典密室诡计。

首先，拧下固定合页的螺丝，将房门整体拆除；然后，拧动内锁旋钮使反锁舌保持弹出状态，再重新将房门放到门框中；最后，拧紧合页螺丝将房门固定。这个诡计的操作流程大致如此，不过……

"不可能。"有人出声否定了我的猜想。我转头一看，是黑川千代里。她什么时候过来的？是看到我和夜月站在门前，所以又折回来了吗？

黑川千代里指着门上的合页说："从这扇门的构造来看，一旦房门关上，合页上的螺丝就会被隐藏起来。所以刚刚香澄提到的那种诡计不可能实现。"

我点了点头，重新查看了一遍合页上的螺丝。的确，这几颗螺丝分别在房门侧面和门框侧面。如此一来，一旦房门关闭，它们就会被隐藏在房门与门框之间，凶手无法重新拧紧螺丝。换言之，黑川千代里说得不错，凶手不可能使用合页诡计。

"说起来，之前蜜村也说过同样的话。"我想起蜜村以前说过的话。

黑川千代里有些不耐烦地说："是吗？像是那家伙能说出来

的话。”

我之前就注意到，黑川千代里似乎对蜜村有些敌视。她们一个是法官，一个是被告，二人之间或许还有很多旧怨尚未释怀。

我正想着这些，黑川千代里在口袋里摸了半天，摸出一把瑞士军刀来。她从里面拉出十字螺丝刀，用它拆下了一颗合页螺丝。

“螺丝固定得很紧。”黑川千代里说。

我点了点头。

只要有一颗螺丝固定着房门，凶手就不可能使用拆下房门的诡计来实施犯罪。所以我们也没有必要一一检查其他螺丝是否被固定在合页上了。

我们和黑川千代里一起前往宅邸的会客厅，厅内诸人的表情显得十分困窘。我们连忙问发生了什么，羊子小姐皱着眉答道：“固定电话打不通了。”

“什么？您的意思是……”

“是的，”羊子小姐对我点了点头，“也许是电话线断了……”

“或者是，被人切断了。”大富原不知为何有些兴奋，“真糟糕。这样一来不是完全变成暴风雪山庄模式了吗？”

我大惊失色。的确，如果固定电话打不通，我们就无法与外界取得联系。因为这里是远海的孤岛，手机当然是没有信号的。

“……来接我们的船呢？”我不抱希望地问。

“当然是不会来的。”大富原毫无愧色地说，“本来我们就是这样安排的，直到‘密室诡计游戏’结束才会有船来接大家离开。

游戏一共有五天，今天才是第二天。也就是说，接大家的船三天后才会来。”

“送食物的船呢？也不会来吗？”波洛坂叉着双臂问道。

“食物补给船每周来一次。上一次是前天，所以下一次是五天后。”

这算什么事啊。换言之，在这座孤岛上，一个完美的“暴风雪山庄”已经形成。

钟表走动的声音显得异常刺耳。与世隔绝的远海孤岛——我们陷入了有如推理小说般的境况。

对了，“大牢”中的蜜村还平安无事。据羊子小姐说，今天早上给蜜村送早餐时，她还活蹦乱跳。虽然我一直坚信蜜村不会被杀，但听到羊子小姐的话，还是松了一口气。

“总之，如果警察来不了的话，”波洛坂说，“只能由大家来进行现场调查了。好在有本大爷这个前刑警在。令人遗憾的是，现场还有一位东京地方法院原法官。”

黑川千代里听了，点了点头：“确实。都交给我吧，不会出差错的。”

“你真是不客气啊。”

“有吗？不过这就是事实啊。”黑川千代里眼神冰冷，“大家不用担心，这个案件由我来解决。所以既不需要警察，也不需要接我们的船只。你们只要喝点红茶，优哉游哉地等着就行了。”

她的语气可真强硬，但绝不是狂妄自大。一个在第一天的“密室诡计游戏”中就战胜了蜜村的人——一个拥有如此卓越推理能力的人，当然有资格说出这样的话。

不过黑川千代里本人也有可能是凶手，关于这一点我们也必须多加注意。另外，同样在积极推进调查的波洛坂也可能是凶手。毕竟在推理小说中，侦探就是真凶的桥段也经常上演。

黑川千代里全不在意我在想些什么，她环顾众人，说道：“话说回来，你们有人会验尸吗？”

“我想知道被害的执木和音崎死亡的大致时间。”

她说完这句话，大富原和羊子小姐对视一眼。

“哦，想知道死亡时间的话，”大富原略微举了举手，“我的主治医生也在岛上。”

“主治医生？”黑川千代里问。

“是的，她也住在这座岛上，是我的私人医生。”大富原说，“名叫山崎医织。”

“医生医织小姐。”夜月说，“这么一说，之前羊子小姐也提到过，岛上有一位年轻的女医生。”

“是的。”大富原点了点头，看向羊子小姐，“羊子小姐，请你把医织小姐领到这里来。我们得请她来验尸呢。”

羊子小姐点了点头，小跑着往宅邸玄关方向赶去。

我们在会客厅等着羊子小姐回来。十分钟后，她带着一位身着白衣、身材娇小的女士回到了会客厅。那位女士身高约 150 厘米，面容如孩童一般，看起来就像初中生一样。她的容貌十分美丽，却用一副大大的黑框眼镜把美丽的脸庞遮了起来。

“这位就是山崎医织小姐。”大富原如此介绍道。

“大……大家好，我是山崎医织。”医织打完招呼，又脸色发青地问，“有……有人死了？是真的吗？”

“当然是真的。”大富原说，“与其说是死了……不如说是被杀了。而且，其中一个被害者还是执木。”

“什……什么？！执木被……”

“真是难过啊。”大富原一点都不难过地说。

我之前就已经注意到，大富原有些——不对，是非常欠缺伦理观念。不过说起道德观念，这座岛上的大部分人都挺欠缺。重视伦理观念的人除了医织以外，也就只有我、黑川千代里和波洛坂这几个人了。

“那我先带你到音崎先生的遗体所在的房间吧。”大富原对医织说道，接着她欢快地走出了房间。

医织连忙说：“请……请等一下。”

大富原侧过头：“怎么了？”

“……我要去吐一会儿。”

医织说完就向玄关跑去。过了一会儿，我们听到远处传来呕吐的声音。

“抱……抱歉，久等了。”

终于，医织顶着一张苍白的脸回来了。她将空洞的目光投向大富原：“遗体在哪儿？”

“这边。”

大富原走在最前面，我们朝刚刚发现音崎尸体的地下室走去。大富原进入地下室内，指着躺在地上的音崎说：“就是那个。”

医织尖叫一声：“死……死了！”

当然了，所以才说是“遗体”嘛……

“医织小姐，可以拜托你验尸吗？”大富原问道。

“验……验尸？”医织语带惊慌，“让……让我来吗？”

“对，你可以吧？”大富原残忍地说，“毕竟你是医生。”

医织听了，发出一声哀号，露出一副被人击中了软肋般的表情。

“我……我确实是医生，不过，”她像是在找着什么借口，“不过我只在大学时学过验尸啊，大学毕业以后一次也没做过。”

“原来如此，大学毕业以后一次也没做过。”大富原点了点头，嘴角浮现出笑意，“这样我就放心了。因为医织小姐才29岁啊，大学毕业还没有几年。还是你已经忘了怎么验尸了？如果是这样的话，那就麻烦了。你的记忆力如果这么差，恐怕无法继续做我的主治医生了。”

医织听了，脸色又青白起来。

“我……我会努力做的！请让我来做吧！”说完，她带着一副快哭出来的表情开始检查音崎的尸体。

这位医生真的能行吗？我用怀疑的目光盯着正在验尸的医织，不过与我的预想正相反，她的手法十分娴熟。看来作为一名医生，她还是相当优秀的。不愧是大富原的主治医生。

这时，老绅士詹特曼忽然说：“那我也去帮她验尸吧，可以吗？”

听了这话，波洛坂怀疑地皱了皱眉：“你行吗？验尸？”

“还是个新手，不过……”老绅士詹特曼笑了笑，“也掌握了一些知识。至少我能判断医织小姐的验尸结论是否正确。”

我们面面相觑。老绅士詹特曼说的没错，为了推算出正确的死亡时间，参与验尸的人越多越好。

“可以啊。请您也去帮忙吧。”大富原同意了。

于是老绅士詹特曼也参加了验尸工作。他的验尸手法比医织还要熟练。看来“还是个新手”只不过是他谦虚的说辞而已。我推测，“晓之塔”既然是一种崇拜密室杀人现场的宗教，那老绅士詹特曼想必已经见惯了这样的场面。

音崎的验尸工作结束后，我们又赶往另一具尸体——执木所在的小别墅。在那里，医织和老绅士詹特曼同样迅速而老练地完成了工作。终于，医织代表二人宣布了验尸结果：“两……两个人的死亡时间都在今天凌晨两点到四点。从尸僵和尸斑的状况来看，可以确定他们就是在这个时间段内遇害的。”

大家都点了点头。

波洛坂环顾众人，说：“在这个时间段里，有人有不在场证明吗？”

“都那么晚了，怎么可能会有不在场证明……”我附和道。之后，我猛然想起自己忘了一件非常重要的事情。

“我有——不在场证明。”

说完，所有人都震惊地看着我。

“啊？你为什么会有，香澄？”夜月不解地问，“为什么你会有深夜不在场证明？这反而很不自然啊。”

的确，这反而很不自然。但是我确实有，深夜中完美的不在场证明。

“当时我和外泊里在一起。”

昨天，我深夜惊醒，看到窗外篝火的亮光，被篝火吸引走到了户外。然后，我在沙滩遇到了正在露营的外泊里，如此这般后，被迫成了她个人演唱会的观众。从凌晨两点到四点——一直在听她唱歌。

不想这段时间竟恰好与被害者的死亡时间重合，我也因此获得了完美的不在场证明。

“这么说来，外泊里也有这个时间段内的不在场证明？”波洛坂说完皱了皱眉，“话说回来，那个外泊里到底是谁？”

原来他们两个人还没有见过面。

昨天我和外泊里聊天时，她已经知道波洛坂就住在这座岛上，我以为两个人肯定已经见过面了。所以，其实外泊里是从大富原那里得到了玩家的信息，提前听说了波洛坂这个人吗？

大富原似乎也注意到了这一点，向大家介绍了外泊里。

“外泊里英美里是我的朋友。她借黄金周的机会来我这里玩。所以，我们去听听外泊里怎么说吧。她应该可以证明葛白先生说的话。”

“今天凌晨两点到四点，本小姐都干了些什么？”

大家来到外泊里处问了她这个问题后，她想了一会儿，把头侧到一边：“那么晚了，当然是睡了。”

什么？！

“外泊里！”我忙喊道。

外泊里愣了一会儿，终于想起了什么：“哦，这么一说，当时本小姐和葛白在一起玩！”

如此一来，我和外泊里的不在场证明双双成立。然而，波洛坂看着我们怀疑地说：“这算不算诱导性提问？或者你们只是在串供？”

“你在说什么！”我忙说，“我们还一起唱了歌！”

“还看了星星。”外泊里说。

“哦？真浪漫啊。”夜月说，“在我不知道的地方，竟然还上演了《周刊少年 JUMP》[1] 上的爱情喜剧？”

什么叫《周刊少年 JUMP》上的爱情喜剧啊！

总之，我和外泊里的不在场证明成立了，所以我们两个人不会是凶手。也就是说，凶手是这座岛上的其他几个人，或者……

“或者是岛外的其他人。”我无意识地说了出来。

听到我的话，所有人都自然地把目光转向了同一个方向——那道把这座岛围在中央的 30 米高的巨大围网。

“这座金网岛的周围，”大富原说，“有一道围网。要想进出岛屿，必须经过围网上唯一的大门。”

---

① 《周刊少年 JUMP》：日本集英社发行的连载漫画杂志。

大概就是我们上岛时经过的那道门。换言之，那里是这座岛唯一的出入口。

并且那道门上……

“门上装有监控摄像头。”羊子小姐说，“所以我们只要查看监控，就能知道是不是岛外人士实施的犯罪。”

我们再次回到了宅邸查看监控视频。宅邸中的一个房间似乎被布置成了管理室，在那里我们才可以看到监控视频。

羊子小姐操作电脑，播放监控摄像头录下的视频。正门处那个摄像头似乎从这座岛的主人还是理查德·摩尔时，就已经开始录制视频，并且所有视频均被保存了下来。因此，所有经由围网正门进出岛屿的人都被记录了下来，我们可以使用最新的视频解析软件，抽取任意一段视频。

羊子小姐在视频解析软件里输入了搜索条件。条件有两个，分别是“从围网正门上岛的人”和“尚未从围网正门离岛的人”。如果除我们以外还有人从正门上岛且仍潜伏在岛上，那此人就会被这两个条件搜索出来。换言之，我们可以借此找出来自岛外的凶手。

不过在这两个条件下，我们没有搜索到任何人。

另外，金网岛上曾发生过两起被称为“金网岛斩首密室”的密室杀人案件。警察在案发时进行过大规模搜查，可以确定岛上没有可疑人物。换言之，即使在监控摄像头开始工作以前，也就是理查德·摩尔接手金网岛以前，就有人偷偷埋伏在岛上，那人也必定会在大规模搜查中被警方发现。如此看来，很难认为这座岛上除了我们几个人以外还潜伏着其他人。

“也就是说，排除了凶手来自岛外的可能。”老绅士詹特曼点了点头，“而且要想翻越这道30米高的围网也很困难。”

“是的，而且围网上还装有振动传感器。”大富原得意扬扬地说，“如果有谁爬上围网的话，警报就会响起。凶手不可能翻过这道围网。”

“哦？不过我总觉得还有别的方法。”夜月说道，然后她灵光乍现似的拍手道，“啊！我想起来了！”

她像个名侦探似的说道：“金网岛旁边不是有个月牙岛吗？那里有座小山，山上有个宅邸，如果用滑翔机从屋顶飞下来的话，不就可以从空中越过围网来到岛上了吗！”

所有人都被她荒唐的推理震惊住了。不过我觉得，她说的倒也不是全无可能。

我想起了昨天白天远眺时看到的月牙岛。

的确，月牙岛上有一座挺高的小山，山上宅邸的位置要略高于围住金网岛的围网。因此，如果从那里使用滑翔机跳下，是有可能进入金网岛的。那里与金网岛之间的距离不过500米，使用滑翔机完全可以到达。至于离岛时，则同样可以使用滑翔机从金网岛上宅邸旁的“天坠之塔”跳下。“天坠之塔”是这座岛上唯一高于围网的建筑。换言之，来自岛外的凶手完全可以借助滑翔机进入金网岛杀死执木和音崎，再离开这座岛屿。

夜月的推理虽荒唐，却也不是全无可能。

“不可能。”羊子小姐否定道。她盯着刚才用来查看监控视频的电脑说：“因为在绕岛一周的围网上方，每隔 10 米就装有一个监控摄像头。而且所有摄像头都朝向天空，如果有什么东西从围网上方经过的话，一定会被摄像头拍到。”

也就是说，围网上空被无数摄像头时刻监控着。

我震惊地说：“这里是要塞还是什么地方？”

大富原笑道：“都不是，只是个人兴趣。是从前拥有这座岛的推理作家——理查德·摩尔的个人兴趣。”

的确，有了围网上无数监控摄像头后，金网岛就成了一座让人挑不出任何毛病的“暴风雪山庄”。花费巨资把自己名下的孤岛变成一座“暴风雪山庄”——这座岛实在是那位推理大作家理查德·摩尔玩心的体现。

“不过，围网上的摄像头可能也录到了些什么。如果是这样的话，也有可能像夜月小姐说的一样，凶手用到了滑翔机。”

羊子小姐说完，又迅速确认了一遍摄像头录下的视频。结果什么也没有，滑翔机假说被推翻了。

“不过，我有一件事想确认一下。”黑川千代里对羊子小姐说。

“什么事？”羊子小姐问道。

“蜜村漆璃被囚禁的那间房间。”黑川千代里说，“我偶然听说，那间房间的门前也装有监控摄像头。所以我想，如果检查一下那个摄像头录下的视频，就能知道那家伙有没有出入房间。”

原来如此。她是想确认凶手行凶时蜜村有没有离开那间房间。

“好的，我现在就帮您确认。”羊子小姐点了点头，操作起电脑来，很快，她摇了摇头说，“监控视频显示蜜村小姐没有外出。也就是说，凶手行凶时蜜村小姐一直在‘大牢’中没出来。”

“她可以从窗户进出吗？”

“窗户是固定窗，打不开。”

“是吗……”

不知为何，黑川千代里的语气中带着几分遗憾。

她咂了咂嘴，说：“如果那家伙是凶手就有意思了。”

这实在不像是做过法官的人能说出来的话。

考虑到种种情况，现在的金网岛就是一座完美的“暴风雪山庄”，这意味着两起杀人案件都不可能由来自岛外的凶手实施。

所以，凶手就在我们之中——在金网岛的主人大富原、她的仆人和被邀请到岛上的客人中间。

“也就是说，现在情况得到了简化，”波洛坂说，“嫌疑人已经非常有限。下面我们只需要找出凶手并破解密室就好了。”

黑川千代里点了点头。

“情况确实简单了不少，”她轻松地打了个大大的哈欠，“那么，我就要开始调查了。哦，对了……”

不知为何，她把目光转向我，说道：“对了，要不你来帮我吧。”

我愣了愣，下意识地指着自己的脸，说：“我？”

“对，就是你。”

“有什么事是我能帮你做的吗？”

黑川千代里抚了抚自己的短发：“这个问题很难回答。”

很难回答吗？

“可以说有，也可以说没有。”

到底是有还是没有？

“我只是单纯地想成为带着华生医生巡视现场的侦探。”黑川千代里说，“你长得很像华生医生。我从刚见到你开始，就觉得你很像十年前的一个天才。”

十年前的一个天才？我很想问她华生医生的角色需要一个天才来担任吗……

不过，她这个提议本身非常诱人，其实我也很希望自己能加入案件的调查工作。因为，我出于某种原因和很多密室杀人案件产生了联系，必须要加强学习。

所以我对黑川千代里点了点头：“成交。”

她朝我笑了笑。

“那本大爷就自己调查了。”波洛坂说完，从怀中取出烟斗，用火柴点上火后深深吸了一大口烟，又把烟全部吐出后才接着说，“还是真正的杀人案件更带劲儿。‘密室诡计游戏’里我比你们迟了一步，在真正的案件里，本大爷得让你们见识见识不一样的东西。本大爷灰色的脑细胞[①]已经等了太久，都快喷出火来了。”

老绅士詹特曼也绅士地说：“那么，请允许我也开始单独行动。”

“别看我这副模样，我对密室还是有一些了解。不过被解开的密室就无法成为我们供奉的神体了，这对我们‘晓之塔’而言，

① 灰色的脑细胞：阿加莎·克里斯蒂笔下的侦探波洛常会说自己要发动“灰色的脑细胞”。

有些许的不利影响。但连我这种水平的人都能破解的密室，本身也没有什么价值。”他笑了笑，“到底这间密室是否能得到我们的认可呢——让我来验证验证吧。”

羊子小姐说：“请让我来帮您吧！”她好像又进入不正常的模式了。

如此一来，三组人马开始了各自的调查工作。

我和黑川千代里首先来到了音崎被害之地——宅邸地下室，重新检查了一次现场情况。

为了到达案发现场，我们必须先穿过面向宅邸走廊的房门。众人发现尸体时，这扇房门处于上锁状态。换言之，这扇门是构成密室最重要的元素。门上没有钥匙孔，所以只能从房间内侧上锁。

门后是一条通往地下室的楼梯，楼梯尽头就是案发现场。

音崎的尸体还在房间当中。所以我和黑川千代里决定，先把尸体移到宅邸的酒窖里。原本应该把现场保留到警察到来，不过现在已经不是说这些的时候了。毕竟警察至少也要三天后才会到来，如果让尸体在这个房间待上三天，肯定会严重腐烂的。

找到大富原说出了这个想法后，我和黑川千代里就合力把尸体运到了酒窖，然后又回到了案发现场。黑川千代里站在那扇通向地下室且面向走廊的房门前，望着房门自言自语：“我们还是应该关注这个合页。”

我点了点头：“所以黑川小姐认为，凶手使用了合页诡计？”

“千代里老师[1]。”

“嗯？”

“叫我千代里老师。”

不知为何，她要求我这样称呼她。看到我不解的表情，黑川千代里轻咳一声，说：“我喜欢被人叫名而不是姓，也喜欢被人叫老师。我也算是个律师，你这样叫我没什么问题吧？就这样叫吧，否则我会很别扭的。”

她似乎很执着于这个称呼，不过我并不介意这样叫她。

“所以，千代里老师认为这个密室用到了合页诡计吗？”

我重新问了一遍。黑川千代里——不对，千代里老师点了点头。

“不过，合页诡计不是已经被排除了吗？”

当房门处于关闭状态时，固定合页的螺丝就会被挡住，凶手也就无法拧紧螺丝。这是刚刚千代里老师自己说过的话，而且她也亲自确认过合页上的螺丝被拧得很紧。她还用瑞士军刀上的十字螺丝刀亲手拧了一个螺丝下来。

换言之，凶手无法使用合页诡计——我们应该已经得出了这个结论。

“不过，这扇门上的合页不是被水浸湿了吗？”千代里老师说，“如果那不是使用诡计留下的痕迹，那凶手究竟为什么要把合页打湿呢？”

“嗯，确实。”我小声说。

---

① 日本人会把法官、律师、教师等社会地位较高的人一律尊称为“老师”。

的确，刚刚我、千代里老师和夜月三个人一起确认过，合页确实被水打湿了。至少凶手不太可能毫无目的地采取这样的行动。那么，凶手究竟为什么会把合页打湿呢？

我突然想到："这真的是用水打湿的吗？"

千代里老师侧过头："这话是什么意思？"

"比如，这有可能不是水，而是某种药物，或者也有可能是酒之类的东西。"

"似乎不太可能是酒，不过……"

千代里老师凑近合页仔细闻了闻，突然想到了些什么："原来是这样！确实……"

她笑道："看来我让你来扮演华生医生的确是个正确的决定。如果这不是水的话……"

我吃了一惊。难道她已经……"您已经知道了凶手使用的诡计？"

"嗯。"她点了点头，"像这种诡计，猜不出来才是太……"

这个情节的发展实在太过惊人，我一时不知道该作何反应。她已经解开了密室之谜？这也太快了吧！她惊人的推理速度让我想起了去年在埼玉的那座宅邸中，发生连续密室杀人案件时蜜村的推理。

这个名叫黑川千代里的女人，可以和蜜村漆璃比肩吗？

千代里老师没有理会我的猜想，而是兴奋地说："那咱们去下一个密室吧。"

我们来到了执木曾居住过的、最终被杀害的地方——那座小别墅。

有两条路可以进出这座小别墅。一条是穿过出入大门，另一条是穿过那组面向庭院的可以左右对开的落地窗。但大门的内锁旋钮上了锁，又被人插上了滑动式门闩。唯一一把能给大门上锁的钥匙也被我们发现落在了屋内，窗户上的月牙锁为上锁状态，而且月牙锁还被人用胶带固定住以至于无法移动。所以凶手无法从大门和窗户离开现场。

执木的尸体倒在房间北侧的墙边。准确来说，是在靠近房间西北角的墙边。

“为什么会在这个位置呢？”我直接问道，“是凶手挪过来的吗？”

“或者，是执木自己过来的。”

“自己过来的？”我下意识地反问道。

千代里老师轻轻耸了耸肩：“只是一种可能。我也知道这太过荒唐。”

千代里老师说完，从口袋里取出些白色胶布来，在尸体周围的地板上粘了一圈。

“好了，现在把执木的尸体也运到酒窖里去吧。”千代里老师吩咐道。

原来如此，因为接下来要搬走尸体，所以她才用白胶布来记录尸体所在的位置。

我同意了她的提议，二人合力将尸体运到了宅邸的酒窖里。

之后，我们又返回现场。千代里老师突然开始在房间里转来转去。过了好一会儿，她终于停下脚步，不知在沉思些什么。

“怎么了？”我问道。

“没什么。这间房间没有厕所啊。”

原来她是想去厕所吗？所以才会在屋里转来转去。

我用绅士的态度问道：“如果您要去洗手间的话，在小别墅附近就有一个。您可以去那里。”

说完，我感受到一道鄙夷的目光。终于，千代里老师叹了口气，语带惊诧：“香澄，你平常不太受欢迎吧？”

我吃了一惊，她的话一针见血。

她又叹了口气：“我又没说要去厕所，是吧？我只是好奇，这座小别墅里为什么没有厕所。”

我点了点头：“这也没什么不自然的地方吧。我觉得有不少像这样的小别墅都把厕所建在外面。”

很多小木屋都是这种结构。当然，这只是我的印象。但我突然想到，我住的小别墅里面似乎是有厕所的。

“我住的小别墅里也有。”千代里老师说，“而且还有另一件让我更好奇的事。这座小别墅里也没有自来水管。”

我下意识地“啊”了一声，然后也学着刚刚千代里老师的样子，在房间里转了几圈。果然如她所说，屋内没有自来水管，而且也没有厨房，想必也没有天然气。

我抬头望了望天花板。天花板内装有照明设备，那里的灯还好好地亮着。

“看来电是有的。”我说。

“应该是太阳能发电，小别墅的屋顶上装了太阳能电池板。我感觉是这样的。”

“是吗？”说实话，我的记忆已经模糊了。好像装了，又好像没装。

为了确定到底装没装，我们来到了小别墅外。果然和她印象中的一样，屋顶装有太阳能电池板。小别墅似乎是靠它发电的。但我还注意到另一样东西。千代里老师为了验证这个想法，绕小别墅走了一圈，然后侧过头问我：“那是什么？”

在小别墅房顶的四角，有一圈金属装饰。它像是祭祀活动的神舆上装着的如意宝珠——不对，或许应该说它更像是鲜奶油的发泡器。不知为何，房顶四角上装有像奶油发泡器前端一样的装饰。

“这审美可真独特。”我随口说道，“看着它，我都有点想吃蛋糕了。那种奶油很多的蛋糕。”

千代里老师答道：“确实……那咱们就去吃吧！”

“啊？”

“怎么了？不是你说要吃的吗？所以我才说去吃啊！”

她的反应实在出乎我的意料，我很是尴尬：“您在开玩笑吧？”

“不是，我是认真的。”千代里老师严肃地说，“不是开玩笑，我真的饿了。所以咱们先回到宅邸去。我想吃草莓蛋糕，再喝点不放糖的伯爵红茶。”

我们来到宅邸的厨房，发现布雷克法斯特小姐正在那里准备午餐。说起来，我们今天还没有吃过午餐呢。我看了看手表，还不到十一点——今天早上发生了太多事，我已经感到十分疲惫，不过时间似乎还没有过去太久。

千代里老师对正在准备午餐的布雷克法斯特小姐说："Volo manducare crustulam."

我听不懂她在说什么，不过好像是拉丁语。原来千代里老师会说拉丁语吗？

然后布雷克法斯特小姐也用拉丁语回答道："Quale libi est？"

"Volo manducare fragum shortcake."

"Nulla fragum shortcake."

我完全听不懂她们在说些什么。

她们又聊了一会儿，终于，二人好像达成了什么协议一般，布雷克法斯特小姐从工作用的大型冰箱中取出两块蒙布朗蛋糕。千代里老师请她为我们装在盘子里，接过盘子，并把其中一个递给了我。

之后，千代里老师又烧了一壶热水，准备泡红茶。似乎在这里，客人都需要自己泡茶。我边吃蒙布朗蛋糕，边直白地说出我的想法："千代里老师，您会说拉丁语呀？"

"大学时学过。"她说，"我的第二外国语是拉丁语。"

"您为什么这么勇敢？"

"当时太幼稚。不对，应该说是'中二病'。我那时觉得会说拉丁语太帅了。但是学了之后没有任何用处。今天是我这辈子第一次用上拉丁语。"

“顺便问一句，您刚才跟她聊了些什么？”

“是这样的。开始我说‘我们想吃点蛋糕’，布雷克法斯特小姐说‘想吃什么蛋糕’，我说‘草莓蛋糕’，她说‘没有草莓蛋糕’，‘那芝士蛋糕呢’，‘芝士蛋糕也没有’，‘那有什么呢’，‘只有蒙布朗蛋糕和可露丽’，‘那就蒙布朗蛋糕吧’。我们大概就说了这些。”

实在是没什么营养的对话！她人生中第一次用到拉丁语就聊了这些东西，这样真的好吗？

千代里老师默默吃着蒙布朗蛋糕。吃完后，她又倒了些红茶，一口饮尽。

“接下来……”千代里老师说。

我也把杯中的红茶喝完，问道：“接下来我们去哪儿？”

“去车库。”她说，“这座岛上应该有个车库，不过我不知道它在哪儿。所以我们得先找到羊子才行。”

为了寻找羊子小姐，我们来到音崎的被害现场——宅邸地下室。羊子小姐正和老绅士詹特曼共舞着一支诡异的舞蹈。“你们怎么来了，”看到我和黑川千代里，老绅士詹特曼说，“有什么事吗？”

有什么事吗……倒也没有。

“那个，请问你们在干什么？”我忍不住问。

“这是‘晓之塔’里一个流传已久的仪式。”老绅士詹特曼的声音中充满理性，“我们通过跳舞来表达对密室之神伊娃哈登的感激之情。”

还有这个神？

我和千代里老师都满腹狐疑。不过千代里老师很快调整好心情，请羊子小姐带我们到车库去。羊子小姐有些不满地说："我还想给詹特曼主教帮忙呢……"不过最终她还是带我们过去了。

于是，我们来到了一座像机场的飞机库一样巨大的车库前，车库里停着各式各样的汽车。有跑车也有老爷车，甚至还有建筑工地上使用的重型机械。

"好多车啊。"我感叹道。

"这些都是理查德·摩尔的收藏品。"羊子小姐答道，"大富原女士接管了它们，可里面没有一辆是大富原女士的车。反正在这座岛上也用不到汽车。"

的确，虽然岛上的道路都铺上了沥青，但这座岛本身就很小，完全没有开车的必要。不过那位推理大作家的车竟然原样保存了下来——我很想知道里面都有什么车，于是在车库里转来转去。不久，我留意到一辆奇怪的车。与其说它是车，不如说它是一台重型机械。

乍一看它很像是卡车，不过本应是货舱的部分却变成了原木一样粗的铁柱，看上去十分诡异。铁柱一直延伸到驾驶室侧面，看起来像是车厢顶部绑了铅笔的玩具车一样。如果从顶部向下俯视，它又像是一只独角仙。

"这是什么？"我问道。

羊子小姐答道："哦，这是'破城槌车'。"

她的语气仿佛这是尽人皆知的常识一样。不过我从没听说过这种车。

“‘破城槌车’？那是什么？”我又问。

羊子小姐的脸上写着几个大字：“你竟然不知道？”

一般人不会知道吧……这车如此诡异。

“嗯……简单来说……也就是说……”羊子小姐像是在讲给不太聪明的小孩子听一样。我有点伤心。

“您知道破城槌吗？在描述日本战国时代故事的古装剧或者幻想动漫里经常能见到它，人们在破坏城门时用到的那个东西。把破城槌装到卡车上，就诞生了破城槌车。也就是说，需要破坏城门时，就用这辆车直接撞上去。”

我想象着这幅场景。把卡车加速到接近每小时100千米后，用装载着破城槌的车撞向城门。的确，在它的攻势下，大多数大门会变得不堪一击。所以它是一种军用车辆吗？我从来没有听说过，不过这么有意思的兵器竟然真实存在于这个世界上！

“没有。不是真实存在的。”

“不存在吗……”那实在是很遗憾。

“一家国外的汽车制造商开了个愚人节玩笑，于是生产出这种车。当时只生产了几台，推理作家理查德·摩尔觉得它非常有趣，所以买来一台。听说一台就值几千万日元。”

“几千万日元！”我不太能理解有钱人的花钱方式。不过他们可能正因为钱多得花不完，才可以在花钱时什么都不考虑。是这样吗……

我一边叹着气，一边再次环顾车库内部。这一次，我的目光停留在站在稍远处的千代里老师身上。她正抬头看着车库里停着的某台车。那是一台大型起重机。

我和羊子小姐走到她身边，千代里老师看着羊子小姐说：“这台起重机……起重量是多少？”

“嗯……我记得是……”羊子小姐回忆了一会儿才答道，“60吨吧。”

“是吗，有60吨？真厉害。”

“是的。而且据说它的性能也很强大，毕竟是德国产的。”

她们聊得火热，我却不太能听懂。所以，我问道：“60吨是什么意思？起重机的重量吗？”

千代里老师答道：“哦，60吨是指这台起重机能吊起60吨重的货物。跟起重机本身的重量无关。”

原来如此，能吊起60吨重货物的起重机。不过，这台起重机到底有什么问题？

千代里老师没有理会我的问题，而是把手放在下巴上思考了一会儿。她又向羊子小姐问道：“车库里所有车辆的钥匙是怎么管理的？”

羊子小姐指了指车库内墙：“所有钥匙都放在那里。”

她手指的方向有个钥匙架，上面乱七八糟地挂着一堆车钥匙。千代里老师有些吃惊：“管理也太松懈了吧。”

羊子小姐答道：“金网岛是个孤岛，所以也不用担心车会被人偷走。”

的确，小偷本来就很难上岛，即便上了岛也很难把车运到岛外，所以无须担心盗窃案件的发生。

千代里老师点了点头："知道了。"我也附和了一句："的确，在这种孤岛上没必要费心管理钥匙。"

"不是这个。"千代里老师摇了摇头，"我说的不是这个。我的意思是，我已经知道凶手是用哪种密室诡计杀死执木的了。"

我和羊子小姐都呆若木鸡。接下来，黑川千代里又说出了更令人震惊的话："我不仅知道这个。"这位东京地方法院原法官的推理比我领先太多。

千代里老师——黑川千代里继续说道："说实话，我已经知道谁是凶手了。也就是说，我也知道我们之间到底谁才是那个'密室全鉴'了。"

第二章 承诺破解密室

已经解开了密室之谜——说出这句豪言壮语的千代里老师把大家叫到了之前执木所在的小别墅。不过外泊里、布雷克法斯特小姐和蜜村并没有来。外泊里一边生着篝火一边拒绝了千代里老师的邀请：“本小姐忙着准备午饭。”不懂日语的布雷克法斯特小姐也拒绝了邀请。蜜村的理由我不太清楚，不过据给她送饭的羊子小姐所说，她说自己没有兴趣，于是干脆地拒绝了千代里老师的邀请。但不知为何，羊子小姐现在也不知所终了。明明刚才还在，她究竟去哪儿了？

“那么，我就要开始讲解密室诡计了。”千代里老师好像并不介意羊子小姐的缺席，对聚集在小别墅的其他人说道。

然后，她看向小别墅的出入大门：“众所周知，我们发现执木的尸体时，这道大门被上了两道锁。一道是内锁旋钮，另一道则是门闩。”

当时大门确实是这样锁着的。这座坚不可摧的密室被人用两种方法上了锁。我实在想象不出凶手究竟用了什么手法。

“这么说，凶手……”波洛坂说，“凶手不是从大门进出，而是从窗户进出的？可是窗户……”

窗户被月牙锁锁住，而且月牙锁还被人用胶带固定，无法移动。所以凶手同样不可能从窗户离开现场。

“也就是说，大门和窗户都无法进出。”大富原说，“当然，我们已经充分了解现场的情况了。不过再听一次还是好激动啊。

那么凶手究竟是从大门还是从窗户离开现场的呢？”

“那当然是……”千代里老师说，“大门。”

“大门？！”大富原喊道。

“也就是说，凶手在杀害执木先生后，从大门来到小别墅外部，又从外部锁上了大门吗？”老绅士詹特曼的兴致很高，“但凶手究竟是怎么做到的？唯一一把能够锁上大门的钥匙在室内。而且即使凶手从小别墅外用钥匙锁上了大门，又用某种方法把钥匙放回室内，可门闩是如何插上的呢？门闩只有在室内才能插上吧？”

的确如此。这么说来，认为凶手从外部锁上大门的想法实在太过荒谬……

“不。有可能。”千代里老师否定了我的想法，“大门上的门锁和门闩都可以从门外锁上并插上。严格来说，是可以用一个诡计完成二者的。”

用一个诡计，同时锁上门锁并插上门闩？

“还是让我来为各位演示一遍吧。这样会方便大家理解。”

千代里老师说完，便走向小别墅的大门。然后，她把立在门边的“那个东西”拿到手中。

“那个东西”，是一段呈“L”形的木材。“L”的竖长约1米。木材制作得十分粗糙，大概是为了演示诡计而临时赶制的。她又从口袋里取出胶带，用胶带把“L”形木材固定在大门的门闩上。从正面来看，门闩呈长方形。千代里老师把“L”形木材固定在了长方形的底边——严格来说，是底边上靠近左端的地方。如此一来，“L”形木材上“L”的右端就与长方形门闩的底边紧紧贴合在一起。现在，门闩看起来就像钱形平次[①]的武器十手[②]一样，又像是门闩上长出了一段树枝。

“准备好了。”千代里老师说。然后，她从口袋中取出一台小型对讲机，朝着对讲机说道：“准备好了。开始吧。”

对讲机中传来了一句：“好的。”是羊子小姐的声音。我刚才还在想羊子小姐怎么不见了踪影，原来是担任了千代里老师的助手。她什么时候当上的？

我正思考着这个问题，身边的夜月突然说：“嗯？”

“怎么了？”我问。

“没什么，就是有点……”她侧过头来，“你没觉得刚才震了一下吗？是我的错觉吗？”

她说到这儿，突然，我明显地感受到一阵震动。小别墅像是被什么东西牵拉着一样，剧烈地上下摇晃了一下。我像是前庭功能紊乱一样，突然之间脚步变得虚浮。这到底是怎么回事？我有些不知所措，四处张望了一番。

终于，我找到了原因。

正在倾斜。

我们所在的小别墅，正在倾斜。

小别墅的南侧墙面正在缓缓升起，地板则成了一道斜坡。倾斜角度还不算太大，但小别墅确确实实在一点点倾斜。就像是小

---

① 钱形平次是日本作家野村胡堂的推理小说《钱形平次捕物控》中的主人公，被称为“江户的福尔摩斯”。

② 十手是日本的一种传统武器，与今天的空手道短叉形似。

别墅本身正在被什么东西吊起一样。

我恍然大悟。地面倾斜后，我们眼前出现了一条地板铺就的斜坡。我沿着斜坡爬到坡顶的窗户——那扇开在小别墅南侧墙壁上的可以左右对开的落地窗——然后打开了窗户，探出身去观察窗外的情况。

外面停着一辆起重机。

起重机正通过钢丝绳把小别墅的一端吊起，小别墅本身也倾斜了过来。

起重机似乎正是我们之前在车库里看到的那一台。另外，从起重机上垂下来的钢丝绳大概被固定在小别墅屋顶东南角和西南角奶油发泡器一样的装饰上，起重机借此将小别墅吊起——虽然从我所在的位置看不到屋顶上的具体情况，但能明显感觉到，小别墅的南侧正在缓缓上升。

这时，我站的地方又摇晃起来，小别墅的倾斜角度越来越大。

“香澄！”我的背后传来了千代里老师的声音，“快回来吧，太危险了。”

我回头一看，其他人都已经来到了北侧墙壁旁边——也就是斜坡的最下端。的确，那里是最安全的地方。地板与水平面的夹角已经接近 30° ，形成一个陡坡，骑车都很难骑到坡顶。我离开了南侧窗户，从斜坡上冲了下来，和大家一起躲到北侧墙壁旁边。仔细听便可以听到起重机引擎的声音。

地板的坡度越来越陡，终于，在夹角超过 40° 的时候——

小别墅西侧墙壁（现在变成了斜坡的侧墙）大门上的门闩，

终于在重力的作用下猛地滑向侧面。

同时，固定在门闩上的“L”形木材的顶部（也就是十手前端伸出来的部分）猛地撞向房门的内锁旋钮，并扭动旋钮。

屋内众人都听到了大门被锁上的声音，震惊地看向门锁。

随着内锁旋钮的转动，大门确实被锁住了——同时，门闩也滑动到能够阻挡大门开合的位置上。这座小别墅被成功变成了一间密室。

倾斜的地板缓缓恢复原状。待地板重新恢复到水平位置后，起重机的驾驶员羊子小姐从落地窗外出其不意地走了进来。

“这就是凶手使用的诡计。”千代里老师说，“凶手通过让小别墅发生倾斜，从而滑动门闩锁上了大门。所以执木的尸体才会来到北侧墙壁旁边。地板的倾斜导致他滑了过来——或者凶手为了不让尸体发生滑动，从一开始就把尸体放在了那里。”

千代里老师边说边往小别墅的大门走去，看向固定在门闩上的“L”形木材。

“剩下的问题就是，如何把这块木材带出密室。”

不用她说我也知道。

“用了冰？”我说，“准备一块和木材同样形状的‘L’形冰块，然后把冰块紧贴在门闩上。要用液氮，不能用胶带。”

具体操作过程是：往门闩上洒些水，然后把“L”形冰块紧紧靠在门闩上。此时再洒上液氮，门闩上的水就会凝固，门闩和“L”形冰块就会紧紧贴合在一起。重复洒水、洒液氮的动作，黏着力就会变得很强。

经过一定时间后，“L”形冰块就会融化，从密室中消失。当然，这样做会留下被水润湿的痕迹。别人看到现场的痕迹时，就会知道凶手使用了某种冰块诡计。

我讲完自己的想法后，千代里老师点了点头。

“不过，这个诡计也太大胆了。”波洛坂震惊地说，“就为了给大门上锁，凶手竟然会把整个小别墅都倾斜过来！这座小别墅没有固定在地上吗？”

千代里老师点了点头：“这座小别墅里既没有自来水，也没有天然气。没有厕所，所以也没有下水管道。通过太阳能发电，所以也没有安装电线。由此可以联想到，这座小别墅根本就没有被固定在地面上。虽然我不知道它为什么会呈现出如此诡异的构造，但听说这座岛上所有的小别墅都是推理作家理查德·摩尔拥有这座岛时建造的。所以我想，或许摩尔从一开始就把它设计成了可以倾斜的结构，就是为了使用我刚刚展示的这种密室诡计。当然，他应该不是真的想实施密室杀人，或许只是想打造出一座建筑，能够在里面实施自己构思的诡计——这实在是只有小说家才会拥有的玩心。而‘密室全鉴’则窥探到了摩尔的想法，模仿摩尔想出的诡计把执木杀害了。”

“密室全鉴”掌握古今各国所有的密室诡计，甚至包括从未现世的诡计。如果那位“密室全鉴”进入了这间小别墅，大概会立即看透摩尔的建筑意图，并把摩尔想出的诡计付诸实践。想到这儿，我再一次环顾室内。

第二个密室（小别墅中的密室）的诡计

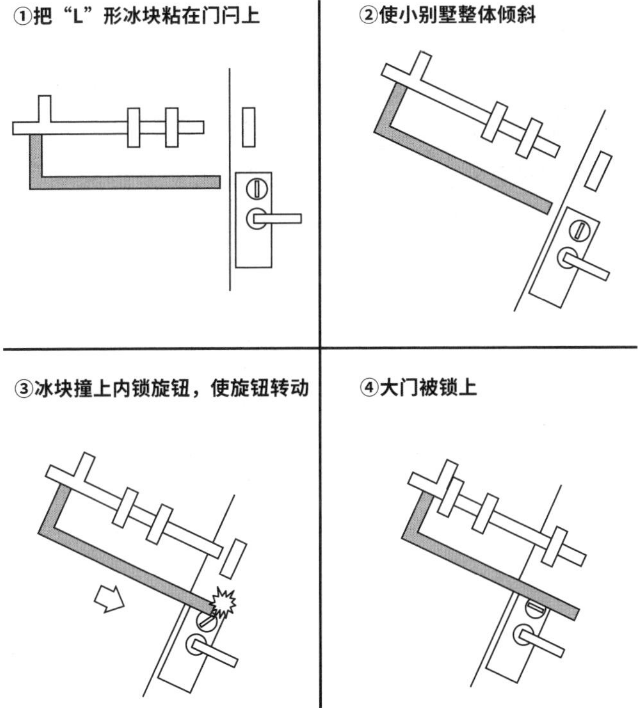

这里一件家具也没有，空空荡荡。大概并不是从一开始就没有家具，而是凶手把它们搬了出去。如果经由小别墅南侧的巨大落地窗，就可以毫不费力地把所有家具搬运出去。

另外，房间内的所有照明设施都安装在天花板内。如果使用吊灯进行照明，那么小别墅倾斜时，吊灯可能会不堪重负，从而发生断裂。但如果把照明设施都埋在天花板内，则可以避免这样的问题。

“但，但是……”岛上的主治医生医织说，“起重机竟然真的能把小别墅吊起来。小……小别墅应该挺重的吧。”

“不对。一般来说，一座房子的重量最多为 40 吨左右。”老绅士詹特曼说，“这座小别墅只有一层，重量应该还不到 40 吨，大型起重机完全可以把它吊起。话说刚刚诡计里用到的起重机的起重量是？”

“60 吨，主教大人。”羊子小姐说，“也就是说，它最多能吊起 60 吨重的物品。”

千代里老师点了点头。“凶手在杀害执木时用到的密室诡计，我已经为大家演示完了。”她说，“接下来，我再讲解一下凶手在杀害音崎时用到的密室诡计吧。”

我们又回到宅邸，来听千代里老师讲解她对这个密室诡计的揭秘过程。宅邸中的某间房间里有一条通往案发现场（地下室）的楼梯，千代里老师让我们聚集到那间房的门前。这扇门也是此次案件中被锁上的房门。

千代里老师对我们说：“这次案件中凶手用到的诡计本身非常

简单。从结论来说，凶手是用合页诡计给房门上锁的。”

合页诡计！

我倒吸了一口气。所以凶手是拧下合页上的螺丝再拆下房门，转动内锁旋钮使反锁舌弹出，再把房门装回门框，重新拧紧合页上的螺丝，并把门固定住的吗？

可是……“那个诡计用不了吧。”我说出了自己的看法。

关于这个问题，我们已经聊过无数次——从这扇门的结构上来看，它一旦关闭，合页的螺丝就会被隐藏在夹缝中，所以凶手无法在关门后重新拧紧螺丝，也就无法使用此类诡计。我们应该早已得出了这个结论……

“确实。”千代里老师说，“如果不能拧紧螺丝，凶手就无法使用合页诡计。”

“那你已经把刚才自己说过的话给推翻了啊。”波洛坂惊讶地说，“那你说说，凶手是怎么把房门锁上的呢？”

“当然是用合页诡计。”千代里老师耸了耸肩，“这是个很简单的方法。房门关闭时，螺丝孔就会被隐藏，凶手无法重新拧紧合页上的螺丝。所以，答案非常简单。凶手只要在房门开启时拧紧螺丝就可以了。换言之，凶手是在密室被开启后才把合页上的螺丝重新拧紧的。”

我的思路完全混乱了。密室被开启后才重新拧紧螺丝？我不明白千代里老师在说什么。所以凶手在构造密室时，其实还没有拧紧合页上的螺丝？

如果螺丝没有拧上，房门当然不可能被固定在门框内。这样一来，房门会很不牢固。在这种状态下，只要稍微推一推这扇向内开启的门，它就会向内倒下去。

可实际上它并没有倒下。这究竟是为什么？就在这时，我突然想到……

“莫非，凶手是用螺丝以外的东西，比如强力黏合剂之类，把合页和门框固定在一起的？”

千代里老师点了点头。“正是。凶手就是用黏合剂把房门固定住的。而在我们发现尸体、打开门后，凶手才把合页上的螺丝重新拧紧。这扇门的背后……”千代里老师打开了面前的房门，“是一条通往地下室的楼梯。我们是下了楼梯后，在地下室里发现尸体的。当然，从地下室是看不到一楼的这间房间的。所以凶手可以在大家前往地下室、注意力全部在尸体上时，轻松拧紧合页上的所有螺丝。如果动作快一点，连一分钟都用不了。”

的确，从发现尸体的地下室来看，这扇房门完全是一个死角。凶手即使在上面用力拧螺丝，也不会被地下室里的众人看到。而且众人也不太可能立即从发现了尸体的地下室回到这扇房门旁边。毕竟大家肯定会被地下室里的尸体吸引，进行种种调查工作。“密室诡计游戏”的玩家们更是如此。

“但，但是……”医织反驳道，“用黏合剂粘住合页，这种说法有点牵强吧？如果这种黏合剂的强度足以固定住房门，那么它很难被剥除吧？即使能被剥除，也会留下痕迹。”

的确如她所说，所以我也在思索着解决这个问题的方法。不过，在我想出答案以前，大富原就开口道：“对了！”

她侧过头问千代里老师："莫非，凶手是用了那个东西？"

千代里老师点了点头："对。就是用了那个东西。"

那个东西？我正不明所以，波洛坂抢先说："莫非，是那个东西？大富原工业生产的那种能溶于热水的黏合剂？"

我忍不住发出一声惊呼。那是大富原工业的明星产品。它的黏合力足以固定住数十公斤重的物体，但洒上热水后又能被轻易溶解。据说以此为卖点，这款黏合剂十分畅销。而且制作模型时用起来非常方便。

凶手用它来暂时固定住房门，而在拧紧螺丝后，又洒上热水将黏合剂剥除。

"原来如此！"夜月喊道，"所以房门的合页才会被打湿！"

的确，房门合页部分被打湿的痕迹就是这种诡计留下的证据。我回想起和千代里老师一起调查这间密室时我们之间的对话。那时我们说到"打湿合页的液体也许不是水"，千代里老师对这句话表现出了强烈的兴趣。

打湿合页的液体确实不是普通的水，而是热水。

"这就是凶手杀害音崎时使用的密室诡计。"千代里老师说，"而且能够使用这种诡计的只有一个人，所以我们可以从诡计倒推出凶手。"

"可以从诡计倒推出凶手？"我震惊地说。

千代里老师点了点头："当然，我相信大家已经明白了我的意思。但慎重起见，我还是要说明一下。有一种密室诡计一旦被破解，人们就会同时知道凶手是谁。蜜村漆璃在第一天的'密室诡计游戏’中使用的诡计也是如此。这种诡计一旦被破解，人们就能顺藤摸瓜找出凶手，所以我也叫它‘顺藤摸瓜式推理’。”

这个起名方法实在是有些随便，不过现在更重要的是……

“您的意思是，这次您也能通过‘顺藤摸瓜式推理’推导出凶手？”我问。

千代里老师点了点头：“我刚才已经说过，只有一个人能使用这个诡计，所以那个人就是凶手。这个道理很简单吧？其他人无法使用这个诡计，所以不是凶手。”

这个道理的确很简单。“但是……”夜月侧着头说，“凶手使用的诡计，只是用黏合剂粘住合页，然后在密室被开启后再重新把螺丝拧紧。这样的事谁都能做到呀！”

千代里老师笑道：“你说的不对。这个诡计虽然看起来谁都能使用，但实际上能够使用的人非常有限。逻辑很简单——当我们的注意力集中于地下室里的尸体时，凶手拧紧了合页上的螺丝。明白了吗？”

“嗯……”

“也就是说，当我们发现尸体时，围绕在尸体旁边的人都无法拧紧螺丝。所以符合这一条件的人都可以排除嫌疑。”

听到这儿，在场众人的表情一僵，目光在周围人身上打起转来。当时都有谁在场？大家都在努力回忆着。

“嗯，我记得……”大富原说，“现在在这里的这几个人，当时好像也都在吧。好像我们在执木的小别墅里发现他的尸体后，当时在小别墅里的所有人都来到了这间地下室。”

她说的没错。所以我试图根据她的话理顺自己的回忆，一个一个数着发现执木尸体时在场诸人的名字。

“首先，我和夜月在。然后羊子小姐和老绅士詹特曼也在。”这一对不正常的人，我不可能忘了他们。

“本大爷也在。”波洛坂说。

“我也在。”大富原接着说。

“我当然也在。”千代里老师挺起胸膛。

“另外……对了，布雷克法斯特小姐也在。”她抵达小别墅比我们稍晚，手中拿着那只被刀刺中的兔子玩偶。正是在这只兔子玩偶的提醒下，我们才发现了音崎的尸体。

想到这儿，我重新整理了一遍思路。所以剩下的只有……

“蜜村、外泊里和医织小姐。”她们中的某个人就是凶手。

“但蜜村漆璃受到‘密室诡计游戏’的惩罚，现在被关在‘大牢’里。”千代里老师说，“而且我们之前也确认过，安装在‘大牢’出入口的监控摄像头并没有拍到蜜村漆璃的身影。‘大牢’的窗户也是固定窗，无法打开。所以蜜村漆璃不是凶手。而外泊里……”

“外泊里有不在场证明。”我说。

没有什么好隐瞒的。她不在场证明的证人就是我。因为今早凌晨两点到四点——也就是执木和音崎被杀害的时间段中，外泊里一直和我在一起。

所以外泊里的嫌疑也可以排除。如此一来——

“凶手就是你。”千代里老师指向她。

岛上的主治医生山崎医织脸色青白地呆立当场。

被指认为凶手后，山崎医织愣了一会儿。终于，她开口道：“不……不是我！”

“我……我不是凶手！”

“我真失望。”大富原严肃地说，“医织小姐你竟然是凶手！我很欢迎别人来实施密室杀人，但我自己的主治医生竟然成了凶手！我真难过。医织小姐，你一直都在骗我吗？你太让我失望了！”大富原说完，向医织投去了鄙夷的目光。

医织又辩解道：“不……不是我！我……我不是凶手！”

“不过除了医织小姐，没有其他人能制造这个密室了吧？”老绅士詹特曼插话道，“我也算是‘晓之塔’的五大主教之一，以前也见过几十个密室杀人现场了。所以我敢说，这间‘地下室的密室’非常完美，它能被人破解已经是个奇迹了。所以很难想象这间密室还有其他破解方法。黑川小姐刚刚的推理就是唯一的正确答案。所以医织小姐，凶手只会是你，不会是别人。”

波洛坂点了点头，接着说：“确实。虽然本大爷很不愿意承认，但她的推理确实非常精彩。本大爷也觉得，没有其他诡计能重现出这个密室了。所以，凶手就是你。”

“什么？”医织露出了绝望的表情。她向我投来求助的目光，我躲开了她的视线。我无法面对她的眼神，因为我自己也非常认同黑川千代里的推理。

毫无破绽的正确答案——我可以这样断言。所以，这件案件已经解决。

“可……可是，我没有动机杀他们啊！”

“没必要有动机。”大富原对死不承认的医织嘲弄道，“‘密室全鉴’是个密室代理人，是杀手！杀手的工作就是为了赚钱而杀人，所以与死者不必有私人恩怨。”

她的话成了致命一击。大家显然都倾向于认为医织就是凶手。

“凶手已经找到了。”千代里老师说，“那么，接下来呢，大富原？”

大富原愣了愣：“啊？接下来？什么意思？”

“没什么别的意思。”千代里老师拢了拢头发，“我是想问接下来怎么处置医织。警察还要很久才来，在那之前我们不能放虎归山吧？”

“哦，对，确实。”大富原明白了她的话，“所以是要把她关在什么地方吗？关在哪里好呢……”

“对了！”羊子小姐举了举手，“有一个地方最合适。”

“是哪里，羊子小姐？”

“十字架之塔。”

羊子小姐说完，大富原瞬间愣住了，然后露出一丝得意的笑容，兴奋地说：“‘十字架之塔’吗？的确，那里最合适。”

我们却完全不知道她们在说些什么，面面相觑。终于，夜月举起手问：“那个……‘十字架之塔’是什么？”

大富原兴奋地说：“你们还是亲自去看看吧，这样很快就会理解。羊子小姐，请把钥匙取来。”

羊子小姐拿来一把带着环状钥匙扣的钥匙。我们把医织带出宅邸。之后，羊子小姐把我们一行人带到一座离宅邸稍远的十字架型建筑前。这个约有四层楼高的巨大十字架像墓碑一样垂直插入地面。

“这就是关押医织小姐的地方吗？”老绅士詹特曼问道。

“对。在那里。”羊子小姐指向十字架横梁的部分。确切地说，是横梁的右侧。如果说得恐怖些，则是耶稣受磔刑时，左腕被钉住的地方。十字架本身很大，所以横梁的右半部分也很大。从十字架的正面来看，横梁的右半部分为长方体，长约 10 米，高约 3 米，宽约 3 米。如果把这个长方体看作一间房间，它也相当宽敞，只不过又窄又长，形状十分奇怪。

这时，我注意到十字架横梁右半部分的尽头有一道门。

从十字架的侧面来看，那里是一处边长为 3 米的正方形墙壁。看着它，我自然而然地生出这样的疑问：“怎么从那扇门进去啊？”

毕竟这个十字架足有四层楼那么高，那间位于十字架横梁右侧的房间也有三层楼那么高。用普通的梯子很难爬到那个高度。

“这个嘛……”羊子小姐说着，走近了这座十字架型的建筑，然后打开了墙壁上一处隐形盖板。盖板下是一个按钮，羊子小姐按下按钮后，我们隐约听到了一阵马达声。

我们看向声源处。十字架横梁的右侧部分开始缓缓下降——它就像是电梯一样，沿着十字架的侧面缓缓下降。

大约一分钟后，十字架横梁的右侧部分已经降至地面。羊子小姐将刚刚在大富原吩咐下取来的钥匙插入侧面大门的钥匙孔中。她将这扇大门向外打开，我们都看到了房间内部的样子。

这间洁白的房间里没有窗户。和我刚才想象的一样，它呈细

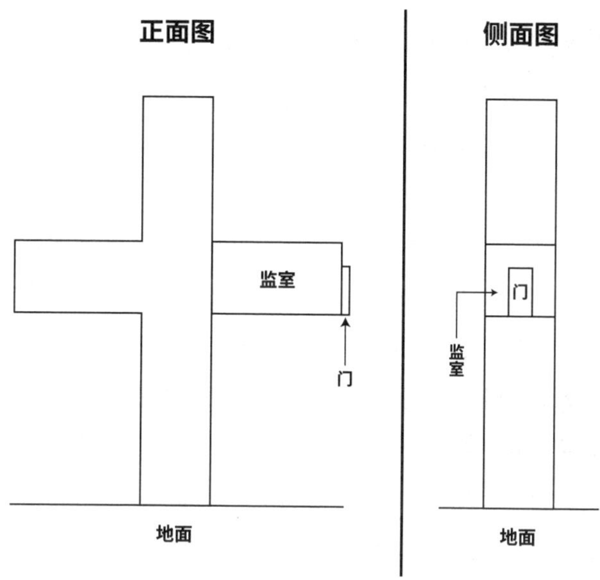
十字架之塔
正面图
监室
门
地面
侧面图
门
监室
地面

长状，从入口来看，足有近 10 米深，与十字架横梁右半部分的长度几乎相同。屋中装有洗手池，还有一间大概是洗手间的小房间。屋中几乎空无一物，只有一张床和一只装有罐头和补充能量的食品的箱子。

大富原对医织说："医织小姐，警察上岛以前，就请您在这里待着吧。"

医织又露出一副绝望的表情。终于，她像是彻底放弃了挣扎一样，留下一句"好吧"就走进了房间。房间里的食品足够一个人吃四天。羊子小姐补充道："实在抱歉，您只能凑合着喝自来水了。"

大门内侧没有内锁旋钮。换言之，这扇大门无法从内部开锁。确认过这一点后，我们把医织一个人留在房中，然后离开了这间房间。羊子小姐用钥匙锁上了大门，再次按下建筑侧面的按钮。于是，房间开始上升。不一会儿，房间回到了原先的位置，也就是十字架横梁的右侧。

"慎重起见，我再问一下。这扇门没有备用钥匙吧？"波洛坂盯着羊子小姐手里的钥匙问道。

"当然没有。"羊子小姐点了点头。

波洛坂抚着自己的八字胡说："所以剩下的问题就是，该如何保管这把钥匙。"

"哦，关于如何保管钥匙……"大富原说，"我们已经想好了。有一种万无一失的方法。是吧，羊子小姐？"

羊子小姐点了点头，把我们带到了今早被杀的执木之前住过的小别墅。

羊子小姐进入小别墅后，指着北侧墙壁说："这把钥匙平常就放在那里。"

她手指的方向有一道门。在与视线等高的地方有一扇观察窗，窗上装着铁栅栏。我们当然还记得这道门。我们在调查执木被杀害的现场时，我曾经从观察窗观察过里面的样子。我记得门后是一间小房间。不过之前房门上着锁，无法进入。

我走近房门，转动把手。这一次，门开了。门后是一间长宽均为 2 米左右的正方形小房间。

"我刚才把锁打开了。"羊子小姐从衣服兜里取出一把钥匙，"这就是这间小房间的钥匙。"

"可是你为什么要打开这间小房间的门锁呢？"夜月问道。

"因为'十字架之塔'的钥匙平常就放在这间小房间里。"羊子小姐又取出"十字架之塔"的钥匙，"也就是说，要想取出'十字架之塔'的钥匙，就必须先打开这间小房间的门锁。"

羊子小姐说完，指向这房间最里处那面墙壁。在那面墙上与视线等高的位置上，装着一件像弯折的钉子一样的"L"形金属零件。是帽子挂钩，还是钥匙挂钩？

"和大家猜测的一样，"大富原说，"'十字架之塔'的钥匙平常就挂在这个金属零件上。"

大富原看向羊子小姐。羊子小姐点了点头，把"十字架之塔"的钥匙挂到了墙面上的金属零件上。

"这样一来，如果锁上这间小房间的房门，"羊子小姐说，"那么谁都无法从这间房间里把‘十字架之塔’的钥匙给拿出来。”

原来如此，确实万无一失。我正感慨着，突然意识到自己的错误。万无一失？怎么就万无一失了？因为这间小房间……

“完全不是万无一失。”波洛坂似乎和我抱有同样的疑问，他反驳道，“因为这间小房间的门上装有铁栅栏。”他用食指指向小房间的房门，“如果从铁栅栏的缝隙里取出‘十字架之塔’的钥匙，那么即使不打开小房间的房门，也能拿到那把钥匙。”

我点了点头，的确如此。

小房间房门上的观察窗呈长方形，高约10厘米，宽约40厘米。三条铁栅栏把它纵向四等分，形成四个正方形。换言之，这扇观察窗就像是四个边长为10厘米的正方形一字排开连在一起一样。所以房门上开着四个边长为10厘米的正方形孔洞。这些孔洞很大，像“十字架之塔”的钥匙一般大小的物品可以轻松通过。如果有人从小房间外通过房门上的观察窗伸进一根长棒，用长棒前端钩住墙上挂着的钥匙，就能轻松地把钥匙运到房门旁边，再穿过铁栅栏的缝隙——也就是通过这些正方形孔洞运到房间外部。如此一来，即使不打开小房间的门锁，也能把“十字架之塔”的钥匙带出房间。

“且慢。”

大富原拿起挂在小房间最里侧墙上的“十字架之塔”的钥匙，又把钥匙穿过观察窗上铁栅栏的缝隙。这些正方形的孔洞足以让成年人的手腕轻松穿过，所以“十字架之塔”的钥匙也应该能够轻松穿过。不过，钥匙中途却被卡在了铁栅栏上。严格来说，钥匙本身穿过了铁栅栏的缝隙，但钥匙上挂着的环状钥匙扣却被铁栅栏卡住，无法穿过。

“大家看到了。”大富原得意地说。

我终于忍不住说：“可以让我看看吗？”然后从大富原手里接过了钥匙，仔细查看起来。

这把“十字架之塔”的钥匙上挂着一把长约10厘米的细长状挂锁，挂锁与一枚环状钥匙扣相连。环状钥匙扣的直径约为20厘米，尺寸很大。刚刚就是这枚环状钥匙扣卡在了铁栅栏上。

铁栅栏之间的孔洞为边长10厘米的正方形，那么对角线的长度约为14厘米。换言之，钥匙扣的直径比正方形的对角线更长。如此一来，环状钥匙扣确实无法穿过铁栅栏之间的孔洞。环状钥匙扣、“十字架之塔”的钥匙和把二者连接在一起的挂锁被分别焊接在了一起，不可能把钥匙拆下后单独取出。

我终于同意了大富原的话。

这样确实是万无一失的。在不打开小房间门锁的前提下，谁也无法拿出“十字架之塔”的钥匙。慎重起见，我又查看了小房间房门的内侧，那里并没有安装能够打开门锁的内锁旋钮。换言之，这扇门的门锁只能使用专用钥匙从外侧打开。

“所以剩下的问题就是，”老绅士詹特曼说，“如何保管这间小房间的钥匙。如果不能好好保管这把小房间的钥匙的话，也没必要把‘十字架之塔’的钥匙挂在这里了。”

的确，如果谁都能拿到小房间的钥匙，那么谁都能打开小房间的房门并取出“十字架之塔”的钥匙。如此一来，把“十字架之塔”的钥匙挂在这里就失去了意义。如果有人碍于情面打开了“十字架之塔”的大门，那么杀人犯医织就可能逃脱出来。

“这也不是问题。”大富原自信满满地说。

羊子小姐会意地打开小别墅墙壁上的抽屉，从里面取出一个手提保险箱。“我们打算把小房间的钥匙放在这里。”

这个手提保险箱看起来非常诡异——上面一共有五个钥匙孔。

“钥匙在这儿。”羊子小姐说完，便把五把形状各异的钥匙放在地上。

“这是……”老绅士詹特曼惊讶地问。

“全都是这个保险箱的钥匙？”

“是的。”羊子小姐答道，“必须集齐五把钥匙才能打开这个保险箱。换言之，保险箱上一共有五道锁，缺了哪一把钥匙都无法打开。”

“也就是说，”波洛坂说，“如果让五个人分别保管这五把钥匙，就必须五人联手才能打开保险箱？”

羊子小姐点了点头：“正是。当然，也没有备用钥匙之类的东西。”

波洛坂笑道：“有意思。那本大爷拿一把。”说完，他从地上捡起了一把钥匙。

“那我也拿一把。”夜月也拿了一把，“好像挺有趣的。”

这个女孩真是想一出是一出。

“我也拿一把。”大富原也捡起一把钥匙。

“我也拿一把吧。”千代里老师也捡了一把。

“那这最后一把就由我来保管吧。”羊子小姐捡起了地上剩的最后一把钥匙。

“接下来就是锁上小房间的房门，再把小房间的钥匙放进保险箱。不过在那之前——”

羊子小姐看了看我手里“十字架之塔”的钥匙。我点了点头，把“十字架之塔”的钥匙挂到小房间最里侧墙壁上的金属零件上。我从小房间出来后，羊子小姐从口袋里取出一把钥匙，锁上了小房间的房门。然后，她颇为严谨地说：“当然，这扇房门也没有备用钥匙。”

她看到众人纷纷点头后，将小房间的钥匙装入手提保险箱中。然后，她用自己保管的保险箱钥匙给保险箱上了第一道锁。“其他几位也请来上锁吧。”于是，保管保险箱钥匙的其他几个人也各自给保险箱上了锁。顺序是：波洛坂、夜月、大富原、千代里老师。如此一来，保险箱上的五道锁已经全部锁上，绝对无法打开。

总而言之，现在的状况是：

1. 关押着医织的“十字架之塔”只有一把钥匙。

2. “十字架之塔”的钥匙被放在之前执木所在的小别墅中的小房间里。

3. 之前执木所在的小别墅中的小房间只有一把钥匙。

4. 小房间的钥匙被放在手提保险箱中。

5. 手提保险箱的钥匙共有五把，分别由五个人负责保管。

这实在太过“万无一失”了。不过正因如此，可以说医织绝不可能从那座“十字架之塔”中逃脱出来。

千代里老师伸了个懒腰："案件已经解决了。在接我们的船到来之前，大家都可以放松放松了。"她打了个哈欠，对我说，"香澄，想玩点什么游戏吗？大富翁之类的。"

"啊！我也要参加！"酷爱大富翁的夜月说。

"啊！我也要参加！"大富原用孩童的语气说道。

就这样，我们安稳地度过了一天。我们理所当然地放下心来——毕竟案件已经解决了。

不会再发生杀人案件了——当时的我们非常确信这一点。

莱蒂西亚·布雷克法斯特在自己居住的小别墅中悠然自在地读着书。这是一本从她老家送来的拉丁语图书。她只看得懂拉丁语。当然，用拉丁语写成的书数量极少，所以她能读的书也非常有限。

所以自己是不是应该学一学其他的语言了呢？日语……至少也要学会英语。

她边想着这些，边翻阅着手中的图书。那是一本拉丁语版的《无人生还》，这是一本很有趣的书。书中的场景和金网岛上众人身处的场景十分相似。唯一不同的是，金网岛上的连续杀人案件已经被彻底解决了。

正在这时，小别墅的大门被敲响了。正在看书的布雷克法斯特突然被人打断，心里很是不满。她"啪"的一声合上了书，向小别墅的玄关处走去。

她打开了大门。门后的人向布雷克法斯特微微点头打了个招呼，然后用日语说了些什么。但布雷克法斯特听不懂日语。不过不知为何，她听懂那人说了一个单词——“密室全鉴”。

所以她想，那人一定说了这样一句话：“我就是‘密室全鉴’。”

我们从窗户望向那座小别墅的内部。所有人都不敢相信自己的眼睛。为什么会这样？案件明明已经被彻底解决了！

“……可恶。”千代里老师震惊地说。她的话也代表了其他人的所思所想。所有人都不知所措。

小别墅里是波洛坂的尸体——他的头颅已被割下。而在小别墅旁边，本不在花期的樱花却悄然盛放。

“每起案件都是在樱花盛开的时候发生的。”我突然想起羊子小姐说过的话。

金网岛上曾发生过两起密室杀人案件。两起案件的杀人现场都是波洛坂住着的这座小别墅，两起案件的被害者都被割下了头颅。因此，金网岛上流传着这样的传说：如果在樱花盛开时节入住那座小别墅，就一定会在密室中惨遭毒手。

而今天，过去的两起密室杀人案件仿佛在我们面前再度上演。

日本最重大的四起尚未勘破的密室杀人案件。

“日本四大密室之一。”我绝望地说，“这就是金网岛斩首密室吗……”

第四章

密室杀人泛滥成灾

密室殺人が多すぎる

那一天，我和夜月来到餐厅，却发现早餐还没有备好。

“布雷克法斯特小姐是睡过头了吗？”夜月疑惑地问。

正在这时，羊子小姐突然脸色青白地跑了进来：“不……不好了！”

据羊子小姐说，在像今天一样天气晴好的日子里，她都会晨起散步。可是今天，当她经过波洛坂的小别墅时，突然发现窗户玻璃内侧已经被鲜血染红。她急忙跑到窗边，发现波洛坂已经身亡。

“总之，请大家一起过去吧！哦，对了，我还得去喊大富原女士。”于是，羊子小姐去找大富原，我和夜月则先前往波洛坂所在的小别墅。我们冲到宅邸外时，刚好碰到了千代里老师，于是也向她说明了事情的经过。

她脸色突变，声音颤抖着说：“快！快走！”我们匆忙赶往小别墅。在小别墅前，我们看到了这样的景象——

那座小别墅的南侧墙壁上有一扇巨大的窗户，所以我们可以透过窗户看到屋内的样子。波洛坂的躯体躺在床上，头颅则滚落在地。屋内溅满了鲜血，显然他是被人活生生割下头颅的。而最诡异的是，被割断的东西不只有波洛坂的脖子。还有房间中央那张床——也就是波洛坂正躺着的那一张。

那张床也被横向切断成两段，床的切面和波洛坂脖子上的切面正好平齐。就像是切鱼糕时连同砧板一起切开了一样。又像是有人潜入小别墅，用尽全力挥动一把巨大的刀，但挥动的力度过大，以至于将波洛坂的脖子连同下面的那张床一起劈成了两半。

“凶手的力气到底是有多大？！”千代里老师震惊地说。

床被切成两截，两截断床分别向两侧倒下，呈现出中间高两边低的形态。千代里老师焦躁地拢了拢头发，绕到小别墅的玄关外，拧了拧大门上的把手。“上锁了。”她撇了撇嘴说。

从某种程度上来说，这也在我们的意料之中。为慎重起见，我也走过去重新确认了一下大门是否上锁。结果的确如千代里老师所言，大门处于上锁状态。

我们又来到窗边，再次观察屋内状况。正在这时，远处传来一阵脚步声。羊子小姐和大富原正朝这边跑来。羊子小姐手中还拿着一把拖把。

“怎么回事？”大富原贴在小别墅的窗户上往里看了看，兴奋地说，“‘日本四大密室’竟然被完美地再现了出来！”

大富原这个狂热的密室迷难掩兴奋。羊子小姐像是受她影响，也陷入了异常模式一样，热泪盈眶地说：“是的，被再现出来了！这密室实在太……”

我实在是受不了了，于是对大富原说：“我能打碎窗户吗？”

她听完愣了一下，然后重重地点了点头：“可以啊。请你去打碎它吧。”

我接过了羊子小姐手中那把拖把，在眼前这扇固定窗上敲出一个足以容纳成人进出的缺口，并通过该缺口进入了屋内。

进入小别墅后，我闻到一股几乎令人窒息的铁锈味。我有些头晕。就连素来以神经大条著称的夜月，也在大量鲜血的强烈冲击下变了脸色。不过她好像发现了什么，指着小别墅的西侧墙壁对我说："香澄，你看那个。"

我顺着她手指的方向看去，墙上的挂钩处挂着一把钥匙。它会是这座小别墅的钥匙吗？我走过去取下了钥匙。然后，我看向小别墅北侧墙壁上的一道短廊。短廊通往小别墅的玄关。玄关大门的内侧装有旋钮，此刻旋钮正处于上锁状态。果然，大门被人上了锁。

我拧动旋钮打开了大门，和夜月一起来到小别墅外，又关上了大门。然后，我把刚刚从钥匙挂钩上取下的钥匙插进大门的钥匙孔中，拧动钥匙开了锁。果然，就是这把钥匙。我再次打开大门回到小别墅。小别墅里还有一扇门，我打开了这扇门，门背后是卫生间。卫生间里自然是空无一人。卫生间里还有两扇房门，一扇通往浴室，另一扇则通往马桶间。这两个小房间里同样空无一人。凶手似乎并没有藏在小别墅中。我走出卫生间。这座小别墅内部没有其他房门，所以我又回到主屋——也就是波洛坂尸体所在的那间房间。

我再次环顾屋内。墙壁和天花板上都溅满了鲜血，现场很是惨烈。房间内墙均由金属制成。不对，不仅是房间内墙，整座小别墅都是用特殊合金制成的——我想起羊子小姐之前曾把这件事告诉过我们。小别墅内闪耀着银色的光泽，天花板、地板和内墙上都刻着边长 10 厘米的正方形格纹。我们现在就像置身于魔方之中。天花板的四角埋有白色灯具，白色的灯光使小别墅内部的银色光泽和飞溅出的大量鲜血显得更加扎眼。

“钥匙是真的。”我告诉在场的众人，慎重起见，我又问羊子小姐，“这座小别墅有备用钥匙吗？”

她摇了摇头说：“当然没有。”

“那就可以确定了，这的确是一间密室。”我笃定地说。

千代里老师听了，沮丧地小声嘟囔着：“是吗……”她受了相当大的刺激。不过从某种意义上来说，她这样的反应也在我的预料之中——杀人案件的再次发生，推翻了她之前的推理——山崎医织并非凶手。

当然，也有另一种可能。那就是被囚禁在“十字架之塔”的医织用某种方法逃了出来，并再度犯下凶案。如果医织就是“密室全鉴”，且她的杀人目标尚未完成，那么这种推断也不无可能。为了印证这一点……

“咱们去‘十字架之塔’看看吧。”我说。医织是否仍被囚禁在“十字架之塔”——我们的当务之急是要弄清楚这个问题。

大富原点了点头：“的确。不过，在过去之前……”她环顾四周，终于看向西侧墙壁旁放着的一只旅行袋。那是波洛坂的旅行袋吗？

大富原走近旅行袋并拉开了拉链，看了看里面的东西，发出一声惊呼：“在这儿！”说着，她举起一把钥匙。那是波洛坂负责保管的手提保险箱的钥匙——保险箱里放着小房间的钥匙，小房间里则挂着“十字架之塔”的钥匙。的确，如果没有这把钥匙，我们就无法进入“十字架之塔”。

“走吧。”大富原说完便走出了房间。我们也纷纷跟上。但我却突然停下了脚步。我好像意识到了什么——不，不如说我好像忘记了什么。

突然，我脑中一道灵光闪过，向波洛坂身下的床底望去。我看到了什么东西，并把它抓了起来——是一只身穿塔士多礼服的兔子玩偶。果然，这处案发现场也有一只这样的玩偶。玩偶的头颅被割下，和波洛坂的死状一模一样。它的头颅和身体滚落在床底两侧，旁边则落着一把迷你小刀。我从床底把它们捡了出来，看到刀柄上赫然刻着“密室全鉴”几个大字，我不由得倒吸了一口冷气。

果然，这起杀人案件也是“密室全鉴”的杰作。

连续杀人案件仍在继续上演。

为了拿到“十字架之塔”的钥匙，我们赶往执木住过的小别墅。羊子小姐从墙壁上的抽屉里取出那只手提保险箱。

“接下来，就请大家用钥匙开锁吧。”大富原说完，就把她负责保管的那把钥匙插进钥匙孔中拧了拧。此时保险箱的锁尚未被打开——它需要五把钥匙才能打开。

其余几个手中有钥匙的人分别是千代里老师、夜月、羊子小姐和波洛坂。刚刚大富原已经从波洛坂的旅行袋里取出了由波洛坂负责保管的钥匙。他们依次打开保险箱上的锁。开锁后，羊子小姐从保险箱里取出了一把钥匙。她拿着钥匙，来到位于小别墅北侧的小房间门前，并打开了房门。

“十字架之塔”的钥匙仍挂在小房间最里侧的墙壁上，和昨天一样。羊子小姐从墙上取下“十字架之塔”的钥匙，对大家说：“咱们现在就过去吧。”

我们纷纷点头，一同前往“十字架之塔”。不过我在路上突然想起了什么，于是对其他人说：“咱们能先去一趟宅邸吗？我有点事想确认一下。”

所有人都疑惑地看着我。我无视了他们的目光，径直跑向宅邸。在宅邸的玄关处，我果然看到了预想中的一幕。“剑……”羊子小姐惊呼道。

“不见了。”大富原接着她的话说道。如她所说，原本装饰在宅邸玄关处的大剑不翼而飞。我和夜月登上金网岛的第一天就在宅邸玄关处看到了那把剑。我记得它是用一种特殊合金打造的，强度足有铁的5倍。

“所以说，凶手是用玄关的那把剑杀死了波洛坂吗？”千代里老师说，“将人的脖子连同床一起割断，这的确是相当反常的杀人方法。如果没有这样的利剑，根本不可能做到。”

不过，我们在案发现场的小别墅里并没有看到那把大剑。换言之，凶手出于某种目的将那把剑藏了起来。

我们走出宅邸，继续赶往“十字架之塔”。到达后，羊子小姐按动塔侧的按钮，十字架的右侧横梁开始缓缓下降。待右侧横梁的房间下降到地面后，羊子小姐用手里的钥匙开了锁，并打开大门。

门后的景象让所有人都目瞪口呆。原本应该被囚禁在此的医织竟然不见了，取而代之的是老绅士詹特曼的尸体——他的背部插着一把刀，早已气绝身亡。

“怎么会……”千代里老师震惊地说，“老绅士詹特曼的尸体怎么会在这儿？”所有看到尸体的人都在思考这个问题。这是不可能会发生的事。因为……“十字架之塔”的钥匙一直被我们严密地保管着，所以监禁在此的医织根本不可能有机会逃出塔外。

可现实情况是，不仅医织不见了踪影，甚至老绅士詹特曼的尸体也被人摆放于此。简直像是瞬间移动一样。医织和老绅士詹特曼就像是穿过异次元隧道而互换了位置。

“这是……不可能犯罪……”就连密室迷大富原都大惊失色。她面露迷茫，甚至掩过了兴奋之情。

在老绅士詹特曼的尸体旁边，放着一只兔子玩偶。那只身穿塔士多礼服的兔子玩偶背上插着一把迷你小刀，和老绅士詹特曼的死状完全一致。刀柄上则刻着那个我们再熟悉不过的名字——“密室全鉴”。

我胡乱拢了拢头发，感到自己犯下了一个弥天大错——我竟然把“密室全鉴”当成这个时代随处可见的密室代理人而等闲视之。这实在是一个致命的失误。因为……

“密室全鉴”就是个怪物，那人绝对能载入密室杀人的史册。

如果医织就是“密室全鉴”，那么她必须从这间完美密室中消失得无影无踪；如果医织不是“密室全鉴”，那么“密室全鉴”就必须像魔法师一样让医织从这间密室中消失。而且无论是哪种情况，“密室全鉴”都必须把老绅士詹特曼的尸体搬运到密室之中。

我完全想不到“密室全鉴”是怎么做到的——这近乎神迹。而这个强大到令人束手无策的怪物现在正埋伏在金网岛上，继续实施着密室杀人。这种状况令人绝望。

“可恶！”千代里老师不耐烦地骂了一句，走向屋内唯一的小房间——卫生间门前。她打开门，里面当然是空无一人。

“是密道吗？”千代里老师走到墙壁前敲了两下，“是不是这里有条密道，‘密室全鉴’通过密道进出房间？”

“千代里老师，您冷静一下！”

“我怎么冷静！”她恶狠狠地说完后就紧咬牙关，像是要把自己的后槽牙都咬碎一样。不过我很能理解她现在的心情。从目前的情况来看，她完全是被“密室全鉴”玩弄于股掌之间。

“总之，咱们得找到医织小姐。”夜月说道。然后，她突然想到了什么，发出“啊”的一声惊呼。

我问道：“怎么了？”

“没什么，”她皱着眉说，“你们有没注意到……”

“注意到什么？”

“嗯……”夜月面带歉意地说，“好像从今天早上开始，我们一次也没有见到过布雷克法斯特小姐……”

聚集在“十字架之塔”的众人又急忙赶往布雷克法斯特小姐的小别墅。我们从窗户向屋内望去，一眼就看到了她的尸体——她的胸口插着一把刀。尸体旁放着一只身穿长裙的兔子玩偶。和布雷克法斯特小姐一样，玩偶的胸口也插着一把迷你小刀。刀柄上似乎刻着“密室全鉴”几个字——我们离得太远，字迹无法看清。

“又来了……”千代里老师的语气已经近乎厌烦。

这座小别墅的窗户并不是固定窗，可以左右对开，但窗户上的月牙锁被人从内侧用胶带牢牢固定住了。于是我捡起旁边的石块，砸碎了月牙锁周围的玻璃，将手机从玻璃上的破洞伸了进去，拍下了被胶带固定住的月牙锁的照片。保存好证据后，我伸手通过玻璃上的破洞撕下固定住月牙锁的胶带，终于打开了这扇左右对开的窗户。我从窗户进入屋内，来到布雷克法斯特小姐的尸体旁边。

和玩偶一样，她也是胸口中刀身亡。尸体旁放着两张房卡。夜月见了，发出一声惊呼：“这座小别墅必须用房卡才能上锁，和我住的小别墅一样！”

这么说来，夜月的小别墅好像也必须用房卡才能上锁。我住的小别墅也是如此。来到金网岛的第一天，已经去世的执木曾交给我两张房卡。我问羊子小姐：“这座小别墅一共只有两张房卡吗？”

“是的，”羊子小姐点了点头，“这座小别墅的构造与葛白先生和夜月小姐住的小别墅一样。所以房卡只有两张，没有第三张。而且这种房卡极为特殊，无法复制。”

“是吗……”我重新观察起落在地上的两张房卡，而后看向小别墅玄关处的大门。大门内侧装有旋钮，旋钮正处于上锁位置。换言之，大门被人上了锁。

我捡起地上的两张房卡走到大门旁边，拧动旋钮将门锁打开。然后，我打开大门来到小别墅外，夜月也跟了过来。

大门外侧装着房卡的读卡器。这台读卡器和我住的小别墅门前装的那台一样。它们并不像公交IC卡的读卡器一样，通过把卡片靠近机器来读取信息，而是像过去酒店客房房门上的读卡器一样，通过把卡片插入机器来读取信息。

大门上贴着一块金属板，金属板上刻着数字“1”。房卡上同样贴着一张印有数字“1”的贴纸。看来房卡编号与房号一致。不过房卡上的贴纸很容易撕掉或伪造，所以凶手也有可能提前准备好假房卡，并在假房卡上贴上写有数字“1”的贴纸。换言之，凶手可能使用了这种诡计：将假房卡留在现场，并让所有人都误以为它就是真正的房卡。所以我们必须确认这两张房卡能否将大门上锁，由此来确定它们的真伪。

我试着将第一张房卡插进读卡器。随着“哔”的一声，门锁被锁上了。我又拧了拧把手，可以确定门锁的确处于上锁状态。

“第一张房卡是真的。”夜月说，“如果第二张也是真的，这样的话……”

“现场就是一间完美密室。这真令人绝望。”

“但它真的是‘真’的房卡吗?”夜月直截了当地说。

我叹了口气，又把第二张房卡插进读卡器。“哔”声过后，我们又听到了大门被锁上的声音。这扇大门似乎和我住的小别墅一样，并没有安装自动锁。第一次插入房卡后大门会上锁，再次插卡后门锁则会被打开。为了确认这一点，我再次将第二张房卡插进读卡器。一阵电子音过后，大门又被锁上了——和我设想的一样。接下来，我又重新取出第一张房卡，并把它插进读卡器，门锁又被打开了。

这样一来，我就已经验证了以下事实：两张房卡都可以开关大门。两张都是真正的房卡。换言之，这座小别墅就是一间完美密室。

“能让我试试吗？”夜月说。

我把房卡递给了她。夜月就像我刚才一样，把两张房卡依次插进读卡器，确认它们能否给大门上锁。当然，结果也和刚才一样。

“我没招了。”的确如此，不过我们还有一点点希望。还有一种极其微弱的可能，那就是凶手正藏身屋内。为了验证这一点，我从玄关大门回到小别墅中，首先打开了卫生间的房门。和我预想的一样，里面空无一人。之后，我不抱希望地打开了浴室门。里面的景象令我愣在当场。

“怎么了，香澄……啊！”从我身后望向浴室的夜月也发出了一声尖叫。我很能理解她的心情。因为浴室里……不知为何，放着一口棺材。

那是一口涂成黑色的棺材，就像吸血鬼居住的棺材一样。为什么这里会有棺材？夜月突然想到了些什么：“里面不会是……外泊里吧？”

说实话，我也这么觉得。不过，我很难想象那位在岛屿的沙滩上露营、还自称活了上千年的吸血鬼，竟会在这里放一口棺材，而且还睡在里面。这种诡异的状况令我有些不知所措。突然，棺材里传来“咚”的一声。我和夜月被吓得浑身发抖。可棺材丝毫没有顾及我们的感受，再次发出“咚”的一声。然后，我们听到了微弱的呻吟声。这是……

“有人在里面……吗？”

夜月紧紧盯着棺材。棺材像是故意吓唬她一样，又发出“咚”的一声响动。夜月条件反射般地躲到了我的身后，抓着我的衣角说：“香澄，里面绝对有人。”

“确实。”

我又看了看棺材，发现棺盖上装着一个三位数的密码锁。我盯着密码锁说：“夜月……”

“嗯？怎么了？”

“你能把那个棺盖打开看看吗？”

夜月露出一副难以置信的神情。随后她轻蔑地看着我说：“为什么是我？这不是男生该做的事吗？”

“你这种想法已经过时了。现在不是男女平等的时代吗？”

“你怎么能把男女平等用在这种地方？”

“而且你还那么喜欢未知生物。”

“我确实很喜欢未知生物……不过棺材里绝对不是什么未知生物！”

这时，棺材里又传出一阵敲击声。我被吓得后退了几步。

“怎么了？”千代里老师听见这边的喧闹声，赶到了浴室。她也被浴室中的棺材吓了一跳，强忍着头痛问我：“香澄，我能问你件事吗？”

“能啊。问什么？”

“浴室里为什么会放着一口棺材？！”谁知道呢。只有把它放在这里的人才会知道答案。

“总之，先把棺盖打开看看吧。”刚刚和千代里老师一起过来的大富原说道。说完，她就走向了棺材。她可真勇敢。不对，或许我应该说，她完全不知道恐惧为何物。

“三位数的密码锁吗……”她在棺材旁蹲了下来，盯着棺盖上装着的密码锁说。

“我去取剪线钳来？”羊子小姐问道。

大富原摇了摇头：“只有三位数的话，我们还是一个个试吧，这样更快一些。”

说完，她把密码锁上的数字拨到“001”，开始从头尝试。试到“036”时，密码锁开了。大富原瞟了我们一眼：“那我就要打开棺盖了。”

我们点了点头。大富原气势如虹地打开了棺盖。棺材内部暴露在大家眼前。我再次被吓得说不出话来——这已经不知道是今天的第多少次了。

棺材里面的人是医织——她的双手双脚都被绳子绑了起来。不过，她还活着。她的嘴上被人贴了胶带，只能一边发出微弱的呻吟声，一边眸中带泪地望向我们。

千代里老师胡乱拢了拢头发：“这到底是怎么回事？”

我们解开了医织手脚上绑着的绳子，又撕掉了她嘴上贴着的胶带，搀扶着她走出棺材。

大富原问她：“医织小姐，你为什么会在这种地方？”

“不……不知道！我什么都不知道！”医织流着眼泪，前言不搭后语地说，“我正在‘十字架之塔’里面睡觉，不知道什么时候被人关到了一个暗箱里……它竟然是一口棺材！”

“也就是说，你被人带出了‘十字架之塔’？”我追问道。

有这样一种可能：有人从“十字架之塔”外部向里面喷射催眠瓦斯，让医织陷入深度睡眠状态，然后趁医织不省人事的时候，将她带到这座小别墅并塞进了棺材里。

我想，我们已经能够排除医织是“密室全鉴”的可能了。因为她手脚上的绳子显然是别人给绑上的，而且身处棺材内部的她根本无法锁上装在棺材外部的密码锁。

医织激动的情绪还未平复下来，但大富原却完全不考虑她的情绪，说出了令医织更加困惑的话——大富原把今早以来岛上连续发生的几起密室杀人案件都告诉了她。波洛坂、老绅士詹特曼和布雷克法斯特小姐都已在密室中遇害。

夜月向她展示了这座小别墅的两张房卡，告诉她这是一桩不可能犯罪。医织终于明白自己刚刚身处密室之中，表情愈加困惑起来。

“事情就是这样。有件事还得请医织小姐帮忙。”大富原冷酷地说，“现在想请你给他们三个人验尸，推算出他们的死亡时间。”

医织的脸上写满了绝望。她原本发青的脸色变得惨白如纸，瞬间露出一副仿佛世界末日即将到来般的表情。然后……她冲向厕所，狂呕了起来。之后，我听到了一阵在此前的人生中从未听到过的声音极大的呕吐声。

终于，她从厕所走了出来，脸色几近透明。夜月连忙把手上的两张房卡放进口袋里，跑到医织身旁替她轻轻拍着后背，皱起眉说："她已经这样了，没法验尸了吧？"

大富原叹了口气，点了点头："没办法，咱们只能放弃推测死亡时间了。反正凶手是在深夜杀人的，估计大家都没有不在场证明吧。"

然后，大富原看向千代里老师："话说回来，您接下来打算怎么办呢，黑川小姐？"

千代里老师露出一副不解的表情，皱起眉问："你说这话是什么意思？"

"没什么意思。"大富原耸了耸肩，"不过遗憾的是，您之前说医织小姐是凶手，这个推理显然是错误的。所以您认为凶手在'地下室密室'中使用的诡计——也就是您将医织小姐指认为凶手的证据——是错误的。换言之，黑川小姐，您输了。即使如此，您还要继续调查吗？"

千代里老师听了，紧紧盯着大富原。

不过大富原说的没错。在打造密室时，提前用水浸湿房门上的合页——凶手仅用这点花招就让千代里老师做出了错误的推理，并使医织被诬陷为凶手。我们也因此误以为案件已经全部解决，大意之下给凶手创造了新的杀人良机。换言之，千代里老师完全是在出演凶手写好的剧本。破译出错误的密室诡计、诬陷医织为凶手——这些都在"密室全鉴"写好的剧本之中。而千代里老师则是这出剧目的女主角。正如大富原所言，这无疑意味着千代里老师的失败。

千代里老师似乎也意识到了这一点，面露苦色。她压抑住心中的苦涩之情，逞强说：“我当然要继续调查。我怎能就这样认输呢？”

大富原笑道：“那我为你祈祷。大家无须担心。‘密室全鉴’肯定就在我们之间。黑川小姐——大天才黑川小姐一定能替我们把那个‘密室全鉴’给揪出来。”她留下这样一句嘲讽的话，就头也不回地走出了小别墅。羊子小姐也跟了上去。

千代里老师盯着她们的背影，满面屈辱地咬牙道：“我不甘心！大家都不把我放在眼里！”

“我能明白您的心情。”

“你在学古畑任三郎[①]说话？”

“啊？没有啊……”

“我知道！”

她生气得毫无道理！真的是毫无道理！

千代里老师拢了拢头发，说：“我们先去重新勘查现场！香澄，跟我来！”千代里老师几乎要哭出来，径直走出小别墅。我也跟了过去——我突然注意到夜月还站在原地一动不动，于是对她说：“夜月，你不过来吗？”

“我……”夜月说，“我要照顾医织小姐。”我这才注意到，站在夜月旁边的医织小姐的脸色依然几近透明。可以说她的表情已经从濒死阶段过渡到了开悟境地。

① 古畑任三郎：日本20世纪90年代电视连续剧《古畑任三郎》中的主人公，能够侦破各类刑事案件。

之后，我陪着千代里老师将几处密室杀人现场都重新勘查了一遍。包括音崎被杀害的“地下室密室”、波洛坂被杀害的“斩首密室”、老绅士詹特曼被杀害的“十字架之塔密室”和布雷克法斯特小姐被杀害的“房卡密室”。

待所有密室勘查完毕后，千代里老师咬着牙说：“密室杀人案件也太多了吧……简直泛滥成灾。”我也有同感。我们仔仔细细地调查了四间密室，却没能找到半点有价值的线索。

“没办法了。”千代里老师胡乱拢了拢头发，“密室的等级太高了。”

所谓密室等级，是指破解密室的难易程度。的确，这次的四间密室我们甚至没能找到一点破解线索，可想而知，它们的密室等级相当高。

千代里老师烦躁地说：“没办法了。”

“咱们再去把现场挨个检查一遍吧。正所谓‘现场百遍，线索自见’。”

“‘现场百遍，线索自见’可不是自暴自弃时说的话吧……”

“除了这个也没有其他办法啊！毕竟我们解不开这些密室。”

千代里老师像是完全丧失了信心。昨天那个自信满满的她早已不见了踪影。不过对解决案件的强烈愿望昭示了她还是原来那个黑川千代里。

所以，没办法。事已至此，只有动用最后的手段了。

我对她说：“千代里老师。”

“怎么了？”

“还有一个方法，可以解决这次四起密室杀人案件。”

千代里老师皱了皱眉，难以置信地说：“难道，你已经解开了？四个密室全都解开了？”

我毫无愧色地摇了摇头：“没有。我一个都解不开。”

千代里老师被我的回答震住了。

“你到底在说些什么？我不明白。”她不解地说。

“简单来说，”我说，“我自己解不开密室。不过我知道有个人能不费吹灰之力把它们全部解开。”

千代里老师睁大了双眼。然后，她好像听出我话中的意思，嫌弃地皱了皱眉，瞪着我说：“你的意思该不会是……”

我点了点头，答道：“对。我的意思是，把蜜村漆璃放出来。”

蜜村自从在第一天的“密室诡计游戏”中落败后，就一直被关在“大牢”里。不过“大牢”虽然名为“大牢”，实际上却是一间颇为舒适的客房。

我和千代里老师来到“大牢”门前，敲了敲门。里面传出蜜村的声音：“请进！”

我们打开门，看到蜜村漆璃正趴在床上，读着那本名为《密室白银时代的杀人事件》的文库本图书。

“哦？葛白？”蜜村从床上起身，说道，“事情我已经听说了。好像很严重的样子。”

我看向床边那张曲腿桌，桌上还放着些吃剩的蒙布朗蛋糕，或许是羊子小姐为她端来的。这样看来，蜜村大概已经从羊子小姐那里听说过今早以来案件近乎失控的进展了。

如此一来，我就容易开口了。我对她说：“你来帮我们解决案件吧。”

蜜村背过脸去说：“我不要。非常抱歉，但我拒绝。”

“啊？为什么？”

“我正忙着看这本《密室白银时代的杀人事件》呢。”

别再读什么《密室白银时代的杀人事件》了！周围人里，现在只有她一个人还有闲心看书。

“另外，你应该知道吧？”蜜村说，“我很讨厌破解密室。”

我不由得露出一丝苦笑。这是个明晃晃的谎言。在我认识的人当中，没有人比她更加热爱密室了。不过从某种程度上来说，她这些反应也在我的意料之中。每次只要是我求她办事，她都会条件反射一样地拒绝。所以，其实只要让除我以外的其他人来求她，她就会同意了。但现在说这些为时已晚。我刚刚没有想到这一层。

不过，即使我刚刚走错了一步，情况也没有变得太糟。因为搞定这位喜怒无常的大小姐的方法十分简单，只要稍微挑动起她过度膨胀的自尊心即可。我马上把这个计谋付诸实践。

“没办法。千代里老师，咱们走吧。”

“啊？这样好吗？”千代里老师愣了一下。

我点了点头，说：“走吧。那些能力低下的人是指望不上了。”说完，我感到背后传来一阵杀气。

“能力低下的人，这是在说我吗？”蜜村的声音中充满了杀气。

我有点害怕，不过还是故作镇定地耸了耸肩，说：“我说的不对吗？你根本就解不开密室之谜，所以才会逃避解谜。”

蜜村听了我的话，怀疑地皱了皱眉，像是想起了些什么：“我怎么记得这样的对话之前也发生过呢？”

“有吗？”

这么说来，或许之前我想让她帮忙破解密室时，也使过同样的手段。蜜村见了我的反应，耸了耸肩，无奈地说：“真是的，你就只会这一招吗？没有其他操纵我的方法了？”

原来她意识到自己被我操纵了？我放弃了挣扎：“因为这是控制你最有效的方法啊。”

“什么叫控制！我又不是你的部下。”

“是啊，不是部下。只是朋友。”

“我怎么不记得自己和你是朋友？”

我备受打击。我一直以为我们是朋友的。蜜村似乎也注意到我的沮丧，忙说：“那个，对不起。我说得太过了。我们确实是朋友。”

她有些含糊其词：“不过……对不起。我不该把这两件事扯到一起。”

我失落地说：“是吗……对不起。这件事不用你来帮忙了。”

“啊……”

“刚才我也说过，能力低下的人是指望不上的。实在不好意思，我们现在很忙，没有时间跟像你这样能力低下的人待在一起。”

蜜村重重地合上了手里的书，又借着这股劲儿抓起枕头朝我狠狠扔了过来。

“走吧。”蜜村从床上站起来，决绝地说，“现在就让你见识见识我到底有多优秀！”她英姿飒爽、大步流星地走出了“大牢”。

一直在一旁听着我们对话的千代里老师震惊地说：“你们之间一直都是这样交流的吗？”

“平时她更过分。”

“是吗……”千代里老师再次露出一副震惊的表情，从地上捡起蜜村朝我扔过来的枕头，把它放回了床上。

我和千代里老师首先把蜜村带到了宅邸的“地下室密室”——也就是发现音崎尸体的地方。在那间地下室里，我们又向蜜村重新讲述了一遍现场的状况、之前发生的其他几起密室杀人案件的详细经过，以及今天早上急速发展的事态。蜜村点了点头，说道：“所以，黑川小姐你输了？真可怜。”

千代里老师面含怒意：“事实是这样没错。不过被你当面这么说，我还是挺生气的。”

“哦？对不起。是我考虑不周了吗？不过我有点意外，我不过是指出了事实而已，你竟然会这么生气？真的会有气量如此狭小的成年人吗？”

蜜村居然会用如此挑衅的口吻说话，我着实有些意外。被蜜村批评得一文不值的千代里老师从紧咬的牙关中挤出一句：“我不甘心！”

接着，她向我控诉道：“香澄，我真不甘心！她为什么非要这样说我！”

我也这么觉得。“话说回来，你们两个人到底为什么要针锋相对呢？”我问道。

“谁让这个人在法庭上用看垃圾一样的眼神看我！”蜜村插嘴道。说完，她轻蔑地看向千代里老师。

千代里老师愤怒地说：“明明是你在用看垃圾一样的眼神看着我吧！”

“哦？是吗？我怎么不记得？真是抱歉。如果眼前站着一个像垃圾一样的成年人，恐怕谁都会忍不住用看垃圾一样的眼神看她吧？”

蜜村和千代里老师又怒瞪了对方一会儿。终于，蜜村猛地转过头去，看向地下室的房门。

“咱们还是开始调查吧。我可没有工夫和一个一点也不成熟的成年人说话。”

千代里老师听了，又咬碎一口银牙。我一边安抚着千代里老师，一边询问蜜村对现场的看法。

“你有什么想法？”

“我还是觉得那个合页很诡异。既然医织小姐不是凶手，那就说明黑川小姐推理出的诡计是错误的。不过她倒也没有错得太离谱。我认为咱们可以在她诡计的基础上更进一步……咦？”

蜜村突然止住了话头，盯着合页看了起来。“这个合页……”蜜村说，“太新了。”

闻言，我也看向那个将房门与门框固定在一起的合页。她说的不错。那个合页闪闪发光，几乎是全新的。我不解地问蜜村：“也许是最近刚刚更换过合页？”

“不知道……其他房间里的合页也是新的吗？”蜜村说完，沿着走廊径自跑向隔壁房间的房门。她打开门，盯着门上的合页看了看。“这里的合页已经老化了。”

我也从她背后探出头来，看了看那个合页。确实，合页表面粗糙，看起来已经有些老化了。这座宅邸是多年前建造的，所以从某种意义上来说，合页老化才是合情合理的。但地下室房门上的合页却没有丝毫老化。这意味着……

“最近，宅邸里的某个人出于某种原因把地下室房门上的合页换掉了？”

蜜村叹了口气：“葛白，算我求你，你能不能稍微动动脑子？”

嗯？我觉得自己已经相当动脑子了啊！

“真的吗？你颅骨里面装的根本不是大脑，而是鮟鱇鱼肝吧？”

“……这幅情景还挺猎奇的。”

“真是……我应该暂时吃不下鮟鱇鱼肝了。”明明是她先提起来的，现在却又嫌恶心。

“也就是说，”千代里老师开口道，“凶手出于某种目的更换了房门上的合页？”

蜜村笑道：“正是。凶手更换了合页，说明凶手正是使用了合页诡计。不过并不是黑川小姐推理出的那一种。”

的确，这是唯一的可能——却也是非常不可思议的可能。因为……

“千代里老师提出的诡计，简言之，就是凶手并非在制造密室时，而是在密室被破坏后才拧紧合页上的螺丝。”我说，“但你说凶手没有使用这个诡计，就意味着凶手在制造密室时已经拧紧了合页上的螺丝。可这是绝对不可能做到的吧？这扇房门处于关闭状态时，合页上的螺丝孔就会被完全隐藏在房门和门框之间。也就是说，一旦房门与门框紧紧贴合，螺丝孔就不会暴露在外，这种情况下，凶手绝对无法重新拧紧螺丝，也无法使用合页诡计。这是唯一的思路吧？”

蜜村听了，点了点头：“的确如此。”

她说完，又从走廊回到地下室的房门前，看向固定住房门的合页，问道：“葛白……”

“怎么了？”

“你这辈子花了多长时间来研究合页？”

她突然问了一个谜一样的问题。恐怕我是世界上第一个被问到这个问题的人吧。我考虑了一会儿，答道：“大概半小时？”

“我大概两个小时。”千代里老师说。

“太少了。”蜜村惊讶地说，“我研究了五百个小时。”

这也太长了吧！她还是个正常人吗！

“所以，我自认为对合页的结构有些了解。”蜜村眸中泛着冷意，“说实话，我一看到这个合页，就知道凶手使用的是什么诡计了。”

已经知道凶手使用的是什么诡计了——蜜村的这句话令我和千代里老师目瞪口呆。

“真的？”我问道。

蜜村轻咳一声："那我先给你们讲讲合页的结构吧。"

她竖起食指说道："合页主要由四个部分构成。分别是两块'金属片''芯轴'，以及用来防止芯轴脱落的'堵头'。两块金属片是合页的主体部分。这两块形状不同的金属片紧紧咬合在一起，咬合部分呈圆筒状。如果将芯轴插进这个圆筒状部分，再将堵头安装在芯轴的另一端，两块金属片就能以芯轴为轴，绕芯轴自由转动。"

听了蜜村的话后，我的脑中浮现出市面上最常见的那种合页来。它的外观近似于蝴蝶，绕芯轴转动的两块金属片就像蝴蝶的两扇翅膀。

"一般来说，芯轴的形状与钉子相近，不过它的前端没有钉子那么尖。"蜜村说，"而且芯轴后端的形状与堵头相似。所以，如果把芯轴和堵头固定在一起，那么它们看起来就像哑铃一样——在金属棒的两端分别装有一个圆盘。而且芯轴和堵头一般是通过压力来固定的。换言之，只要用某种机械分别在芯轴后端和堵头上施加压力，就能把它们固定在一起。"

蜜村拢了拢她黑色的长发，接着说："接下来是重点。要想知道凶手使用了什么诡计，关键是要弄清楚凶手为什么要换上全新的合页。重点是'全新'。正如我刚才讲到的那样，合页由四部分组成，分别是两块'金属片''芯轴'和'堵头'。工厂的工人把这四部分组装在一起后，一个完整的合页就诞生了。所以我想到了这样一种可能：也许凶手用的不是在工厂组装完毕的'完成品'合页，而是尚未组装起来的'半成品'合页？"

凶手用了半成品合页？我不解地看着她。

蜜村继续说："也就是说，凶手从房门和门框上拆下了原先的合页，再换上尚未组装的合页。换言之，凶手只把两块金属片分别用螺丝固定在房门和门框上。然后，凶手拧动房门内侧的旋钮，让锁舌保持弹出状态并关上了房门。不过这扇门是一扇内开门，所以站在走廊一侧的人很难把它给关上——如果是外开门则会容易许多。因为在走廊里的人要想关上这扇内开门，就必须将立在房间里的门向外拉到门框中。但房门外侧没有安装把手，所以走廊上的人只能抓着门框发力。

"这时就轮到大富原工业生产的那种'溶于热水的黏合剂'出场了。凶手从家居市场之类的地方买来门把手，并用黏合剂将把手粘在房门外侧。这样一来，凶手就有了门框和门把手两个发力点。如此一来，凶手站在走廊也能轻松关上房门。那么合页该怎么办呢？凶手预先让合页的两块金属片紧紧咬合在一起，所以关门后它们依然能咬合在一起。不过也仅仅是'咬合'罢了。此时，它们咬合在一起的部分，也就是圆筒状的部分中还没有插入芯轴，所以两块金属片尚未被固定。此时，只要有人轻轻推一下房门，给合页施加一个水平方向的作用力，咬合在一起的两块金属片就会立刻分开，房门也会跟门框分离。而若是再次将房门拉进门框，两块金属片则又会紧紧咬合在一起。总而言之，这时房门的状态还很不稳定，密室尚未完成。"

"如果要完成密室，就必须用某种方法将芯轴插进合页里。"千代里老师说，"但凶手是怎么插进去的呢？关上房门时，凶手肯

合页的结构

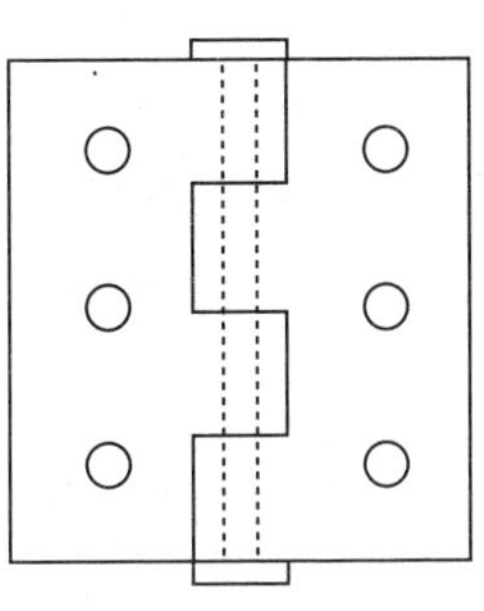

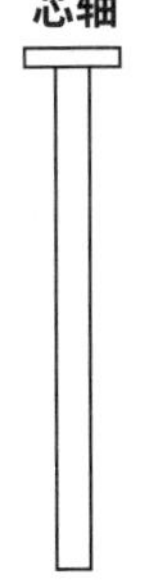

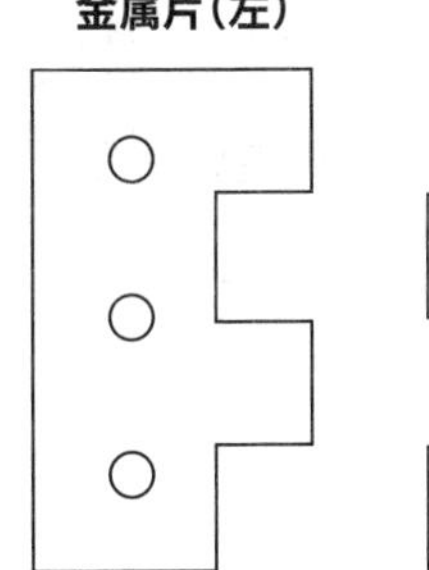

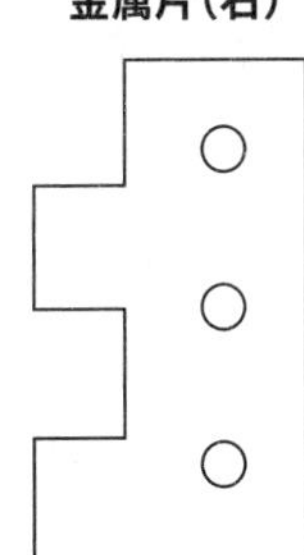

定是在走廊。可走廊上的人是无法插上芯轴的吧？毕竟这扇门是朝内开的啊！”

的确如千代里老师所说，合页的两块金属片咬合在一起的部分——也就是芯轴插入圆筒状部分的位置，是由房门的开启方向决定的。如果是内开门，则该部分位于房间内侧；如果是外开门，则该部分位于走廊一侧。房门以该部分为轴而旋转，所以自然会出现这种位置上的差异。我们眼前这扇门是内开门，所以圆筒状部分位于房间内侧。如此一来，凶手必须身处房间内才能插上芯轴。

“黑川小姐说的不错。”蜜村痛快地承认道，“如你所说，用一般的方法确实没法把芯轴插进合页。所以站在走廊上的凶手使用了某种特殊的方法。我想，凶手一定是用了那个东西——那个禁忌的道具。”

我和千代里老师面面相觑。过了好一会儿，不知是谁终于忍不住问道：“禁忌的道具？”

“是的，”蜜村点了点头，“液氮。”

“液氮？”我和千代里老师重复了一遍她的话。在执木的被害现场“小别墅密室”中，凶手也用到了液氮。所以，凶手再次使用液氮造出了一间密室吗？

“那你说说，凶手是怎么使用液氮的？”

说实话，即使蜜村给出了“液氮”这个提示，我也依然想象不到凶手究竟是怎么用它造出密室来的。

“方法很简单。”蜜村说，“凶手提前把芯轴浅浅插在合页的圆筒状部分里。就像把笔插进笔筒里一样，凶手把芯轴从上面插进圆筒。然后，凶手把芯轴用水微微打湿，再用液氮将其冻住。这样一来，芯轴就被冰固定住，保持着半插进合页圆筒状部分的样子。此时，凶手再从走廊将房门拉出并关上。房门关闭后，合页的两块金属片才会咬合在一起，不过此时芯轴已经半插进合页的圆筒状部分。具体而言，就是芯轴的前端浅浅插进了圆筒的上部，且这一形态被冰“封”了起来。由于芯轴插得很浅，凶手在关门时就不会出现两块金属片被芯轴卡住无法咬合，进而导致房门无法关闭的情况。如果芯轴插得太深，则有可能妨碍房门关闭。总而言之，当两块金属片咬合在一起时，芯轴还处于浅浅插入圆筒状部分且被冰“封”住，以至于芯轴无法移动。那么，当冰融化后会发生什么呢？答案显而易见。随着冰的融化，芯轴会在重力的作用下落入合页的圆筒状部分。换言之，随着冰的融化，芯轴会自动插进合页里。”

我想象着这幅画面。的确，随着冰的融化，芯轴会插进合页的圆筒状部分当中。这意味着身处走廊的凶手也能把芯轴插进位于房间内侧的合页中。

“芯轴插进合页后，原先只是咬合在一起的两块金属片也被正式固定住。”蜜村说，“这时，芯轴还没有和堵头固定在一起。这种状态听起来很不稳定，但实际上它却相当稳定。至少当房门受到水平方向的力时——也就是当有人从走廊推开房门时，芯轴仍能稳稳地插在两块金属片内，而不至于脱落，它仍是一个合格的轴心。所以两块金属片也不会向两边倾倒，整个‘合页’也仍能维持‘合页’的外观。要想让这个合页解体，就必须直接拔掉芯轴。反过来说，如果不拔掉芯轴，合页就不会解体。”

听了她的讲解，我吃惊地问：“也就是说，当我们发现尸体时，其实芯轴没有被堵头固定，而只是被插进了合页的圆筒状部分里？”

“是的，正是如此。”蜜村点了点头，“另外，堵头是用‘溶于热水的黏合剂’粘在合页上的。如此一来，这个合页从外观上看就与完成品合页一模一样。接下来，凶手只需等待你们进入密室发现尸体。大概就是在尸体被发现后的那一晚，凶手溶掉黏合剂并取下堵头，用某种便携工具将芯轴和堵头重新固定在了一起。这样一来，合页就成了真正的完成品合页，房门和门框也被合页固定在了一起，密室至此真正毕成。”

我和千代里老师震惊得说不出话来。

蜜村看了看我们，说道：“这就是凶手真正使用的密室诡计。”

我们听了她的话后，更加瞠目结舌。蜜村刚调查了不到10分钟，就已经破解了一个密室。

“你……”千代里老师还是接受不了这个事实，“你明明实力这么强，为什么在‘密室诡计游戏’中却只用了那么拙劣的诡计？你明明能想出更高明的诡计来。”

蜜村似乎有些不服：“那个诡计我也很喜欢。你这么说我可要生气了。”

“而且我好像有点太小看黑川小姐了。当时我觉得，即使是如此拙劣的诡计，你应该也解不出来才对。”蜜村说完撇了撇嘴。似乎对她而言，在游戏中被千代里老师轻易打败是一个不小的污

第三个密室(地下室密室)的诡计

用液氮固定芯轴

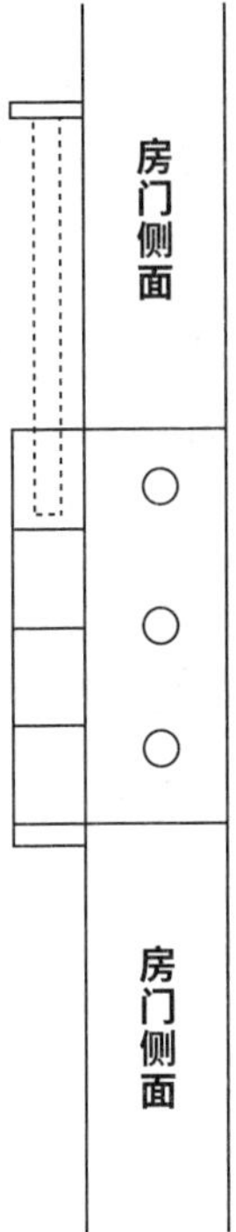

冰块融化，芯轴落下

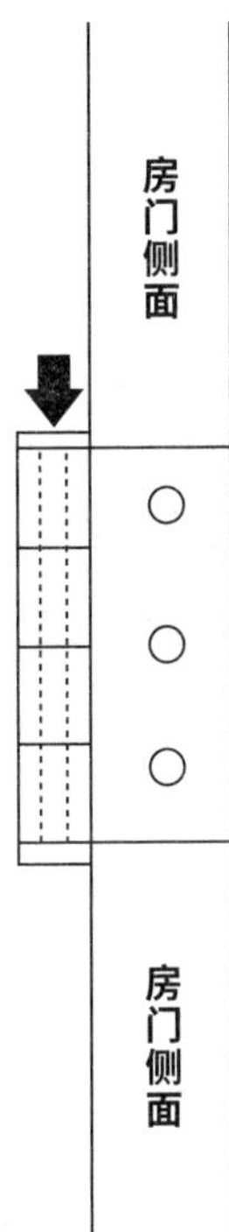

点。常人输掉游戏也会很不甘心——她看起来也是如此。

“总而言之，‘地下室密室’已经被我解决了。”蜜村说，“如果这个密室中用到的确是我刚刚推理出的诡计，那么凶手未必是医织小姐，其他人同样有机会使用这种诡计。所以嫌疑人又多了起来。咱们去下一个密室吧。我要在今天之内把剩下三个密室全部破解掉。”

接着，我们来到了波洛坂的被害现场“斩首密室”。在这座密闭的小别墅中，波洛坂的头颅被人割了下来。虽然波洛坂的尸体和被割下的头颅已经被运往宅邸的酒窖内，但溅满鲜血的现场还是显得凄惨无比。

蜜村进入现场后，用冰冷的口吻说道：“的确很凄惨啊。”

她的语气令我怀疑她是不是真的觉得很凄惨。我和千代里老师都用怀疑的眼神看向她。她环顾屋内后，指着房间中央摆着的床，问道：“波洛坂先生就是在那里被杀的？”

我点了点头。波洛坂躺在床上，脖子被人切断。而且他身下的床也被劈成两半，床的截面和他脖子上的截面平齐。换言之，凶手将床连同波洛坂的脖子一起给切断了。

“哦？这可需要很大的力气。”蜜村随口说道，“那凶器是什么？凶手用什么切断了他的脖子？”

我们刚才已经将案件的简要情况告诉了蜜村，但好像还没有提到凶器。所以我开始向蜜村讲述凶器的相关信息——虽然这个信息提供得有些迟了。

“哦？凶手是用放在宅邸玄关的那把大剑杀人的？”蜜村说，

“我上岛那天也看到了那把剑，我记得剑身有 3 米长。”

“对。是幻想动漫里经常出现的那种剑。如果用尽全力挥剑，的确能把人的头给砍下来。”

“但为什么连床也被砍断了？”

“这个嘛……”

“而且这张床被人固定在了地面上。”蜜村蹲在床边说。

我又仔细看了看这张床，的确如她所说，床被人用螺丝固定在了地面上。它看上去仿佛从一开始就被人设计成了这个样子，而与杀人案件无关。但这个设计又有什么用意呢？

蜜村哼了一声，从床边站起，又走到墙壁旁边。这座小别墅的金属墙壁是用特殊合金打造而成的，上面还刻着格纹。准确来说，不仅是墙壁，连地面和天花板上也刻着同样的格纹。

蜜村敲了敲合金制成的墙壁：“这样看来，凶手就不可能在墙壁上打洞了。”也就是说，凶手不可能使用需要在墙壁上打洞的诡计了。

“咱们再看看小别墅外面吧。”说完，她就走出了小别墅。我和千代里老师也跟了上去。

从外部望去，这座小别墅就像一个由金属制成的箱笼一样。小别墅的主体是一个长方体箱子，而玄关、浴室等则是附着于其侧的正方体箱子。波洛坂的尸体位于长方体部分中。这个长方体部分南北两面墙长约 6 米，东西两面墙长约 3 米，高度则为 2 米左右。在它的南侧墙壁上有一扇巨大的固定窗，我们发现波洛坂的尸体后，就是从这扇窗户进入屋内的。

蜜村走出小别墅后，先是绕小别墅转了一圈。小别墅离车道约有10米距离，周围则是一片空地。蜜村在东侧墙壁前停下脚步，敲了敲那面墙。之后她像是感到哪里不对劲似的，退了几步后又猛地撞向墙壁。

我和千代里老师被她诡异的行为吓了一跳。但蜜村毫不理会我们的反应，再次撞向墙壁。这次她因疼痛而面目狰狞，苦着脸说："我有点头晕。"

那么重地撞在墙上，当然会头晕。

"到底怎么了？"千代里老师语带责备。

"没什么。这面墙……"蜜村说，"如果撞它的话，它好像会向内侧倾斜。"

千代里老师不解地问："墙壁倾斜？什么意思？"

"就是字面意思。墙壁会倾斜。东侧这面墙壁会往内侧倾斜。"

我皱了皱眉，用双手推了推这面墙，纹丝不动。我又把身体的全部重量都压了上去，墙壁朝内侧倾斜了一点——好像是倾斜了一点？说实话，我也不能确定。

"好像倾斜了，又好像没倾斜。"

到底是倾斜了还是没倾斜？蜜村看了看我，说道："还需要再验证一下。"

然后，她朝我发号施令："现在咱们需要几个帮手。你去把夜月小姐和……对了，和羊子小姐找来。"

我遵照蜜村的指示，带着夜月和羊子小姐回到了这座小别墅。

"我们要怎么做呢？"被蜜村叫来的夜月问道。

这个问题似乎正中蜜村下怀。她得意地说："夜月小姐，你现在是'撞墙专员'了。"

"撞……撞墙专员？"夜月疑惑地问，"还有这样的职位？"

"当然有。今时今日出现的新职位。"

"那好吧。遵命。"夜月说道。

她似乎接受了"撞墙专员"这个新身份。她的适应能力可真强。我真的非常敬佩她这点——当然，这也是她身上唯一值得敬佩的地方。

"接下来，请大家并排站到墙壁前面。"蜜村发出了指令。

我、千代里老师、夜月和羊子小姐面朝墙壁站成一排。

接着，蜜村又命令道："现在请大家一齐发力，尽全力撞墙。"

这样的命令恐怕是第一次出现在这个地球上。我们几个"撞墙专员"遵照她的命令，一齐发力，用尽全力撞向面前的墙壁。强烈的冲击让我们有些头晕眼花，全身酸痛。蜜村却在一旁兴奋地喊道："啊！果然，它倾斜了一点！所以这面墙从一开始就被人设计成了能向内倾斜的结构！"

接着，她又换上一副沉思的表情，看着我们说："不过现在倾斜的角度太小，还不能确定它是不是真的能倾斜。为慎重起见，请你们再撞一次吧。"

这个冷冰冰的命令丝毫不顾及人道主义精神。我终于忍不住抗议道："已经能确定了！墙确实倾斜了！我刚刚已经感受到了！"上一次撞击时，我确实感受到墙壁发生了倾斜。绝对没错。我无比确定这一点。绝不是为了免去再度撞墙之苦而故意这么说的。

蜜村似乎对我的想法没有异议，点了点头："我知道了。葛白既然这么说，那我相信你。"

"太好了！"

"啊，不过……"蜜村有些不好意思地说，"还有三面墙。毕竟这是个长方体的建筑物……"

"……"

"所以，非常抱歉，请大家再把其他几面墙撞一下试试吧。"

之后，我们把小别墅的所有墙壁都撞了一遍。结论是，只有一开始撞的东侧墙壁能倾斜，其他几面墙好像都被设计成了不能倾斜的结构。

"真有意思。只有东侧的墙能倾斜吗？"蜜村兴致勃勃地说。

"不过，这意味着……"我突然想到了什么，犹豫着说，"墙壁能倾斜，意味着如果倾斜角度进一步变大的话，在天花板和墙壁之间就会出现缝隙。莫非，凶手就是从这道缝隙进出的？"换言之，如果把墙壁推倒，就会出现一条密道。

但蜜村却摇了摇头，说："非常遗憾，你说的不对。从刚才的撞墙试验来看，东侧墙壁和天花板似乎是紧紧固定在一起的。所以即使墙壁发生倾斜，墙壁和天花板之间也不会产生缝隙。反倒是东侧墙壁和南侧墙壁之间好像没有固定住。所以即使东侧墙壁倒下，南侧墙壁也不会受到影响，依然能立在原地。北侧墙壁也是如此。"

我想象着她描述的画面。东侧墙壁倒下后，旁边的南侧和北侧墙壁依旧纹丝不动地立在原地。我还沉浸在想象之中时，一旁的蜜村突然抬头看向小别墅的屋顶，说："羊子小姐……"

"怎么了？"

"我想爬到小别墅的屋顶上看看，这里有梯子之类的东西吗？另外，如果您能帮我找些球状的东西就更好了，比如小钢球或者乒乓球。"

羊子小姐对蜜村的要求很是不解，不过她还是答道："乒乓球我或许能找来。我这就去拿。"

说完，羊子小姐朝宅邸方向走去。大约10分钟后，她带着梯子和乒乓球回来了。蜜村向羊子小姐道了声谢，爬上梯子来到小别墅房顶。我想知道她究竟为何要这样做，于是也跟着她爬了上去。

"你到底为什么要到屋顶上来？"我问道。

"我想调查点事情。"

蜜村说完，在房顶上蹲了下来，从口袋里取出羊子小姐拿来的乒乓球。小别墅为长方体，所以屋顶也呈长方形。屋顶上刻着和内墙相同的格纹。

蜜村把乒乓球轻轻放在房顶上。紧接着，乒乓球竟自动滚了起来——明明没有任何人触碰到它，屋顶上也没有风吹过。所以，难道屋顶本身就是倾斜的？

当乒乓球滚动到离屋顶中央1米左右的地方时，它终于停了下来。蜜村点了点头："果然如我所料。屋顶就是倾斜的。"

屋顶的确是倾斜的，不过"如我所料"是什么意思？她究竟为什么会料到"屋顶是倾斜的"？但蜜村没有理会我的疑问，又顺着梯子离开房顶回到了地面上。接着，她看向羊子小姐："羊子小姐，可以请您带我在岛上参观参观吗？我还有几个问题想知道答案。”

“可以是可以……”羊子小姐答道。

接着，她们二人一起离开了小别墅。突然，蜜村像是想起什么似的，转过身来说：“葛白不一起来吗？”

“啊……可以……”

“黑川小姐也一起来吧？”

“那个，蜜村小姐……我呢？”

“夜月小姐当然也可以一起来。”

于是在场的所有人都陪着蜜村开始了环岛漫步。可走完一圈后，我也没有找到更多的有用信息。

但是散步结束后，蜜村却对我们说：“谜题已经解开了。我已经知道凶手是如何制造出密室的了。”

蜜村让我和夜月先回到案发现场的小别墅，于是我们遵照指示，在小别墅前等待蜜村。羊子小姐说她在宅邸里还有工作需要处理，与我们告了别，不知道去往何处了。千代里老师也不见了踪影。刚刚千代里老师和蜜村在小声交流着什么，或许她要帮助蜜村再现凶手使用的诡计吧。真不知道她们之间的关系到底是好是坏。

我正思索着，蜜村终于回到了小别墅前。她手里正抱着一只不知从哪里弄来的真人大小的洋娃娃。这只巨大的洋娃娃拥有一头蓬松的金发，给人一种不祥的预感。蜜村把洋娃娃放到波洛坂尸体的位置上，也就是那张被切成两段的床上，让它来充当尸体。

然后，蜜村走出小别墅，来到那扇固定窗所在的南侧墙壁前。

“接下来，我要开始推理了。”蜜村拢了拢自己黑色的长发，接着说，“简言之，这个密室诡计的要点就在于小别墅的东侧墙壁——也就是我们刚刚调查过的那面能向屋内倾斜的墙壁。普通人家的墙壁当然不会发生倾斜，所以可以认为这面墙从一开始就是被故意设计成这样的。这面墙和地面之间大概是用铰链之类的东西相连接着。接下来是重点。在这座小别墅的四面墙中，只有东侧墙壁能够倾斜，其他三面墙壁则被设计成不能倾斜的结构。但很明显，这种设计极为诡异，完全矛盾。”

我和夜月对视一眼。完全矛盾——虽然蜜村这么说，但我完全不知道究竟哪里矛盾。

蜜村叹了口气：“果然，你不知道我在说什么。葛白，看来我还是高估你了。不对，应该说我已经把你的水平想象得足够低了，但没想到我还是‘高估’你了。这完全是我的问题，真对不起。我本应该用更符合你水平的语句来解释这个诡计的。”

我气得紧咬牙关。我不过是不知道哪里有矛盾，她就非得这样骂我不可吗？她的性格真是太差劲了。不对，应该说我已经把她的性格想象得足够差了，但没想到我还是“高估”她了。这完全是我的问题，真对不起。我本应该用更符合她性格的语句来跟她对话的。

我抑制住发牢骚的冲动，谄媚地说：“教教我吧，蜜村老师。”

“真拿你没办法。”她叹了口气。

忍住。我已经是成年人了。一定要忍住！

“好吧。你想想，”蜜村说道，“这座小别墅是长方体，所以如果有一面墙能向内侧倾斜，那么其他几面墙也应该能向内侧倾斜，否则小别墅就会变形损坏。具体而言，东侧墙壁倾斜了多少，西侧墙壁也应该倾斜多少，因为东西侧的墙壁理应保持平行。你回忆一下小学数学课上学过的平行四边形的知识。是不是长方形的右边发生倾斜后，左边也会倾斜相同的角度？否则这个四边形就无法保持平衡，会变得四分五裂。但我们刚才验证小别墅的墙壁时，我发现西侧墙壁纹丝不动。这显然是矛盾的。那你觉得我们该如何解决这个矛盾呢？”

蜜村给我们出了一道题。我和夜月再次对视了一眼。“我先画一个看看。”夜月说完蹲了下来，开始用木棒在地面上作图。在画了好几个长方形和平行四边形后，她苦恼地说：“我还是完全弄不明白。而且我上一次听到‘平行四边形’这个词也已经是很久之前的事了。这是什么意思来着？是梯形的亲戚？”

平行四边形是梯形的亲戚吗？我怎么觉得哪里不太对劲。

蜜村瞥了我们一眼，耸了耸肩：“真拿你们没办法。用这个试试。”

说着，她从口袋里取出一样东西递给我们——是一沓折纸……这越来越像数学课堂了。而且还是小学低年级的数学课。

但我还是抛下了尊严，接过了那沓折纸。我抽出一张纸，把它裁成细长条状并围成一个长方形，用它来模拟小别墅的南侧视图。当我让这个长方形的右边发生倾斜时，它的左边也在以相同的角度发生倾斜，长方形也变成了平行四边形。

“哦！这样就好懂了！”夜月像小学生一样兴奋地叫道。

……这个家伙明明已经是大学生了。不过她说的也是事实，用折纸演示的确更加简明易懂。

所以接下来，我又用手指压住这个四边形的左边，使它的右边向内侧倾斜。这时，四边形的上边发生了弯折——当然会产生这样的结果。从物理学上来说，根本不可能让四边形的其他几条边保持不动的同时，让一条边发生倾斜。如果强行让一条边倾斜，那么其他边肯定会像刚刚一样发生弯折。我终于恍然大悟：“莫非，这座小别墅也……”

“是的。”蜜村点了点头，“如果东侧墙壁发生了倾斜，那么必然会有其他某面墙壁发生弯折。不对，应该说某面墙壁自一开始就被设计成了能够弯折的结构。接下来，我们再来考虑一下究竟是哪面墙壁会弯折。很难想象发生弯折的会是地面或东侧墙壁对面的西侧墙壁，这样看来，应该就是天花板了。”

确实，天花板发生弯折从逻辑上看最为合理。那么接下来需要考虑的就是……

“天花板会往哪个方向弯折。”我说。

天花板可能向两个方向弯折——向内弯折成山谷状，或向外弯折成山峰状。如果天花板弯折成山峰状，就会出现一个有趣的现象——天花板的一部分会朝天空凸起。这样一来，天花板和南北侧墙壁之间将分别产生缝隙，随着东侧墙壁倾斜角度的增大，这两处的缝隙也会变宽。缝隙宽度达到一定程度后，屋内的人便可以从缝隙爬到屋外。换言之，如果天花板弯折成山峰状，就会产生一条能够逃离密室的密道。如果说凶手是从这条密道进出密室的，那么这间密室的谜题就算是解开了。可反过来说，如果天花板弯折成山谷状并沉入屋内，那么天花板与南北侧墙壁之间就不会产生缝隙，密道也不会产生，凶手便无法逃离密室。

总而言之，天花板究竟弯折成山峰状还是山谷状，这成了解开谜题的关键。

“这座小别墅的天花板到底是怎么弯折的呢？”

蜜村冷冰冰地说：“山谷状。”

是向内侧弯折的啊……这样一来，天花板与墙壁之间就不会产生密道了。我不甘心地问：“你有什么根据吗？”

“咱们刚才不是爬到屋顶上确认过了吗？”蜜村说，“刚才我往屋顶上放了一个乒乓球，你还记得吧？那个乒乓球朝屋顶中央滚了过去。这说明小别墅的屋顶中央略低——它从一开始就呈现出偏山谷般的形状。这就是我的根据。很难想象这个形状的屋顶会弯折成山峰状吧？所以，非常遗憾。即使天花板发生弯折，也不会产生什么密道。不过这样也好。正因如此，我才能一一解释凶手在现场留下的所有痕迹。”她的语气充满了自信。

我的表情缓和了些：“你这话可真是让人浮想联翩啊。”

蜜村笑道：“谁让我扮演的是侦探呢？勾起观众的兴趣也是侦探必不可少的一项工作——虽然我意不在此。好了，咱们还是开始演示诡计吧。正好，她来了。”

蜜村说完，向车道看去。一辆大型卡车正朝这边驶来。不对，那不是卡车，而是一辆颇为奇怪的车，像是载着一根金属制的圆木一样。那是……

“破城槌车？”我曾在岛上的车库里见过这辆奇怪的车。它终于驶离车道，停在了小别墅旁。驾车的人是千代里老师。

“为什么要让我来开车……”她打开驾驶室的车窗，抱怨道。

蜜村草草谢了她一句，紧接着换上一副盛气凌人的表情：“按计划干！”

“啊……好。”千代里老师谄媚地笑了笑，再次发动了车子，把车停到距小别墅东侧墙壁 100 米左右的位置。

“她们到底是要干什么？”夜月兴奋地说。

“当然是要重现密室诡计了。”蜜村说，“请各位看好了。很精彩哦。”

蜜村笑了笑，轻咳一声说：“波洛坂先生昨夜被人杀害时正躺在这张床上熟睡，就像那只洋娃娃一样。”说完，她指了指小别墅的南侧墙壁，墙壁上有一扇巨大的固定窗，从这扇窗户可以看到屋内的景象。她接着说：“而且波洛坂先生亲手锁上了大门，所以他此时‘已经身处密室’。如果他在这种状态下被杀害，那么现场就会自动变成密室杀人现场。”

她说的没错，但这绝不可能发生。当然，如果凶手只是要杀死波洛坂的话，那并不是很难实现，即使再加上一条“杀人时凶手不能进入密室”的条件，也有好几个诡计能够做到这一点。但问题是波洛坂被杀死的方式十分特殊——他是在密室中被人割下了头颅。凶手在不进入密室的前提下割下了被害者的头颅——这种事恐怕只有恶魔才能做到吧？

所以，我对蜜村说："这绝不可能！"

"不，有可能。只要用上那辆破城槌车就有可能。"

蜜村看向千代里老师开来的那辆特殊的车，说道："这起案件的突破口在于，小别墅的东侧墙壁能够倾斜。关于这一点我已经说过无数次了。在注意到这一点后，我就在想，这面墙究竟能倾斜到什么程度。但遗憾的是，当时我无法验证这一点，因为使墙壁发生倾斜需要巨大的力量，人力实在是微乎其微。"

蜜村拢了拢自己的一头黑发，接着说："所以我想，要想加大倾斜角度，就必须用上更大的力。一开始我想用卡车之类的东西来撞墙。但后来，我想到了一辆更合适的车。也就是这辆专为破坏大门——为了撞墙而设计出来的车。"

她说的当然就是……

"破城槌车……"夜月喃喃道。

夜月话音刚落，蜜村就高高举起了右手。我看到驾驶室里的千代里老师朝她点了点头，然后开动了那辆停在距东侧墙壁100米处的破城槌车。

车刚启动时车速很慢，但千代里老师逐渐提了速。破城槌车正在加速。那个足有几十吨重的怪物的动能在一点点增加，等它到达小别墅东侧墙壁前时，车体已经化身为一发巨大的炮弹。

然后，就像雷神用尽全力挥动铁锤撞向钢铁吊钟一样——破城槌车的"槌"撞向小别墅的东侧墙壁。一瞬间，小别墅的东侧墙壁以令人难以置信的速度倒向房间内侧，小别墅的屋顶也受其影响折叠成了山谷状。

我看到了这样的一幕——弯折成山谷状的屋顶飞速向内陷落，山谷的“谷底”变成了一个无比尖锐的锐角。换言之，天花板的“谷底”化作了一柄高速冲向地面的巨型利刃，就像是巨型断头台一样。

断头台的巨刃割下了正在床上熟睡的洋娃娃的头颅。

这个场景过于震撼，我和夜月都目瞪口呆。

“这……”

“如你所见，葛白。”蜜村冷冷地说，“从一开始的设计来看，这座小别墅和这辆破城槌车就是要配套使用的。换句话说，它们原本的设计就是，只要用破城槌车撞上小别墅的东侧墙壁，小别墅里的人就会被割下头颅。设计它的人大概是理查德·摩尔。他的玩心可真强，竟然只为了切断密室中人的脖子而设计出了这座小别墅。”

我一时语塞。“这种行为能不能用‘玩心’来解释还是有待商榷啊……”

理查德·摩尔这样做的意图究竟是什么，今天的我们已经无从得知。唯一能确定的一点是，有人用他设计出的机关实施了这次杀人案件——不对，还有过去的两起“金网岛斩首密室”杀人案件。

羊子小姐曾经说过，这座小别墅是用强度极高的特殊合金打造而成的。也许正因如此，那面被破城槌车撞过的墙壁上竟没有留下一点痕迹。这令我叹为观止。即使被破城槌车撞过也没有留下一点痕迹——这是否意味着，这座小别墅当真是和破城槌车配套设计出来的呢？

第四个密室（斩首密室）的诡计

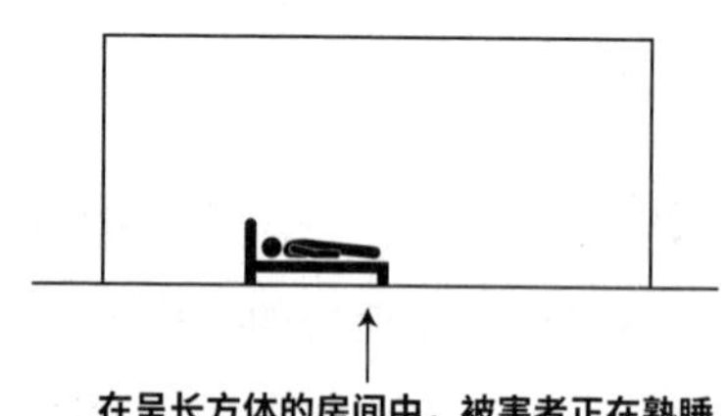

在呈长方体的房间中，被害者正在熟睡

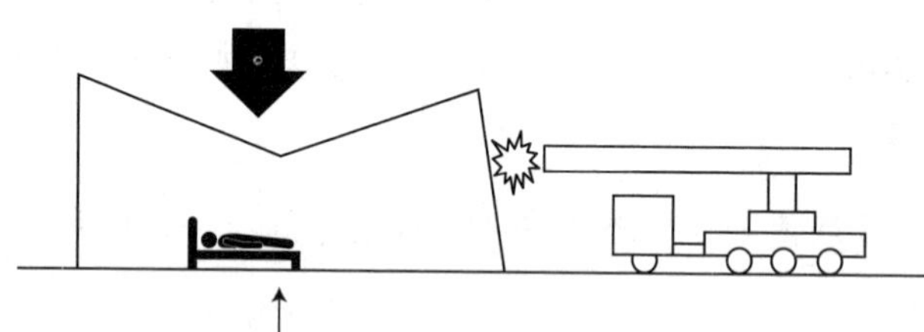

用破城槌车撞击小别墅的东侧墙壁，东侧墙壁发生倾斜，在这股力量的作用下，天花板向内侧弯折

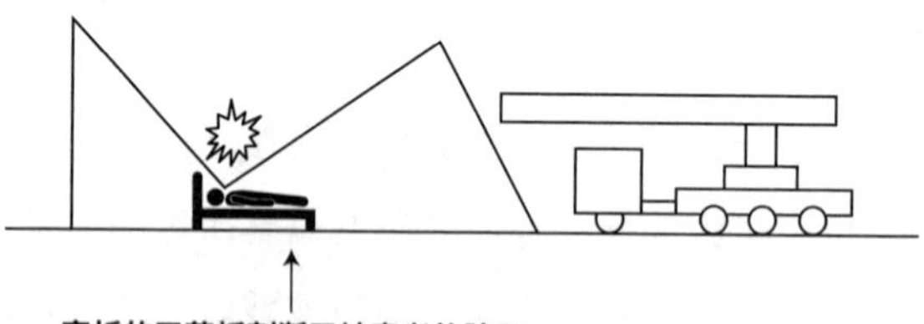

弯折的天花板割断了被害者的脖子

而且小别墅的天花板和屋顶上均刻有格纹。设计者或许是为了隐藏天花板和屋顶上的“折痕”，才故意在上面刻满了格纹。而地面和墙壁上之所以采用了同样的格纹装饰，大概是因为如果格纹只出现在天花板和屋顶上会显得很不自然吧。

总而言之，这起案件的凶手，也就是“密室全鉴”，利用这座小别墅里的机关实施了杀人。凶手未曾踏入小别墅一步，就杀死了身处屋内的波洛坂。这样看来，我们在床底发现的那只兔子玩偶就不是在波洛坂被害后才被人放到那里的，而是被害前就已经放在了那里。

正在这时，夜月疑惑道：“那个东西呢？那把被人从宅邸玄关偷走的大剑呢？”

“哦，那是凶手布下的迷魂阵。”蜜村说，“凶手故意让我们以为那把剑是凶器，防止我们注意到小别墅里的机关。不过单凭这点伎俩还是转移不了我的注意力。毕竟用那把剑把人的脖子连同床一齐切断实在是太过奇幻。”

所以，其实是天花板发生弯折时的威力太大，才会连床也一起切断了吗……我突然想起，那张床被人固定在了小别墅的地面上。这大概是为了让被害者躺在最合适的位置上——以便天花板弯折时正好能切断他的脖子吧。每个细节都准备得相当充分。我忽然想到……

“所以凶手之所以要把宅邸玄关里的那把大剑藏起来，是为了……”

“对。凶手其实没有用那把剑来实施犯罪，”蜜村说，“那么之后警方调查时就会发现剑身上无法检测出血迹，从而发现它并不是真正的凶器。所以凶手才会把那把剑藏起来。这座岛还算大，如果凶手把它埋在森林中，恐怕一时半会儿没人会发现。”

我点了点头。到这里，所有疑问都已经解开了。不对，等等……“这座小别墅里曾经发生过两起杀人案件。”我说，“它也是‘日本四大密室’之一的‘金网岛斩首密室’。在前两起杀人案件的调查过程中，警方为什么没能发现小别墅里的机关？”

诚然，东侧墙壁只有在受到极强作用力时才会发生倾斜，所以警察也很难注意到那面墙能够向内倾斜。但若是警察使用X射线之类的东西呢？如果用到了这些仪器，警察就会发现这个能使天花板发生弯折的机关吧？

蜜村答道：“X射线很难穿透某些金属，比如铅。所以，如果这座小别墅的建筑材料——也就是那种合金很难被X射线穿透的话，那么警察就很难通过X光机发现那个能使天花板发生弯折的机关。或许我应该说，理查德·摩尔在设计这座小别墅时已经考虑到了这一点。如果在墙壁和天花板上刻上大量装饰花纹，那么真正的折痕就会隐藏在其中，不易被人察觉。所以，警察即使把屋内每个角落都调查一遍，也只会得出‘没有发现任何机关’这个结论。”

我接受了蜜村的解释。那位建造出这座小别墅的推理作家——像他那样异于常人的人，不管干出什么事我都不觉得奇怪。

“还有一件事，在这起案件中具有极其重要的意义。”蜜村说，“凶手利用小别墅里的机关杀死了波洛坂先生，这说明凶手早就知道小别墅里有这样的机关。虽然我还不知道凶手究竟是自己发现的，还是从别人那里偶然听说的，但有一点可以肯定，那就是这两天才来到金网岛的人不可能实施这起杀人案件。如此一来，凶手一定是金网岛上的居民……”

她说完，又笑着补充了一句：“如果从常理来推断的话。”

我苦笑一声。的确，如果从常理来推断，则一切如她所说。但凡事均有例外。所以现在我们仍不知道究竟谁才是凶手。

总之，到目前为止，“地下室密室”和“斩首密室”的谜题已经被解开了。还剩下两个密室——老绅士詹特曼被杀害的“十字架之塔密室”和布雷克法斯特小姐被杀害的“房卡密室”。

“现在是下午两点。”蜜村看了看手表，“如果可能的话，我想在日落之前把剩下两个密室也全部解决。”

“确实。”我说。我确实希望如此——如果可能的话。

“没办法，只能这样了。”蜜村拢了拢自己的黑发，对我说道，“你帮我分担一下吧。剩下的两个密室，你和我各自解开一个。”

我被这个意想不到的方案惊得目瞪口呆，反问道：“啊？要我来解开一个密室？”

“我应该已经说得很清楚了。”

“但为什么是我？”

“人手不够，猫手来凑。”

“我又不是猫！”

“我当然知道。猫可比你可爱多了。”

或许她说得对，或许我的表情太过扭曲，蜜村不解地问道：“怎么？莫非葛白你对自己没有信心？”

“完全没有信心！”

“我真替你感到丢脸。”蜜村震惊地说。然后，她看向刚刚走下破城槌车的千代里老师，说道：“真拿你没办法。那我就帮你一把吧。我把黑川小姐也附赠给你。”

“什么叫‘附赠’？！”千代里老师怒道。

“夜月小姐就归我了。”蜜村没有理会千代里老师的抗议，而是拉住夜月的手臂。

夜月惊讶地说：“啊？我要和蜜村小姐组成一队？”

“是的。”蜜村表情深邃地点了点头，“所以夜月小姐，可以请你做我的华生医生吗？”

“我的华生医生……”

夜月似乎被这句话打动了。真是个单纯的姑娘。她用力抱了抱拳：“好的！我愿意成为蜜村小姐的华生医生！”

又一对福尔摩斯和华生医生就此诞生。看着她们的样子，我心中燃起一股无名之火。蜜村敏锐地注意到我的反应，笑道：“哦？葛白，你嫉妒了？”

“怎么可能！”我马上开口反驳道。她猜错了。我凭什么要嫉妒她们呢？于是，我坚决抗议道：“我怎么不记得自己当过你的华生医生？咱们只不过是有些孽缘罢了，从初中开始就经常待在一起而已。你可别因为这个就把我当成你的华生医生。”

这下换成蜜村眼中冒火了。“是吗？”她阴沉地说，“那就这么定了，我要和夜月小姐一队。”说完，她再次拉住夜月的胳膊对我说：“你可别后悔。”

明明是她提出要分队的，怎么现在她自己又不高兴了？真是让我难以理解。

“总而言之，”她给刚才的争论画上了句号，“咱们分一下工吧，哪一队负责哪间密室。葛白，你们先挑。”

换句话说，我要从“十字架之塔密室”和“房卡密室”中选出一间来破解。

我沉吟了一会儿，向千代里老师问道：“您觉得呢？”

千代里老师自信满满地答道：“最好挑简单的那个。”

看来她已经完全失去了信心。开始时的那副智者无双的样子跑到哪里去了？但我十分赞成她的意见，挑简单的那个。不过接下来的问题是，到底哪间密室更容易破解。

“密室就是这样，如果不尝试一下，就不会知道哪个更简单。”

“香澄，你在说什么？”夜月似乎真的在担心我。

所以我最后决定选择现场状况看起来更简单的那间，也就是……“房卡密室。”

“好的。那我们就负责‘十字架之塔密室’了。”

任务分配完成。我们分成两队，开始了各自的调查。

“走吧，夜月小姐。”

“好的，福尔摩斯先生！”夜月兴奋地答道。这个单纯的姑娘似乎很乐意担任华生医生的角色。

我们就此分别。我目送夜月和蜜村越走越远，不知为何觉得有些落寞。

我——朝比奈夜月，和蜜村漆璃组成一队，赶往案发现场“十字架之塔”开始调查。按下外墙上的按钮后，位于“十字架之塔”右侧横梁的房间开始下降，就像一部电梯一样。房间完全下降至地面后，我们打开大门，进入了“十字架之塔”右侧横梁内部。

“‘十字架之塔’的内部原来是这样的。”蜜村说道。众人在这间房间中发现老绅士詹特曼的尸体时，她已经被关进“大牢”了，所以并未在场。蜜村兴致勃勃地环顾了一圈，目光停留在大门内侧。

“这扇大门没有装旋钮吗？”

我点了点头：“所以凶手无法使用与旋钮相关的诡计。”

“是的，夜月小姐。”蜜村笑道，“你这不是理解得很快嘛。”

“哈哈哈，多夸夸我。”

我突然觉得，她还挺替人着想的，也对比自己年龄大的人有礼貌。就是对与她同年的葛白相当冷淡。

“如果说还有什么值得注意的东西……”蜜村边在屋内踱步边说，“屋里没有窗户。除了一间马桶间，也没有其他可供人藏身的地方。所以凶手也不可能从窗户进出或藏身屋内。那么剩下的可能性就只有……”

她又打开大门，走到“十字架之塔”外部。然后她让门一直大开着，出入了几个来回。真是谜一样的行为。

我终于忍不住问道：“蜜村小姐，你在做什么？”

“我在确认墙壁和天花板的厚度。”蜜村说，“墙壁的厚度约为 30 厘米。地板和天花板的厚度也是 30 厘米左右。你不觉得墙壁和天花板有点太厚了吗？这样一来，在墙壁和天花板里就可能暗藏着什么机关。”

我明白了她的意思：“也就是说，可能有密道？”

“正是。”蜜村说完便开始敲击墙壁和地板。敲了一会儿后，她又说：“天花板也得确认一下。”说完，她蹲了下来。

见我面露疑色，蜜村抬起头说道：“你上来。我把你举上去。”

原来如此。她想让我骑在她的肩膀上看看天花板的情况。

“那……那我就从命了。”说完，我跨坐在蜜村的肩膀上。不知为何，这个姿势竟让我相当受用。蜜村抓住我的双脚，一下子站了起来。

她的力气真大。

我坐在蜜村的肩膀上，被蜜村举到天花板附近。我花了几分钟时间，把天花板敲了个来回，但没有发现任何疑似隐形门的东西。

“没有隐形门，对吗？”从蜜村的肩膀上下来以后，我问道。

“嗯，”蜜村点了点头，“这意味着，凶手只能从大门进出房间。准确来说，进出房间的不只有凶手一人，还有被囚禁在此的医织小姐，和在这间房间里被杀害的老绅士詹特曼。”

蜜村把现场状况重复了一遍后，我意识到这种状况实在太过离奇，简直不可能出现在这个世界上。换言之，本起案件中存在两个谜题：本应身处密室的医织被人带到了密室之外；老绅士詹特曼的尸体反而在密室中被人发现。

“但只要能够打开大门上的门锁，所有谜题就都能迎刃而解。”蜜村说，“所以接下来，咱们就去调查‘十字架之塔’钥匙的所在之处吧，也就是执木先生曾住的小别墅。”

“十字架之塔”的钥匙被保存在小别墅的一间小房间里。进入小房间后，蜜村从墙壁上的金属挂钩处取下了“十字架之塔”的钥匙。

“也就是说，如果能从这间小房间里取出这把钥匙，就能打开‘十字架之塔’的大门？”

的确如此，但这并不容易。

我看着蜜村手上钥匙的钥匙扣说:“钥匙上挂着的钥匙扣太大，无法穿过房门铁栅栏上的空隙。”

“十字架之塔”的钥匙上挂着一把长约 10 厘米的挂锁，而挂锁上则拴着一个直径约 20 厘米的环状钥匙扣。钥匙、挂锁和环状钥匙扣被紧紧固定在一起，无法拆卸。所以，既然钥匙扣无法穿过房门铁栅栏上的空隙，那么也就无法把钥匙带离小房间。

“哦？”

蜜村尝试了一下让钥匙穿过铁栅栏的空隙。房门上与视线等高的地方有一扇观察窗。观察窗呈长方形，高约 10 厘米，长约 40 厘米。三根铁栅栏将其横向成四等分，于是每道铁栅栏之间都形成了一个边长 10 厘米的正方形空隙，正方形的对角线约为 14 厘米。换言之，若想让环状物体通过铁栅栏之间的空隙，则环状物体的直径必须小于 14 厘米。

但拴在钥匙上的环状钥匙扣的直径足有 20 厘米，故而无法通过铁栅栏之间的空隙。这也意味着谁都无法从铁栅栏之间的空隙把钥匙带出这间小房间。

“哦？”

蜜村再次兴致勃勃地尝试了一次。但无论她如何努力，钥匙都无法通过铁栅栏之间的空隙。她终于放弃了，对我说：“看来还是没法让钥匙扣通过铁栅栏。”

“的确，”我点了点头，“那如果让钥匙扣本身发生变形呢？”

“让钥匙扣变形，强行穿过铁栅栏？”蜜村的视线落在了手中的钥匙扣上，微微摇了摇头，“不可能。这个钥匙扣很硬，而且形状还是圆形。即使凶手能用蛮力让它变形，也不可能再把它变回原先的圆形。”

原来如此。这样一来，只好放弃凶手从铁栅栏的空隙里取出“十字架之塔”钥匙的思路了。那么下一个思路是……

“这样！”

我跑到小房间外，从小别墅墙上的抽屉里取出了那只手提保险箱。直到今天早上我们在“十字架之塔”里发现老绅士詹特曼的尸体之前，这间小房间（也就是“十字架之塔”的钥匙所在的房间）的钥匙都保存在这只保险箱里。保险箱上有五个钥匙孔，需要五把钥匙才能打开。这五把钥匙分别由波洛坂、我、黑川千代里、大富原和羊子小姐五人保管。因此，除非我们五个人都是共犯，否则没有人可以从这只保险箱里取出小房间的钥匙。

我突然想到了什么：“难道保险箱有两只？”

换言之，凶手破坏了真保险箱，取出了小房间的钥匙，用钥匙打开小房间的房门后，又把钥匙放到了一只外形相似的假保险箱里——一只同样拥有五个钥匙孔的保险箱。如此一来，案发后我们从假保险箱里取出小房间的钥匙时，这只假保险箱就仍处于上锁状态。

“太完美了……”

我惊叹于自己超强的推理能力。我到底是怎么了？好像被蜜村任命为华生医生后，我隐藏的才能就全都爆发出来了。不对，等等。再这样下去，我和蜜村的地位岂不是要发生逆转了吗？我成为福尔摩斯，蜜村成为华生医生……不过这也不赖。

“你在笑什么？”蜜村疑惑地看了我一眼。

我轻咳一声。不好，我太得意忘形了。福尔摩斯必须时刻保持冷静。

“总之，”我说，“太好了。密室之谜就此解开了。”

蜜村的脸上写着几个大字：“嗯？你在说些什么？”

然后她直截了当地说：“完全没有解开啊。”

“怎么会呢！”

“你仔细想想，”蜜村说，“按照夜月小姐的推理，真保险箱被替换成了一只极为相似的假保险箱。”

“对。”

“但即使二者非常相似，它们也并不是同一只保险箱。所以必须使用其他钥匙才能打开这只假保险箱。这样一来，案发后大家想要打开保险箱时，就会发现你们五个人各自保管的‘真保险箱的钥匙’无法打开这只‘假保险箱’。但实际上你们在案发后顺利打开了保险箱上的锁。这意味着那只保险箱的确是真的，并不是被替换过的假货。”

我的结论被她严谨的推理否定了。“但是……但是……”我努力想找到些反驳的话，“但是，如果我们五个人各自保管的真钥匙也全部被人替换成假的了呢？”

“你的意思是，凶手半夜潜入你们各自住的小别墅，换掉了钥匙？”

“是的！这样一来，用假保险箱来替换真保险箱的计划也行得通了。”

“的确行得通，”蜜村摸了摸自己的下巴，“可如果凶手连这么高难度的事都能做到，那不如不替换假钥匙，而是直接偷走真钥匙比较好吧？只要偷来五把钥匙，凶手就已经能够打开保险箱了。”

这的确是我推理中的盲点。

“而且凶手也很难把五把钥匙全都偷偷换掉。凶手需要在不被任何人看到的前提下潜入上了锁的小别墅和宅邸房间，并偷出钥匙。凶手又不是忍者，这恐怕很难做到吧？”

凶手又不是忍者——的确，除非凶手是忍者，否则我的推理不可能成立。

“那……那……”

我又有了新的想法。那如果事情是这样的呢？案发后从保险箱中取出钥匙的人是羊子小姐。如果她那时趁人不备替换掉从保险箱中取出的钥匙了呢？换言之，保险箱中原本装着的是假钥匙，真钥匙则被羊子小姐悄悄拿在手中。这种推理似乎能成立。但羊子小姐取出钥匙时真的有时间替换钥匙吗？毕竟那时所有人的目光都集中在她身上，她似乎没机会这么做……那凶手究竟是如何造出密室的?

“啊啊啊!”真是令人头痛。

“怎么了?”

“我的头好痛。”

“哦，那大概是因为你平常不怎么用到它吧。”

震惊!她怎么能说出这么残忍的话!

蜜村似乎意识到自己一时失言，变了脸色:“对……对不起!我不是那个意思。”

那还能是什么意思?我深深地叹了口气，无精打采地重新观察起这只保险箱来，想找到些从保险箱里取出钥匙的方法。这件事不能就这么算了!我一定要报仇!

上帝似乎听到了我的愿望，在把保险箱翻过来观察它的底面时，我突然注意到了什么。我震惊地看向蜜村。

“夜月小姐，怎么了?”

“没什么。你看这儿。”我把保险箱的底面朝向她，“这儿是不是有道缝隙?”

我又仔细看了看保险箱的底面。那里的确有道缝隙——虽然是一道细到难以察觉的缝隙。缝隙呈长方形，看起来像是保险箱的底盖一样。莫非这里有什么玄机?

蜜村盯着底盖看了一会儿，从口袋里取出一把瑞士军刀。

我不解地问:“你拿瑞士军刀做什么?”

“当然是做这个。”蜜村从瑞士军刀里抽出小刀来，插进保险箱底盖的缝隙中，然后在杠杆作用的帮助下打开了底盖。

“这，这是……”我们异口同声地叫道。

打开底盖后，我们有了一个震惊的发现。底盖下又出现了一个新的钥匙孔。这只拥有五个钥匙孔的保险箱上——其实还有第六个钥匙孔。

“难道，这是……”我迟疑着说。

“莫非……”蜜村看起来也有些不解，“只要把钥匙插进这个钥匙孔就能打开保险箱？换句话说，即使不使用你们分别保管的那五把钥匙，只要拥有这第六把钥匙，也能打开保险箱。”

这可是个大发现!

“确实是大发现。夜月小姐，你太厉害了！”

“哈哈哈，是吗？！”

不知为何，我的心情非常愉悦。

“所以现在的重点是，”蜜村抚着下巴说，“这第六把钥匙究竟在何处。羊子小姐也许知道它的下落。咱们去问问吧。”

我——葛白香澄，在和蜜村与夜月小队分别后，与千代里老师一起前往布雷克法斯特小姐居住过的小别墅，开始着手调查“房卡密室”。我们重新检查了现场情况。

大门内侧装有旋钮。布雷克法斯特小姐的尸体被发现时，旋钮正处于上锁位置。房间内所有的窗户均为固定窗，无法打开。因此凶手不可能从窗户进出房间。

“简直是教科书一样的密室。”千代里老师不耐烦地说。

另外，我们已经检查过大门上的合页，合页已经用得很旧了，凶手应该无法使用“地下室密室”中的合页诡计。

千代里老师一边沉吟一边在屋内转了一圈。从她的表情可以看出，她调查得很不情愿。今天从一早开始就连续发生了数起密室杀人案件，她大概已经对“密室”两个字感到相当厌烦了。我朝她说道：“话说……”

“嗯？怎么了？”正看向床下的千代里老师转过头来。

“也没什么。就是我有件事早就想问您……”我说，“那我就直说了。您和蜜村到底是什么关系？”她们之间的关系看起来远比被告和法官复杂。所以我认为在法庭之外，她们或许还结下了什么其他的仇。

千代里老师露出一副十分厌恶的表情，然后又放弃抵抗般笑了笑：“哦，你说这个啊。其实我们什么关系也没有。我和她只在法庭上见过面、说过话。我们之间只是法官和被告的关系。不过……”

“不过什么？”

“我在见到她的第一眼就看出来一件事，而且我万分确信自己的感觉是对的。我很少会这么笃定。”

她的话引起了我的兴趣：“您到底看出来什么事？”

“这个女孩一定是杀人犯。”

我忍不住笑道：“我们真有缘分，我也这么认为。”

三年前，日本发生了首起密室杀人案件——我很确信，那起案件中的凶手就是蜜村漆璃。这只是我的第六感，没有任何确切证据——但我却已经把它当作无可置疑的事实。

千代里老师似乎与我有着相同的看法。

“所以在法庭上，我一直压抑着自己心底的厌恶。”千代里老师说，“她明明杀了人，却表现得那么理直气壮。这让我觉得恶心。当然，作为一名法官，我不能把这种心情表现到明面上。但她好像已经看透了我的内心，所以她也很讨厌我。”

的确，如果一个本应严守公平的法官总是对我表现出厌恶的态度，那么我也会在精神上备受折磨吧——任谁都会有这种感觉。蜜村以前曾经说过，千代里老师在法庭上总是用看垃圾一样的眼神看着她。我曾以为那不过是蜜村的被害妄想症，但从千代里老师的态度来看，或许蜜村的直觉是对的。

可即使如此……

“您明明如此确信蜜村就是凶手，为什么又做出了无罪判决？”我无论如何也难以理解这一点。

“我必须要坚守法律的严谨性。”千代里老师面露苦色，“做法官的一般都是生性认真的人，而我又是其中尤其认真的一个。虽然你可能从外表看不出来，但我确实认真到连自己都觉得有点讨厌。所以我绝不会做出无法说服自己的判决。正因如此，我才不得不做出无罪判决。因为法庭上检方提出的理论无论如何也无法说服我。”

法庭上检方提出的理论……“您是说‘密室悖论’吗？”

千代里老师点了点头。

“密室悖论”诞生于三年前。当时，检方为了对日本首起密室杀人案件提起诉讼而提出了这一理论。该理论的成立需同时满足以下两个条件：一、现场处于密室状态；二、案件确系他杀。

当条件一成立时，谁也无法进入现场，所以世界上没有任何一个人能够实施杀人。简单来说，就是“这不是一起杀人案件”。但这很明显与条件二矛盾。因为条件二意味着“这是一起杀人案件”。换言之，所谓密室杀人就是同时满足条件一和条件二的杀人案件，处于一种既“不是杀人案件”又“是杀人案件”的矛盾状态。从某种意义上来说，与“薛定谔的猫”非常接近。这就是检方提出的“密室悖论”。

要想推翻密室悖论，就必须把条件一或条件二推翻。所以，检方选择了无视条件一——“现场处于密室状态”。检方的思路是，在条件二——“案件确系他杀”——已是确定事实的前提下，条件一——“谁也无法实施杀人”——也可以解释成“如果谁都无法实施杀人，那么反过来说也可以把任何人视作凶手”。简单来说，就是反正谁都不可能做到，那么谁做都一样。从某种意义上来说，检方的这种思路也再合理不过。因为案件确系他杀，所以这个世界上一定有一个人是凶手。如果世界上所有人都“不可能犯罪”，那么从某种意义上来说，世界上所有人就都“可能犯罪”——这一替换并没有违背“人人平等”的原则。

这也折射出从说服力的角度来看，密室诡计和不在场证明诡计之间有着天壤之别。如果凶手使用了不在场证明诡计，那么凶手就可以排除自己实施犯罪的可能，并把罪行推到其他没有不在场证明的人身上。但密室诡计却不是这样。凶手使用密室诡计把现场变为密室后，全人类都被排除了实施犯罪的可能，所以凶手无法把自己的罪行推到任何一个人身上。

“但检方的思路不是很奇怪吗？”千代里老师说，“如果世界上所有人都不可能实施犯罪，那么不应该认为世界上所有人都无罪吗？”

她说的也对，而且她的想法一定很接近蜜村——那个被公认为三年前密室杀人案件凶手的女孩的想法。所以，她们二人虽看似对立，但实际上又很是相似。或许正因如此，她们才水火不容吧。

于是我对她说：“千代里老师，您的确是个很认真的人。”

千代里老师面露愠色：“你怎么这么多废话？这话我已经听腻了。拜她所赐，我的人生全完了。如果你忘了当时舆论是怎么批评我的，你就好好回忆回忆吧。”

的确，当时的舆论对她极度苛责。“黑川千代里废物”“黑川千代里无能”……这些关键词充斥着网络世界。毫无疑问，她是日本司法史上最饱受争议的法官。不过考虑到她做出的判决，这种争议的确也无法避免。

“别说废话了。继续调查吧。”千代里老师说完，又看向床底。我也想和她一起看看床底都有什么，却突然感到有些口渴。

“我去拿点水来。”说完，我走出了小别墅。虽然这座小别墅里也有冰箱，冰箱里大概也有饮用水，但我实在不愿意喝杀人现场的东西。

所以我回到了自己住的小别墅，从冰箱里取出了一瓶瓶装水，一口气喝了半瓶。然后，我突然想起有点事需要夜月帮忙，于是决定先去找夜月，再回去找千代里老师。

我——朝比奈夜月，为了拿到那把能插进保险箱底面钥匙孔的钥匙，拎着保险箱和蜜村一起奔向宅邸。羊子小姐或许知道那把钥匙的下落。到达宅邸后，为了找到羊子小姐，我们旁若无人地打开每一扇出现在眼前的房门。不过准确来说，旁若无人地开门的人只有我。蜜村在旁边批评我："夜月小姐，你也开了太多门了吧？"

不知道打开了多少扇门后，我们来到了位于宅邸一层的一间图书室。这间图书室里并排摆放着许多古董书架，气氛十分祥和。它的面积大约与高中图书室相同。作为一间私人图书室，它建得相当气派。不愧是推理大作家理查德·摩尔的宅邸。

进入图书室后，我们看到大富原正站在书架前浏览着书架上的书籍，看到我们后，她抬起头来："夜月小姐，蜜村小姐，你们来找我有什么事吗？"

"不是找您，我们在找羊子小姐。"蜜村说。

大富原露出一副优雅又困惑的表情："你们在找羊子？她好像出去了，我也不知道她去哪儿了。"

看来她并不知道羊子小姐的行踪，那我们接下来就该到别的地方去找找了。不过这间图书室如此气派，我实在好奇里面到底收藏了些什么书。我虽然不是什么"读书家"，但每个月也会读上一本书。于是，我兴致勃勃地看向书架上的书籍——题目全都是《〇〇的杀人》《〇〇杀人案件》。

"这些都是大富原女士的藏书吗？"我问道。

"不是。绝大部分都是我从理查德·摩尔那里继承来的。"

大富原答道，“我接手这座宅邸时，房产中介说前任房主也没有把这些书卖掉。”

“那本书也是理查德·摩尔的藏书吗？”我指着大富原手里的那本书问道。

大富原把那本书递给我：“不是，这是我买的。”

我接过书，它的书名是《无人生存》。

“无……无人生存？”我忍不住念了出来。

我虽然对推理一窍不通，却也知道这个名字是怎么来的——它很明显模仿了阿加莎·克里斯蒂的名作《无人生还》。

我还是第一次读到这部仿作（或者说致敬之作？）。战战兢兢地打开它后，我不由得睁大了双眼。首页上印着登场人物名单。

【登场人物】

劳伦斯·沃格雷夫……原法官

维拉·克莱索恩……体育教师

菲利普·隆巴德……原陆军大尉

埃米莉·布伦特……老妇人

约翰·麦克阿瑟……退役将军

安东尼·马尔斯顿……青年

威廉·布洛尔……原警官

托马斯·罗杰斯……执事

埃塞尔……执事之妻

“登场人物全都是外国人！”我惊讶地喊道。

身后的蜜村盯着我手中的书，好像想到了什么：“这都是《无人生还》里面的人物吧！”

“是吗？”我再次惊讶地喊道。其实我没读过《无人生还》这本书。

“确实。”大富原说，“这本小说里的人物和背景都与《无人生还》一样，是它的仿作。在这本小说里，《无人生还》中的登场人物被一个个杀掉，但在小说结尾却出现了一个大反转。”

听起来很有趣。正在这时，图书室的房门被“砰”的一声打开，葛白走了进来。

“葛白，你有什么事吗？”我问道。

“没什么。”葛白关上了身后的房门，“我想起来，有一件重要的东西忘找你拿了。”

我和蜜村交换着眼神——重要的东西，那是什么？难道是“你的心”？不对，这不太可能。那到底是什么？

“什么东西？”我不解地问。

葛白捋了捋头发：“房卡。小别墅的房卡。”

我和蜜村又交换了一个眼神。我忽然想起房卡好像确实是在我手里，于是赶忙在口袋里摸索起来。万幸，两张房卡都还在。于是我从口袋里取出了房卡——也就是布雷克法斯特小姐曾居住的小别墅的房卡，然后递给了葛白。葛白他们想要调查“房卡密室”，但若是没有这两张房卡的话，就无从解开密室之谜了。

“你们的进度如何？”

葛白皱了皱眉："完全没有进展。"

"哦？那太遗憾了。"蜜村笑道，"不过也跟我想象的一样。"

"是吗？"葛白耸了耸肩，走出了图书室。

蜜村目送葛白走远后，转过身来对我说："咱们也走吧。必须要找到羊子小姐。"

幸运的是，我们刚走出图书室就遇到了羊子小姐。我们把保险箱拿给她看，又告诉她我们发现了保险箱底面钥匙孔的事。羊子小姐露出了一个高深的笑容："你们发现了啊？"

是的，发现了。

"不过保险箱上为什么会有这样的机关？"蜜村问道。

"那个啊……是理查德·摩尔的杰作。"羊子小姐说。

那位推理大作家的名字又出现了。

"其实这只保险箱就是在摩尔的特别要求下定做的。"羊子小姐指着我手中的保险箱说，"它由金网岛的主人继承了下来。摩尔把这只保险箱叫作'彼勒之箱'。"

"彼勒之箱？"我说，"彼勒是谁？那个发明电话的人？"

"那是贝尔。"蜜村说，"彼勒是《彼勒的故事》中的彼勒吧？《旧约圣经》里面的那个故事？"

"您太博学了。"羊子小姐点了点头，"我也知之甚少，不过好像人们在讨论密室推理的鼻祖时经常会提到两部作品，分别是爱伦坡的《莫格街凶杀案》和《旧约圣经》中的《彼勒的故事》。简单来说，《彼勒的故事》中用了密道诡计。我记得它描述了一个祭品从紧闭的神殿中莫名消失的谜题。"

“像日本的古老传说一样。”我直白地说。

“我也没有读过这个故事，不过确实有这种感觉。”羊子小姐笑道，“而这个谜题的真相是，祭司从密道进入了神殿，悄悄偷走了祭品。这一点也很像是日本的古老传说。换言之，《彼勒的故事》关乎‘密道’。而这只保险箱底部的隐形盖，则象征着《彼勒的故事》中的‘密道’——能从紧锁的保险箱中偷偷取出钥匙的‘密道’。”

我似乎明白了，又似乎没有明白。但最匪夷所思的是……

“为什么理查德·摩尔先生会在保险箱上留下一处密道？”我问道。

“我也有这个疑问。”羊子小姐发出了共鸣，“所以我问了问大富原女士。她是这样回答的，‘当然是因为摩尔是重度推理迷啊’。”

蜜村点了点头：“那就没有办法了。”

到底什么没有办法了？我怎么完全听不懂？但既然蜜村已经被说服了，那一定有其道理。对于我这个对密室毫无兴趣的人来说，这里实在是一片禁地。

于是我开启了下一个话题：“那么，那把钥匙在哪里？就是那把能打开保险箱的钥匙。”

羊子小姐含糊不清地说：“这个嘛……”

气氛似乎有些诡异。我和蜜村对视了一眼。

羊子小姐把我和蜜村带到了宅邸的一间房间。打开房门进入房间后，羊子小姐从桌子的抽屉中取出了一把钥匙。

“这就是保险箱的第六把钥匙。”

我接过钥匙，插进保险箱底面的钥匙孔里，拧动钥匙开了锁。保险箱的底盖一下子就打开了。

我和蜜村忍不住惊呼出声。所以，只要用这第六把钥匙就能轻松取出保险箱里的钥匙（也就是小别墅里小房间的钥匙），进而能够轻松取出“十字架之塔”的钥匙。但是……

“事情并不是你想的那样。”

羊子小姐说完，把我们带到了走廊，指了指天花板。天花板上装着一个小型监控摄像头，它的镜头正朝向那间存放着“第六把钥匙”的房间门。

“所以，”蜜村沉吟着说，“如果有人试图从这间房里取出钥匙，就一定会被监控摄像头给拍下来？”

“是的。”羊子小姐点了点头，“房间的窗户全都是固定窗，无法出入。唯一的出入口就是这扇房门。但房门一直被摄像头监控着。”

这可真是……

“那监控摄像头拍下的视频呢？”蜜村问道。

“我已经查看过了。里面没有拍到任何人的身影，包括我和大富原女士在内，一个人都没有。”羊子小姐说，“我和大富原女士都知道保险箱上隐形盖的存在，所以案发后大富原女士命令我查看监控摄像头拍下的视频。因为如果里面拍到了什么人，那么现场就不再是一间密室了。”

蜜村考虑了一会儿后问道：“慎重起见，能让我们看看拍下的视频吗？”

“当然。”羊子小姐说完，带我们来到了一间供人查看监控视频的房间。

我们三个人又重新查看了一次监控视频。结果发现，在过去的两周，谁都没有进出过那间房间。两周前，羊子小姐曾拿着清扫工具进入房间。从那以后，直到我们为了寻找“第六把钥匙”而进入那间房以前，监控视频中没有出现任何人的身影。

换言之，谁也无法将“第六把钥匙”带出房间。我叹了口气，不抱希望地问：“那‘第六把钥匙’有备用钥匙吗？”

“没有。

“这算是走投无路了吗……”我苦恼道。

之后，我决定重新梳理一下关于“十字架之塔密室”的思路。

首先，老绅士詹特曼的尸体在“十字架之塔”中被人发现。“十字架之塔”的大门上着锁，门锁的钥匙存放于执木先前所在小别墅的小房间里。小房间的房门也上着锁，这扇门的钥匙则存放在保险箱中。而能够打开保险箱底盖的“第六把钥匙”则存放在宅邸中一间被监控摄像头监视着的房间里——从某种意义上来说，这间房间也是一间密室。换句话说，“十字架之塔”的钥匙在一只“上了锁的箱子”里，这只箱子的钥匙在另一只“上了锁的箱子”里，这只箱子的钥匙又在另一只“上了锁的箱子”里……这实在很像是……

“俄罗斯套娃。”

“嗯？你在说什么？”蜜村惊讶地问。

“没什么。我就是在自言自语。”

“好吧。”蜜村说完，又陷入了思考。

看着蜜村沉思的样子，我拍了拍她的肩膀，教育她道：“放弃吧，蜜村小姐。这个世界上不存在什么能从被监控摄像头监视着的房间里盗出‘第六把钥匙’的方法。”

“的确如此。”蜜村坦率地承认道，“的确，或许世界上不存在这样的方法——‘如果从常理来推断的话’。”

她好像话里有话。

蜜村拢了拢头发，从口袋里取出一个发圈来，把一头黑发束成了马尾。

马尾辫造型的蜜村——还真是难得一见。

“你在做什么，蜜村小姐？”我不解地问。

“其实……”蜜村似乎已经蓄势待发，“我扎上马尾辫以后，就更能集中注意力。”

“还有这种设定？”她竟然还有这样的必杀技？

蜜村静静地闭上了双眼。待她重新睁开眼时，那双眼睛已经完全失去了温度。

我感到有些脊背发凉。那双眼睛恐怖而幽冷，就像是杀人犯的眼睛一样。不过像蜜村这样美丽而善良的少女，绝无可能杀过人。

“夜月小姐，”蜜村睁着一双没有温度的眼睛说道，“可以请你等我一分钟吗？我需要整理一下思路。”

蜜村说完，就沉默地摸起了下巴。为了不打扰她，我也一起沉默着。但紧接着，蜜村无视了我的体贴，转过头来对我温和地笑了笑。然后，她的眼睛恢复了原先的温度："不好意思，夜月小姐。"

"怎么了？为什么要道歉？"

"因为我刚刚说请你等我一分钟，"她解开了马尾辫，抖了抖头发，"但实在是不好意思，我没有用到一分钟。"

我看了看自己的手表。的确，连二十秒都没到，远远低于她所说的一分钟。

"哎，真是……我为什么会连这么简单的事情都没想到呢？"蜜村自嘲地说。

我问道："你的意思是……"

蜜村点了点头："密室之谜已经解开了。"

我——葛白香澄，在图书室与蜜村她们分开后，径直回到了"房卡密室"，也就是布雷克法斯特小姐住过的那座小别墅。我一路悠闲地漫步着，没有碰到岛上的其他人。走到沙滩旁时，我突然看到了外泊里的身影。她纯白的长发梳成了双马尾。此时她正一边晃着两根辫子，一边吃着热气腾腾的香肠。这个家伙，每次我看到她的时候，她都在吃东西……这时，外泊里也看到了我，朝我招手道："葛白！"我走上前去，她用闲聊的口吻说道："本小姐听说，又发生杀人案件啦？"

闲聊时聊这种话题，实在太沉重了些。

"确实发生了。"我点了点头，"谁告诉你的？"

"大富原。刚刚她非常高兴地告诉了本小姐这个消息。"

“那个人真是……”真是缺乏伦理观念——并无赞扬之意。不对，似乎“缺乏伦理观念”这句话在日语里原本就不算褒扬。

外泊里边咬着香肠边说：“调查得怎么样了？”

“很遗憾，不太顺利。”

“哦？蜜村漆璃没有一起调查吗？如果那个家伙在的话，一般来说调查会进行得很顺利。”

“怎么说呢，我们分头行动了。”

我把目前为止的调查进展，以及与蜜村分别行动的原因统统告诉了外泊里。她露出一个意味深长的笑来：“你身负重托啊。”

“身负重托？”

“当然。蜜村漆璃不是干脆利落地解开了‘地下室密室’和‘斩首密室’吗？这么说来，她要想解开‘房卡密室’也不会花太长时间，至少比托付给你更快。”

“这倒也是。”虽然我很不爽，但这就是事实。

“但蜜村漆璃却特意命你解开谜题。明明她自己来解会更快。这不是‘重托’是什么？”

“或许应该说是‘甩手不管’。”

“不错。”外泊里怜悯地笑了笑，接着盯着我的眼睛说，“但你应当努力不负重托——如果你想站到那个家伙身边的话。”

我摇了摇头：“我从没想过要站到她身边。以后肯定也是如此。”因为我想要的不是与她比肩而立。我想要的只是……

外泊里盯着我看了好一会儿，然后提出了一个令人费解的要求：“把额头露出来。”

我不解地看着她："额头？为什么？"

"少废话。"

没办法，我撩起刘海露出了额头，然后把脸凑到她眼前。外泊里伸出手指，在我的额头弹了一记栗暴，力度之大几乎令我震惊。

我被弹得很痛，于是用充满恨意的目光看向她："为什么要弹我？"

"是加油的栗暴。"

"加油的栗暴？"

"怎么样，振奋起来了吗？"

"至少不困了。"

"刚才很困？"

我抚摸着刚刚被外泊里弹过的额头。好痛。好生气。不过我确实是振奋起来了——尽管这并不是我的本意。

于是我对她说："那我回去接着调查了。不知怎的，我好像突然很想解开这个密室谜题。"

和外泊里告别后，我往案发现场的小别墅赶去。为了抄个近路，我选择穿越森林。这条小路并非人工铺设，走起来却没什么障碍。我一门心思赶路时，突然感到背后好像有人。我条件反射地想要转身——但在我转过身之前，一阵冲击和剧痛在我的头部蔓延开来。

我好像被人袭击了。

这个念头闪过的一瞬间，我倒在地上失去了意识。

我醒过来时发现自己正躺在床上，望着一片从未见过的天花板。从内部装饰来看，这里并不是小别墅，而是宅邸中的一间房间。大概是宅邸里的一间空房吧——我如是猜道。

床边的某个人似乎注意到我已经醒了，问道："没事了？"

我转过头去，发现蜜村正坐在床边的椅子上，翻着一本文库本图书。书的标题是《密室青铜时代的杀人事件》。

"《密室青铜时代的杀人事件》？"

"是《密室白银时代的杀人事件》的续集。"

连续集都出版了吗……我盯着它的封面看了一会儿，接着努力回忆起刚刚发生的事。我记得自己被人打晕了，失去了意识。是蜜村把我搬到这里来的吗?

"不是。是羊子小姐把你搬来的。"蜜村答道，"她告诉我们，她在森林里遇到了晕倒在地的你，还说你好像是被什么人给打了。"

原来如此。

"然后你就来照顾我了吗？"

蜜村的目光又落到了书上："……倒也不是。我只是闲得无聊而已。"

她含糊了过去。今天的她还挺温柔的，真是让人意外。我忍不住笑了出来，揶揄她道："哦，是吗？你今天很闲？我还以为你很忙呢。你不是还要解开'十字架之塔密室'吗？"

"哦，你说那个密室？"蜜村抬起了头，"我已经解开了。"

"你说什么？"她竟然是真的很闲！

我叹了口气，想从床上起身，却突然感到后脑部传来一阵剧痛，不由得咬紧了牙关。看来我的伤势比之前想象的还要严重。太过分了。

蜜村看着我叹了口气："那你看见凶手了吗？"

"好像没看见，"我边回忆边说，"毕竟我是从背后被人偷袭的。"

"是吗？真没用啊。"

"对不起。"

"不过还好，你还活着。"蜜村微微叹了口气，眼神发冷，"而且这对凶手来说也是件好事。因为你若是有什么不测，我大概会杀了那个人。"

我不由得汗毛倒立。

蜜村看到我的样子后，"扑哧"一声笑了出来："开玩笑的。怎么样，好笑吗？"

有人对我说要"杀了凶手"，我很难觉得好笑。"那我就放心了。我还以为你突然变得病娇了呢。"我说。

"我既没病，也不娇羞。而且我本来也没有理由对你撒娇。"蜜村撇了撇嘴，"不是说了是在开玩笑吗？"

她叹了口气，接着说："而且我觉得，凶手本来也没打算杀你。如果凶手打算杀你，那你现在已经不在这个世上了。"

我感到脊背有些发凉，皱着眉说："别说这么吓人的话。"

"但这就是事实。本来就是嘛。要杀死一个晕过去的人实在是轻而易举，但凶手却没有这样做。虽然也有可能是因为正好附近有人经过，于是凶手不得不马上逃离，但十有八九是因为凶手本来就没打算杀你。”我点了点头。或许她说的是对的。

接着，蜜村让我描述被凶手打晕之前的经过。那副架势就好像是警察在录口供一样。我一边努力回忆，一边把从走出宅邸到在森林里遇到凶手之前的所有事都告诉了蜜村。

蜜村随便应和了两句，接着问我：“那你丢了什么东西吗？”

“丢东西？”

“凶手为什么要袭击你？我第一个想到的理由就是凶手要从你身上偷走些什么。”

原来如此。她的意思是，这或许是一起以盗取物品为目的的犯罪。

于是我从床上起身，翻了翻自己的口袋。口袋里有手帕、可乐味糖果，以及三张房卡。其中有两张是我住的小别墅的房卡。另一张则是“房卡密室”，也就是布雷克法斯特小姐住过的小别墅的房卡。

“咦？”我意识到了什么，“房卡少了。”

布雷克法斯特小姐的小别墅一共有两张房卡，两张原本都在我手里。但现在，其中一张却不翼而飞了。也就是说……

“原来如此，凶手偷走了房卡。”

蜜村说完，思考了一会儿，接着说：“我明白了。”

我不解地问：“明白什么？明白凶手为什么要偷走房卡？”

“不是。”蜜村说，“我明白‘房卡密室’中用到的诡计了。”

“啊？”我失声叫道。

蜜村注意到我的失态，从床边的椅子上站了起来：“下面该进入案件解决篇了。我会把‘十字架之塔密室’和‘房卡密室’中用到的诡计一并向大家说明。”

蜜村说完就要离开房间。我赶忙叫住了她：“等等！你真的明白了‘房卡密室’中用到的诡计？”

“真的啊。”蜜村说，“不然你以为我是谁？”

的确，如果是她的话……我咬了咬下唇，摇摇晃晃地从床上站了起来。

蜜村见状，急忙说道：“你别急，还是先躺着吧。毕竟你刚刚伤了头部。”

我摇了摇头：“不行。我还有事要做。”

“什么事？”

“当然是解开‘房卡密室’。”

蜜村愣了一会儿，担心地看着我：“你真的没事了吗？明明伤得那么重。我不是说了嘛，‘房卡密室’已经解开了！”

“还没有。”我说，“我还没有解开。”

“但是……”

“我想自己解开。”

蜜村瞬间睁大了双眼。接着她换上了一副认真的表情问道：“我想问问你，这种行为有什么意义吗？”

我耸了耸肩：“我明白了。你肯定觉得没有任何意义。”所以这完全是我的自我满足。但是……

“但我还是想自己解开。即使只是自我满足。因为……”因为，这是你托付给我的密室。你对我说过“你去试试能不能解开”。

所以，它已经是我的密室了。即使你已经知道了谜底，它也是我的密室——我不想把它让给任何人。当然，这些话我绝不会说出口。

我忽然想起今年一月发生在文艺部活动室里的事。

当时我很想解开三年前日本首起密室杀人案件之谜——在那起案件中，所有人都认为蜜村就是真凶。我把自己想到的诡计告诉了蜜村。但蜜村干脆地否定了："很遗憾，你想的不对。"

所以，很显然我输了。但我却为此感到无比欣喜。

为什么？因为蜜村漆璃想出的诡计根本不可能被我这种水平的人轻易破解。那一定会是一个需要我搭上性命和人生才能解开的诡计。

刚刚外泊里问我，是否想站在蜜村身边。真是好笑。想不想站在蜜村身边？答案肯定是不想。

因为，我想胜过她。

我怎么可能满足于站在她的身边？终有一日，我要胜过她。终有一日，我要打败她。对我而言，蜜村漆璃是我一定要战胜的存在。正因如此，我决不能被近在眼前的"房卡密室"难倒。把它解开——我一定要把它解开。我决不能把它拱手让人。

"……"

不知道蜜村是不是察觉到了我的想法，微微叹了口气："好吧。真拿你没办法。那'房卡密室'就继续由你负责吧，葛白。"

她似乎真的有些无奈，但语气中却又带着点兴奋："不过不能花太长时间，咱们得定个期限。从现在开始给你三个小时。你要在三个小时内解开密室。期限一到我就会立刻公布答案，不会多等你一秒。”

“足够了。”我肯定能在三个小时内解开这间密室。

但紧接着，我又冷静了下来，说道：“不对，还不够。能给我四个小时吗？”

“嗯？不行！”

“那三个半小时？”

“多出半个小时有什么意义？”

蜜村叹了口气，准备走出房间。突然，她又改变了主意，停下脚步，叹了口气说：“那我给你个提示吧。”

“提示？”

“对，解谜提示。提示就是，”蜜村说，“凶手为什么要从你身上偷走房卡？”

“事情就是这样。现在，我必须在三个小时内解开密室。”

我回到布雷克法斯特小姐的小别墅，向千代里老师汇报了这件事。千代里老师震惊地说：“你真是……为什么事情会变成这样？你快把事情的经过原原本本地告诉我。”

我只好告诉了她事情的全部经过——包括我被人袭击、房卡被人盗走、和蜜村约定在三个小时内解开密室等。

千代里老师苦恼道：“为什么你要答应这种事？真是胡闹。你真的认为自己能做到？”

“可以。毕竟蜜村只花了五秒就解开了。既然我足足有三个小时，那解密应该并非难事。”

“你为什么要和她比呢……”千代里老师叹道。

我告诉了她一个好消息：“可以的。因为我得到了一个提示。”

“提示？”

“是的，蜜村给我的提示。‘凶手为什么要偷走房卡’。”

千代里老师说：“原来如此。”她好像在蜜村的提示下想到了什么。

于是我问道：“所以这是什么意思？”

“原来你还不知道这是什么意思？”千代里老师震惊地看了我一眼，拢了拢头发，说，“香澄，你好好想想。凶手为什么要从你手中偷走房卡——这只能是因为你手中的房卡是假的。换句话说，凶手留在现场的两张房卡当中有一张是假的。正因如此，凶手才会打晕你并取走那张假房卡。”

“原来是这样！”

确实，这个推理符合逻辑。如果我一直拿着假房卡，那么之后警方前来调查时，很快就会发现那张房卡是假房卡。这无疑对凶手非常不利。

但是，虽然我认同了千代里老师的观点，千代里老师却不知为何陷入了沉思，满面困惑地沉吟了一声。我问道：“怎么了？”

“没什么，我在想蜜村漆璃说的话。”千代里老师答道，“那个家伙是这样说的吗——‘凶手为什么要偷走房卡’？她说的没错。我也完全想不通凶手为什么要偷走房卡。”

我不解地问：“什么意思？您刚刚不是说‘是为了取走那张假房卡’吗？这个理由不对吗？”

“不对。你想想。”千代里老师心情低落地拢了拢头发，“咱们先假定凶手在杀人现场留下了假房卡。那么真房卡去哪儿了？”

真房卡去哪儿了？

“凶手肯定是在杀死布雷克法斯特小姐之后把真房卡给带走了。”

“是的。凶手把真房卡带走了。如此一来，凶手就是使用真房卡给现场的大门上了锁。”

的确如此。我觉得这个思路毫无破绽。

“不对，破绽很大。”千代里老师说。

“为什么？”

“你想想，凶手不是把你打晕，然后偷走了房卡吗？”

“是的。”

“而且凶手在杀死布雷克法斯特小姐后从现场带走了真房卡。所以凶手在打晕你时，手里肯定也拿着真房卡。这样一来，就产生了一个问题。凶手为什么要在打晕你之后，从你手中偷走假房卡？不对，或许我应该说得更透彻些——凶手为什么只做了偷走假房卡这一件事？你想想看？如果我是凶手的话，我肯定不会只偷走假房卡。我会在偷走假房卡的同时，把自己手里的真房卡塞到你的口袋里。换句话说，我会把房卡调包。这样一来，你就会握有真房卡——从表面上看，你在被打晕前后手中都有两张房卡。所以你应该不会意识到房卡被人调包，也不会意识到凶手偷走了假房卡。”

我恍然大悟。的确，我之所以能意识到房卡被偷了，是因为我手中的房卡少了一张。如果我手中还是有两张房卡，那么我应该不会发现其中有一张被人调包了。

“然而，袭击你的凶手却没有调包房卡，只是拿走了一张。”千代里老师说，“这是为什么？”

“为什么……”

我当然不知道。于是我又认真地咀嚼起蜜村给我的提示。

“凶手为什么要偷走房卡。”

她给我的提示——我终于意识到这个提示是多么富有深意。

这个提示也可以解读为“凶手为什么没有调包房卡，而是选择了偷走房卡”。凶手的行为动机将是解开“房卡密室”的关键。

我再次绞尽脑汁地思考起来。

“按照最简单的思路，或许是因为真房卡并不在凶手手中？”

真房卡不在凶手手中，所以凶手无法调包房卡——这是最简单的思路。

“但有这可能吗？”千代里老师怀疑地问，“凶手不是用真房卡锁上了大门吗？这一点毫无疑问。否则凶手就无法制造密室了。但如果是这样，难道凶手把锁门时用到的房卡弄丢了？”

她说的很对。很难想象凶手会马虎到把真房卡弄丢。

“而且更重要的是，”千代里老师说，“留在杀人现场的两张房卡都是真的。布雷克法斯特小姐的尸体被发现时，香澄你不是亲自确认过吗？你当时把现场的两张房卡一一插进大门上的读卡器，并打开了门锁。也就是说，你确认过两张房卡都是真的。”

的确如她所说。我重新回忆了一遍当时的情景——“不对，等等。”我陷入了更深层次的困境。我注意到了一个极其不可思议的事实。这到底是怎么回事?

“凶手之所以要从我手里偷走房卡，是因为凶手把假房卡留在了布雷克法斯特小姐的被害现场，是这样吧?”

千代里老师点了点头:“是的。除此之外，我想不出其他理由。”

“然而我们在现场发现的两张房卡却都是真的。”

“是的。”

“但这两件事之间是彼此矛盾的。”

按理说凶手应该把假房卡留在了现场，然而我们在现场捡到的两张房卡却都是真的。怎么会出现这样的事?这完全是个悖论。

“的确如此。”千代里老师胡乱拢了拢头发，“但遗憾的是，从逻辑上来看，二者都是确凿无疑的事实。不对，不对。肯定有一个前提是假的，但凶手却利用某种诡计让我们误以为二者都是真的。”

也就是说，留在布雷克法斯特小姐被害现场的两张房卡都是真的，或者凶手从葛白香澄手中偷走的房卡是假的，这其中某一个前提其实并不成立，但凶手却利用某种诡计让我们误以为二者均为既定事实。

我们如果无法识破这个诡计，就绝不可能破解“房卡密室”。

我沉吟了一会儿，随后重重地倒在了小别墅的地板上。

千代里老师忙问:“怎……怎么了?”

我躺在地板上说:“电视剧里不是经常有这样的镜头吗?想象自己已经成了尸体，站在尸体的立场上破解诡计。我很喜欢这种镜头。所以我想，或许这样做我能想到些什么。”

千代里老师听了我的解释，笑道：“真遗憾，我觉得这回你想象自己是尸体也没用。因为尸体并不知道凶手使用了什么密室诡计。”

她说的也对。我兀自思索着，千代里老师也蹲了下来，躺到了小别墅的地板上。

我不由得苦笑一声：“千代里老师也要用这个姿势了吗？”

“毕竟改变视角很重要。”

我们躺在地板上望着天花板，谁也没有说话。恍惚间不知道过去了多长时间。离蜜村给我的三个小时的期限还有多久来着？我不时想起这个问题，瞟一眼腕上的手表。

我从口袋里掏出一张房卡——是这座小别墅，也就是案发现场的房卡。我用它来遮住从天花板射出的灯光。

这房卡真够厚的——我再次注意到这个问题。这种插入式房卡几乎都做得很薄，但我手中的这一张却足有 2 毫米厚，几乎是信用卡的两倍厚。实在是太厚了。

莫非，凶手是利用了房卡的厚度？

这个念头在我脑中闪过时，离我和蜜村约定的三个小时的期限还差五分钟。

回到宅邸后，我很快碰到了蜜村。她正在读一本文库本图书。见我过来，她抬起头问道：“解开了？”

“嗯。”我点了点头。

蜜村微笑道：“好。那咱们就进入案件解决篇吧。”

第五章

揭秘主要密室诡计

メイントリックの解明

我——朝比奈夜月，刚刚收到了这样的通知："接下来，案件解决篇即将开始。"收到通知后，我立即赶往通知中指定的场所——葛白住的小别墅。小别墅里已经站着三个人，分别是葛白、蜜村和黑川千代里。据说"房卡密室"——也就是布雷克法斯特小姐被害的密室，其密室诡计最终将在这里被揭晓。而这一次扮演侦探的人，竟然是葛白香澄。

可是……

"为什么要在香澄的小别墅里解谜呢？"

在案发现场——也就是布雷克法斯特小姐的小别墅里不是更好吗？

"这也是万不得已。"葛白说道。

原来如此，万不得已吗？那个所谓万不得已的理由到底是什么？

"咱们赶紧进入正题。接下来我就要开始演示诡计了。"葛白说，"请大家先到小别墅外边等一会儿。"

"我才刚进来！"我喊道。

"有些东西需要准备。"

"不能在我进来之前提前准备好吗？"

"……你说的也有道理。"

我们就这样被赶到了小别墅外。不仅如此，葛白还命令我们在周围逛一会儿，暂时不要进去。于是，我、蜜村和黑川千代里一起在周围散起步来。当葛白在小别墅里准备密室诡计时，我们却不得不在小别墅外打发时间——这一定是世界上最奇怪的女生聚会。

散了五分钟步后，我们回到小别墅前，葛白已经等在了玄关大门外。于是我问他："香澄，密室弄好啦？"

他答道："好了！"

小时候我和他玩捉迷藏时也进行过类似的对话。真是令人怀念啊。我走到玄关大门处，拧了拧门把手，听到一阵锁舌与锁口片碰撞的响声。

我忍不住惊呼一声："真厉害！门是锁着的！"

"房卡呢？"黑川千代里问道，"这座小别墅的两张房卡现在在哪儿？"

从黑川千代里的反应来看，葛白大概还没有告诉过她诡计的具体内容。不过从蜜村的表情来看，蜜村大概是知道诡计具体内容的。但蜜村的表情毋宁说是在审视葛白的推理是否正确。

"房卡嘛……"葛白答道，"在小别墅里面。和真正的案发现场一样，房卡在密室里面。请看——"

葛白模仿着名侦探的口吻。说完，他把我们从小别墅外侧带到了小别墅的窗前。和真正的案发现场——也就是布雷克法斯特小姐的小别墅一样，葛白这座小别墅的窗户也可以左右对开。而且窗户内侧的月牙锁处于上锁状态，所以目前无法打开。从窗户向屋内看去，可以看到地上躺着一只小小的柴犬玩偶——也不知道他是从哪儿弄来的。它应该是充当尸体吧？而在玩偶旁边则掉落了两张房卡。那是——这座小别墅的房卡吗?

我沉吟一声:“的确,这和案发现场的状况一模一样。”

“如果地上的房卡是真的的话。”黑川千代里补充道。

“您说的对。”葛白说完,从窗户旁边捡起一块石头,“那就请您亲自进去确认一下吧。”

说完,他用手中的石头砸碎了月牙锁周围的玻璃。这座小别墅明明是他人的私有财产,他却毫不犹豫地砸碎了人家的玻璃。然后,他打开月牙锁进入屋内。我走到充当尸体的柴犬玩偶旁,捡起落在它身边的两张房卡。它们看起来不像假的。但为了进一步确认房卡的真伪,我走到小别墅的大门旁边,大门内侧装有旋钮,此刻旋钮正处于上锁位置。

“大门是锁着的。”站在我身后的黑川千代里确认了大门的状态。

“是的……”我附和道,然后打开大门走到小别墅外。接着,黑川千代里、葛白和蜜村也走了出来。换言之,所有人都来到了小别墅外。然后我“砰”的一声关上了门。

“那接下来,如果这两张房卡都是真的,”我盯着手中的房卡说,“那就证明香澄造出的密室是一间真正的密室。”这也意味着,“房卡密室”之谜已被他解开。一想到这儿,我突然紧张起来。

房卡上贴着写有数字“4”的贴纸,而小别墅的大门上也贴着刻有相同数字的金属板。虽然两处数字一致,但也有可能是葛白在假房卡上贴了一张假贴纸。换言之,要想确定房卡是不是真的,就必须把房卡插进读卡器里检验一下。

“那……那咱们就看看房卡是不是真的吧。”

说完，我把第一张房卡插进了大门的读卡器。“哔”声响起，大门被锁上了。我又拧了拧门把手，大门确实已经被牢牢锁住。

“看来第一张房卡是真的。”黑川千代里皱着眉说，“那第二张呢？”

“现在就插进去试试。”我又把第二张房卡插进读卡器里。电子音再次响起，我们听到一阵门锁转动的声音。我再次拧了拧把手，门一下子就打开了。门锁已经被打开。

“真的假的！”我忍不住惊呼出声。

我住的小别墅也和这里一样需要用房卡上锁，所以我非常清楚——这扇大门不是自动锁，所以只把门关上的话，它并不会自动上锁。只有把房卡插进读卡器里，才能给它上锁，同样，也只有把房卡插进读卡器里，才能给它解锁。换言之，只要一张房卡能够给大门上锁或解锁，那么就可以认为这张房卡是真房卡。而刚刚的试验证明了，我们在小别墅中捡到的两张房卡都是真的。我目瞪口呆。

“看来试验成功了。”葛白得意地说。

我真是看不惯他这副嘴脸，完全是得意忘形。我很想当场给他一耳光，但我还是拼命抑制住了这种冲动，放下尊严问道：“香澄，你到底用了什么诡计？”

葛白把手插进兜里：“诡计本身很简单。”

然后，他取出了“那个东西”：“我是用这个给大门上锁的。”

我，还有黑川千代里都睁大了双眼。因为葛白手里拿的是……

本不应该存在的第三张房卡。

“不对，等等。”我看了看自己手上——确实握着两张房卡。但现在却出现了第三张。葛白毫不犹豫地把第三张房卡插进了读卡器。电子音响起，接着，锁舌转动的声音响起。我忙跑到门把手旁边，确认大门是否真的被上了锁。直到葛白操作之前，大门都未被上锁，而如今却真的被锁上了。这到底是怎么回事？我的大脑一片混乱。为什么……

“为什么会出现第三张房卡？”

房卡本应只有两张，且并无备份——羊子小姐是这样说的。然而，现在却出现了第三张房卡。这不是骗人吗？完全违反了规则！

“的确无法原谅！”黑川千代里也异常愤怒。

这到底是怎么回事？我需要解释和道歉！要是答得不好，我可能还要再赏葛白一个低踢。

但葛白却接着说：“不光有第三张房卡。”说完，他又从口袋里取出一张“那个东西”——又一张新的房卡，是向所有推理迷公开宣战的第四张房卡。

葛白把第四张房卡也插进了读卡器里。“哔”的一声过后，门锁被打开了。它看起来绝对是真房卡。“还有。”葛白接着说，“还有第五张。”

还有第五张？差不多得了！但葛白完全没有理会我的控诉，又拿出了他刚刚提到的第五张房卡，并再次插进了读卡器中。电子音响起，刚刚被打开的门锁又重新锁上了。

我的大脑变成了一团乱麻。或者说是一团乱尼龙绳。为什么？

这究竟是为什么？为什么房卡会有五张？于是我宣布：“香澄，我从心底里鄙视你。”

葛白的神情变得异常悲伤。我是不是说得太过了？

这时，蜜村过来救场了：“夜月小姐，不是你想的那样。正像夜月小姐知道的那样，这座小别墅的大门只有两张房卡。第三张、第四张、第五张房卡都不存在。你可能要问，那葛白的房卡是从哪里来的呢？这也是问题的关键。是葛白让房卡变多了。”

我愣了一会儿，问出了一个理所应当的问题：“让房卡变多了？怎么做到的？”

“那当然是因为……”蜜村说，“葛白使用了‘房卡无限增殖诡计’。”

“房……房卡无限增殖诡计？”

世界上竟然还有这种诡计？我还在一片茫然之中，蜜村便像竹筒倒豆子一样讲了起来：“换句话说，如果使用这个诡计，理论上可以在犯罪现场的小别墅里留下无限多的房卡。十张也行，一百张也行。而且所有这些房卡都可以给大门上锁。”

这怎么可能！到底是用怎样的诡计做到的？这时，黑川千代里说出了我的心声：“这是不可能的。”

她胡乱拢了拢自己的短发，接着说：“不管使用什么诡计，都不可能让无法被复制的房卡无限增加。也就是说，房卡不可能增加。所以香澄刚刚用过的第三张、第四张和第五张房卡都是假的。所以，这个所谓的‘房卡无限增殖诡计’，只不过是用假房卡锁上了大门。”

她说完后，葛白和蜜村对视了一眼。蜜村像放弃了抵抗似的说：“被你发现了。”葛白也耸了耸肩：“的确如千代里老师所言。”

然后，他开始揭晓谜底。

“我刚刚用到的第三张到第五张房卡都是假的。我从羊子小姐那里借来了无人居住的小别墅的房卡，又用宅邸里的打印机印出了带有房号的贴纸，把贴纸贴到房卡上，做出了这几张假房卡。进一步说来，第二张房卡也是假的。也就是说，留在现场的两张房卡中有一张是假的。凶手从现场带走了一张真房卡，并用这张真房卡锁上大门，把现场变成了一间密室。”

留在现场的两张房卡中有一张是假的，这个思路的确说服了我。但接下来才是问题的重点。为什么这张假房卡可以开关大门？凶手究竟使用了什么诡计，才把这样的奇迹变成了现实？

葛白微微耸肩：“原理很简单，任何时候都能做到。”他说完，把手伸进了口袋中，“只要在大门的读卡器上做点手脚，就能完美重现这个‘奇迹’。”

葛白把从口袋里取出的东西递给我看。

那是一个细长器具，外观与镊子相似。葛白把镊子的前端插进了读卡器的缝隙——也就是本应插入房卡的地方。然后，他从缝隙里夹出了什么东西。我盯着镊子前端夹着的“那个东西”看了一会儿。那是……

“房卡？”我忍不住喊道。

葛白手里被镊子夹住的东西毫无疑问就是房卡。不对，严格来说，是房卡的碎片。

我把视线从被镊子夹住的房卡碎片上挪开，再看向自己手中的两张房卡。

小别墅房卡的形状为长 8 厘米、宽 5 厘米的长方形，底色为白色，只在前端部分有一块长 1 厘米、宽 5 厘米的黑色区域。

“房卡上的黑色区域就是储存磁数据的地方。”葛白指着我手中的房卡解释道，“也就是说，读卡器深处的传感器通过读取储存在黑色区域里的数据，来控制门锁的开关。在咱们来到金网岛的第一天，执木就把它的原理告诉了我。”

而葛白手中的镊子上夹着的碎片，正是房卡前端的黑色区域。换言之，他把这个黑色区域从房卡上剪了下来，并单独插进了读卡器中。

所以呢？在房卡的磁数据储存区已经被塞入读卡器的前提下，如果再将假房卡插进读卡器，会发生什么呢？

答案呼之欲出。

提前被塞入读卡器的磁数据储存区就会被后面的假房卡推到读卡器的更深处。如果房卡像名片一样薄，那么磁数据储存区可能不会被顺利推进读卡器深处。但这些房卡的厚度足有 2 毫米，所以磁数据储存区会被十分顺利地推向更深处。一旦安装在读卡器深处的传感器成功读取了磁数据，大门就会被锁上或开启。换言之，虽然插进读卡器的是假房卡，但大门却会被成功上锁或开锁。

所以，即使凶手在犯罪现场留下的是假房卡，这张假房卡也可以上锁或开锁。因此，假房卡就会被我们误认为是真房卡。这就是凶手使用的“以假乱真的房卡诡计”。

第六个密室(房卡密室)的诡计

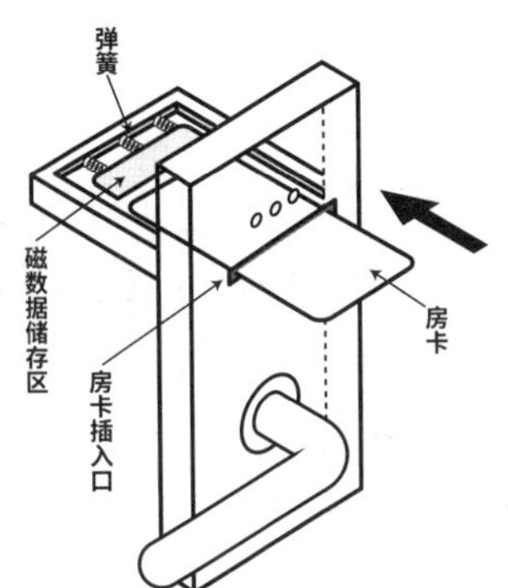

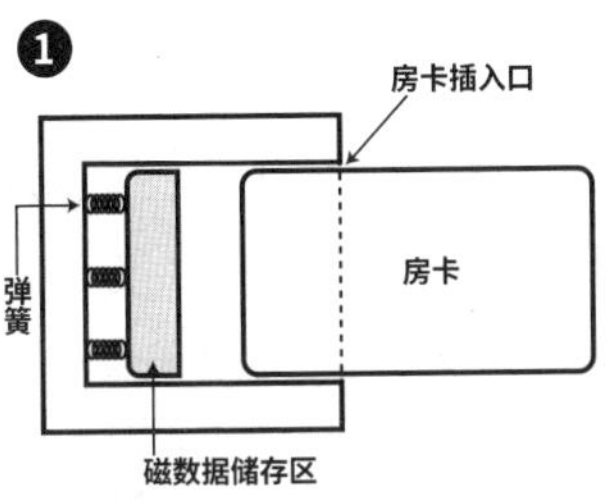

❶ 将磁数据储存区放入读卡器

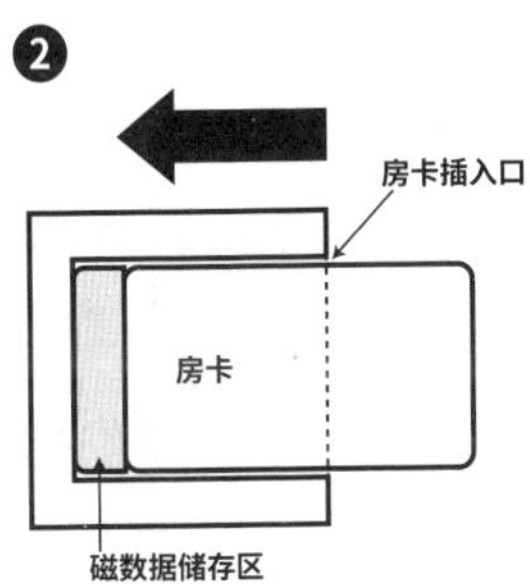

❷ 插入房卡后，磁数据储存区会被推进读卡器最深处

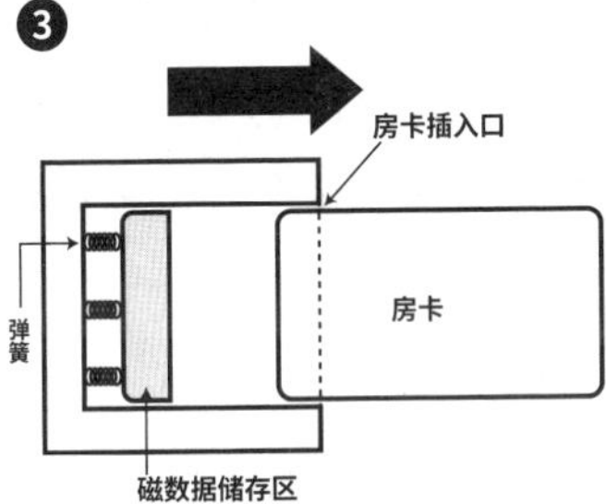

❸ 拔出房卡后，磁数据储存区会在弹簧的作用下，从读卡器深处弹回初始位置

“所以，”黑川千代里说，“原本这座小别墅有两张真房卡。凶手把其中一张的黑色区域剪了下来，提前塞进了读卡器里？”

“正是如此。”葛白点了点头，“小别墅房卡上的黑色区域才是储存磁数据的核心区域，而白色区域不过是装饰而已。执木先生在把房卡交给我时，曾告诉我‘如果黑色区域上有磨损，那么这张房卡就无法正常使用了。其他部分无论磨损得多严重，都不影响房卡的正常使用’。所以即使将黑色区域单独剪下来，也可以把它当作一张正常房卡来使用。但是，这个诡计的成立前提，恰恰是这个诡计的缺陷。那就是，有一张房卡上的黑色区域被人剪下并塞进了读卡器，所以本应有两张的房卡就会少了一张。正因如此，凶手才会在袭击我的时候将房卡取走。我手里的两张房卡中，有一张是假的，所以凶手必须要将那张假房卡取走。然而，凶手那时却没有将假房卡替换成真房卡，而只是从我的口袋里偷走了假房卡。蜜村把凶手此举形容成一个谜题，‘凶手为什么要从葛白手中偷走房卡’。但现在看来，凶手的行为动机非常明显，那就是……”

“凶手没有调包房卡。”黑川千代里说，“凶手既不想调包，也无法调包。这是因为凶手手中已经没有真房卡了。”

凶手为了使用诡计而把真房卡剪断了。因此，凶手手中已经没有“完整”的真房卡了。所以凶手既不想调包，也无法调包房卡。

我终于理解了葛白在开始推理前说的那句话，“有不得已的理由”。如果他要在现实中的犯罪现场——也就是布雷克法斯特小姐的小别墅中演示这个诡计，就不得不损坏房卡这一重要证据，也会在之后被警方斥责。

我突然想到了什么。“磁数据储存区还留在布雷克法斯特小姐小别墅大门上的读卡器里吗？”如果它还在，不是可以用它来演示诡计吗？

但葛白摇了摇头：“刚才我去看过，它已经被人拿走了。”

“凶手大概在袭击我并偷走假房卡后，马上就把磁数据储存区也取走了。它的存在就是为了让人误以为假房卡是真房卡，所以凶手从我手中抢走假房卡后，它也就没有任何用处了。因此，对凶手而言最有利的做法，就是尽快将磁数据储存区取走。毕竟别人如果发现了它的存在，就会马上想到凶手使用了什么诡计。”

的确如此。他的解释说服了我。这么说来，凶手使用这个诡计时，着实面临着一定的风险。凶手必须等到打晕葛白，并从葛白手中偷走当初留在现场的假房卡后，才能从读卡器里取走磁数据储存区。因为如果凶手提前取走了磁数据储存区，之后又有人将葛白手中的假房卡插进读卡器里，那么读卡器不会产生任何反应，别人就会立刻明白葛白手中的房卡是假的。因此，凶手的内心一定相当忐忑。虽然磁数据储存区位于读卡器最深处，只要不盯着读卡器仔细查看，就很难被发现，但尸体曝光时难免会有人仔细查看读卡器内部。风险虽然不算太高，但也依然存在。最后，凶手赌赢了。

“原来如此。”我接受了这个思路。似乎葛白关于“房卡密室”的讲解就到此为止了。于是，我向葛白请求道：“那个东西，能给我看看吗？”

说完，我接过了葛白手中被镊子夹住的磁数据储存区。我盯着它端详了一会儿，发现房卡侧面装有几个小弹簧——在那个1厘米乘以5厘米的黑色区域的前端，装有三个小弹簧。原来如此，原来是这样！

凶手把“房卡A”的黑色区域（以下简称为“黑卡A”）剪下并预先塞进了读卡器里，然后再插入“房卡B”。于是，“黑卡A”就被“房卡B”推到了读卡器的更深处，“黑卡A”中储存的磁数据被传感器成功读取，大门遂被上锁。这时如果将“房卡B”拔出，刚刚被推进读卡器深处的“黑卡A”就会被前端弹簧向后推出一些，“黑卡A”就会离开传感器的识别区，储存在其中的磁数据也不会继续被读取。此时如果再插入其他房卡——比如插入“房卡C”，那么“黑卡A”就会再次被推进读卡器深处，其中的磁数据也会再次被传感器读取。这就是这个诡计的全部原理。

“如此一来，‘房卡密室’的诡计就已经被彻底解开了。”蜜村说，“那么，咱们接下来就开始破解最后一个密室——‘十字架之塔密室’吧。”

我——葛白香澄，与众人一起跟随蜜村来到了执木住过的小别墅。她要在这里揭秘“十字架之塔密室”诡计。小别墅里放着“十字架之塔”的钥匙。这个密室的关键在于，凶手是如何将钥匙带出小别墅的。

但在赶往执木小别墅的途中，千代里老师突然说她有些事要做，于是甩下我们不知道往哪里去了。有什么事会比解开密室之谜更重要呢？我很是不解。但千代里老师没有理会我的问题，径自离开了。真是个只顾自己的人——无可救药的成年人。

“那么，我现在就要开始揭秘密室诡计了。”

到达执木的小别墅后，蜜村用老师一样的口吻说道。听讲的学生只有我和夜月两个人。蜜村老师拢了拢黑色的长发，开始给我们上课。

“相信大家已经想到了，这个密室诡计的关键就在于‘十字架之塔’的钥匙。医织小姐本应被关押在上了锁的‘十字架之塔’中，可她却从密室中凭空消失，反而是老绅士詹特曼的尸体被人运到了密室当中。这就是所谓的‘消失与出现诡计’。要想制造出这个‘不可能的状况’，就必须得用钥匙打开‘十字架之塔’的大门。开门后，凶手就可以毫不费力地从大门处带出医织小姐，再从大门处把老绅士詹特曼带入密室并杀害。可问题是，‘十字架之塔’钥匙的保管方式十分特殊。这把钥匙……”

蜜村指了指执木小别墅内北侧小房间的房门，接着说：“如大家所知，这把钥匙被存放在那间小房间里。而那间小房间的钥匙则被放在保险箱里。要想打开保险箱，则需要集齐五把钥匙。但这五把钥匙由五个人分别保管，所以凶手绝不可能拿到开锁所必需的全部钥匙。然而，实际情况却与我刚刚的描述有所出入。这是因为保险箱其实还配有‘第六把钥匙’。”

在来小别墅的路上，我已经从夜月那里听说了“第六把钥匙”的事。只要拿到“第六把钥匙”，就可以打开保险箱底部的隐形盖，所以凶手无须集齐其他五把钥匙，也能拿到保险箱中小房间的钥匙。但这“第六把钥匙”……

“它被存放在宅邸的某个房间，那间房间则一直被监控摄像头监视着。”夜月说。

这个信息夜月也已经告诉过我了。可是只要拿到“第六把钥匙”，就能拿到“十字架之塔”的钥匙。所以，只要找到进入那间房间、拿到“第六把钥匙”的方法，这个密室就算是被破解了。

“不对。这个思路完全不对。”蜜村不留情面地否决了我的想法。

我忍不住问：“为什么？”

“你仔细想想，”蜜村露出一副意味深长的表情，“从被监控摄像头监视着的房间里取出钥匙，这样的事根本就不是人类能做到的。”

我和夜月都哑然失语。的确，从被监控摄像头监视着的房间里取出钥匙，而且在这个过程中还不能被监控摄像头拍到——这简直是个不可能完成的任务。

但是，应该会有一种……怎么说呢……有一种巧妙的方法能够完成这个任务吧？

“蜜村小姐，”夜月忍不住说，“你之前不是说过，‘凶手无法从那间房里取走钥匙——如果从常理来推断的话’。这是不是意味着，如果采用‘非常规思路’，就能把钥匙给带出去？”

蜜村听完沉默了一会儿，然后一脸歉意地说：“那句话不是夜月小姐理解的意思。从那个房间里取走‘第六把钥匙’，这件事怎么想都不可能做到，所以咱们还是放弃这个思路吧——我当时是这个意思。夜月小姐竟然会往那个方向理解……日语也太难了。是不是因为我当时用了倒装句？”

“就是因为你用了倒装句！”夜月怒道，“那接下来怎么办呢？如果凶手不能从那个房间里取走‘第六把钥匙’，不就无法打开保险箱了吗？所以凶手也就无法从保险箱里取出小房间的钥匙，也无法从小房间里取出‘十字架之塔’的钥匙！”

的确，所有思路都被堵死了。但就在这时，蜜村却说出了一句令我们意想不到的话：“既然无法从小房间中取出‘十字架之塔’的钥匙，那不取不就好了。”

蜜村眼含冷意：“即使无法从小房间中取出‘十字架之塔’的钥匙也没关系。只要能打开‘十字架之塔’的大门，凶手的目的就已经达到了。‘十字架之塔密室’诡计的关键也正在于此。”

“即使不从小房间中取出‘十字架之塔’的钥匙，也能打开‘十字架之塔’的大门？”

蜜村的话实在太过牵强，我一时间不知道该作何反应。夜月也不解地问道：“啊？这是什么意思？”

然后，夜月求助般地看向我：“香澄，你明白蜜村小姐在说什么吗？”

“不明白。完全不明白。”

“是吧，你也没听明白。会不会是我们之前把蜜村小姐捧得太高，让她觉得下不了台啊！所以，尽管她没有解开密室，却还是骗我们说已经解开了。”

“很有可能。”

“是吧，你也这么觉得。如果是这样的话，那蜜村小姐就太可怜了。但是香澄，我觉得我们也有责任。如果我们平时更关心她一些的话，她就不会变成现在这个样子了……”

“那个……我听得到你们说的话。”蜜村死死地盯着我们说。

夜月被她盯得战栗起来，于是躲到了我的身后。接着，她又补充道：“都是香澄说的！”

她就这样把责任推到了我的头上！这人也太差劲了！

蜜村看着我们的动作，深深地叹了口气：“总之，我先讲一下凶手是如何做到这一点的。我的意思是，凶手即使不把‘十字架之塔’的钥匙从小房间里取出来，也能正常使用它。换句话说……”

蜜村说着，走到小别墅内北侧小房间的房门前，然后拧了拧把手。

“如你们所见，现在这间小房间的房门处于上锁状态。而小房间里则存放着‘十字架之塔’的钥匙。请你们确认一下这一点。”

房门上与视线等高的地方有一扇观察窗。透过观察窗向小房间内看去，的确能看到“十字架之塔”的钥匙。在小房间最里侧的墙壁上装有“L”形金属挂钩，钥匙则正挂在挂钩上。小房间的纵深约为 2 米，所以从房门到最里侧墙壁（也就是挂有钥匙的金属挂钩所在的一侧墙壁）之间的距离也约为 2 米。

“首先，我要取出那把钥匙。”

蜜村说完，走到小别墅的墙边。不知为何，墙边正立着一根晾衣杆。是蜜村拿来的吗？晾衣杆前端缠有一段被弯成“L”形的金属丝。

蜜村将这根缠有金属丝的晾衣杆通过观察窗伸进小房间中。晾衣杆足有2米长。蜜村使晾衣杆前端的“L”形金属丝靠近墙壁上挂着的“十字架之塔”的钥匙，又使金属丝的前端穿进钥匙上挂着的直径20厘米左右的环状钥匙扣。然后她抬起晾衣杆的前端，把钥匙从金属挂钩上取了下来，并使钥匙扣稳稳套在晾衣杆上——就像套圈游戏里那样。接着她又把晾衣杆的前端抬起一些，使钥匙扣顺着晾衣杆滑到房门旁边。“十字架之塔”的钥匙“哐啷”一声撞在了房门内侧。

“现在，‘十字架之塔’的钥匙已经在我的手边了。”蜜村说完，从观察窗上铁栅栏的空隙中将右手伸了进去。这些空隙是边长为10厘米的正方形，人的手腕可以轻松通过。蜜村用右手抓住晾衣杆上挂着的钥匙扣，然后把晾衣杆从观察窗里抽了出来。这样一来，蜜村没有踏入小房间半步，却已经把钥匙拿到了手中。

但接下来才是问题的关键所在。

蜜村试着从铁栅栏的空隙中抽回右手，并试图将右手拿着的钥匙也带到门外。然而这是不可能做到的。“十字架之塔”的钥匙上挂着环状钥匙扣，钥匙扣的直径足有20厘米。而铁栅栏之间的空隙则是直径为10厘米的正方形，其对角线长度约为14厘米。因此，从物理学的角度来看，钥匙扣无法通过铁栅栏之间的空隙，所以钥匙扣上拴着的钥匙也无法被带离小房间。

这件事已经被反复验证过。但是……

“但是，我们其实没有必要把完整的钥匙带出小房间。”

蜜村说完，握住了拴在环状钥匙扣上的钥匙。然后，她把钥匙和将钥匙与钥匙扣连接起来的长约 10 厘米的挂锁一起拿到了观察窗外，而环状钥匙扣依然卡在铁栅栏上。然而，蜜村完全没有在意这一点，而是从口袋中取出手帕，用手帕将挂锁和铁栅栏绑在了一起。

“准备工作已经完成了。”蜜村宣布。

我再次看向小房间的房门。现在，“十字架之塔”的钥匙垂在房门上的观察窗外。钥匙被手帕绑在铁栅栏上，所以不会落回小房间内。但钥匙也并未被完全带出房间。只要环状钥匙扣还卡在铁栅栏上，就无法将钥匙带出小别墅。这也意味着在现在这个状态下，钥匙完全无法正常使用，“十字架之塔”的大门自然也无法被打开。房间依然处于密室状态——完全没有被解开。

“的确。”蜜村似乎听到了我的心声，答道，“在现在这个状态下，‘十字架之塔’的大门的确无法打开。‘不可能状况’并没有被破解。但正因如此，凶手才要使用诡计。把杀人现场中的一切不可能变作可能——这就是诡计本来的目的。”

蜜村说完，高高举起了右手：“所以接下来，‘十字架之塔密室’的诡计就要上演了！”

她用高举起的右手打了个响指。一瞬间——地动山摇。

我们经历了一场突如其来的、毫无前兆的地震。小别墅的地板突然剧烈地摇晃起来，几乎所有人都失去了平衡。我们就像身处以 80 千米时速疾驰着的高速电车中一样。我试图抓住些什么，但我的双手却只是在空中毫无意义地挥动了一会儿。然后，我重重地倒在了地上。夜月也重重地倒在了地上。只有预测到了这场地震的蜜村，依然一脸平静地站着，颇有种“遗世独立”的风范。

正在这时，我突然意识到——这不是地震，这根本就不是地震。而是人为制造出来的震动。

因为……小别墅飘了起来。

我向窗外看去，窗外的景物在一点点下降。我似乎曾在哪里见过这幅景象。而且就是在最近——就是在昨天。我刚刚见到过一幅相似的景象。

是的，昨天——在金网岛上的密室杀人现场之一，执木的小别墅里。

想到这儿，我冲到窗边，打开了南侧墙壁上那扇可以左右对开的巨大窗户。还好，小别墅只上升了 1 米左右。于是我从窗户跳到了小别墅外部，然后回头看了看小别墅。

眼前的景象与我想象的一模一样。

起重机……

起重机通过钢丝绳把小别墅吊了起来。钢丝绳被固定在小别墅屋顶四角上的发泡装饰制品上。这幅景象让我想起了昨天千代里老师演示密室杀人诡计时的景象。

是的——这座小别墅被起重机吊了起来。我走到那台吊起小别墅的起重机旁，驾驶室里坐着的人是千代里老师。

我耸了耸肩：“你在干什么呢，千代里老师？”原来她根本不是有其他事要忙啊！

“没办法，”千代里老师撇了撇嘴，“也不是我想来的。”

“不过你居然还会开起重机？！”

“我很能干的！我考了好多资格证书呢。”千代里老师赌气地说。

然后，她用手势示意我回到小别墅里。我刚一回到小别墅，小别墅就又开始继续上升。

“但是……”我问蜜村，“即使如此，这又有什么意义呢？即使用起重机把小别墅吊了起来，密室之谜也没有被解开啊！”

毋宁说，这个行为毫无意义。蜜村究竟为什么要这样做呢？

蜜村微笑了一下，说：“你马上就会知道了。”接着，她从口袋中取出一部小型对讲机，朝对讲机里命令道：“开始吧。”从对讲机的另一头传来了千代里老师的声音：“好的。”

话音刚落，小别墅再次晃动起来。我看向窗外，窗外的景物也动了起来。我意识到，起重机好像吊着小别墅开了出去。

起重机驶入车道后，将车速提高了些。夜月无力地倒在地上，愣了好一会儿。之后，她好像发现了什么，指着窗外对我喊道：“香……香澄！”

我顺着她手指的方向看去，是“十字架之塔”。

我的视野中出现了那个十字架形的巨大建筑物，它矗立在地面上。起重机正在向它开去。我从小别墅的窗户看到了“十字架之塔”右侧横梁的侧面大门。那便是案发房间的大门。我们正是在那间房里发现了老绅士詹特曼的尸体。吊在起重机下的小别墅正在面朝“十字架之塔”的侧面大门进发，而小别墅南侧那扇可以左右对开的窗户则正好对准了“十字架之塔”的侧面大门。终于，“十字架之塔”右侧横梁的侧面已经与小别墅那扇可以左右对开的窗户近在咫尺了。

坏了，再这样下去……

“要撞上了！”我和夜月忙叫道。

蜜村却若无其事地走到南侧窗边，将窗户向左右两边开到最大，然后又离开了窗户。我和夜月慌慌张张地跑到了离窗户最远的地方。在此期间，起重机并没有停止前进，眼看着小别墅就要撞上“十字架之塔”的右侧横梁了……

“……咦？”

但它们终究没有撞上。不仅如此，眼前的景象几乎令我开始怀疑起自己的眼睛。为什么？这究竟是为什么？

“十字架之塔”的右侧横梁——插进了小别墅里。

不对，准确来说……“十字架之塔”的右侧横梁插进了小别墅南侧那面洞开的窗户中。就像是一根四棱木材插进了一个四方形孔洞中一样，过程极为顺畅。

“原来是这样！”我终于明白了前因后果，“‘十字架之塔’的右侧横梁是一个长方体，长约 10 米，宽约 3 米，高约 3 米，所以‘十字架之塔’右侧横梁的侧面就是一个边长为 3 米的正方形。而小别墅的窗户则是一个边长约为 4 米的正方形。所以——”

这面能左右对开的窗户由两扇宽度分别为 2 米的窗户组成，所以窗户整体的宽度约为 4 米。而且这面窗户为落地窗，高度几乎与天花板相同，同样为 4 米左右。

“所以说，这面能左右对开的窗户就是一个边长为 4 米的正方形，比‘十字架之塔’右侧横梁的侧面大了一圈。因此，‘十字架之塔’的右侧横梁可以插入小别墅的窗户中。”

蜜村听完，点了点头：“是的。如你所说，十字架右侧横梁的进深——也就是右侧横梁的长度约为 10 米，而这座小别墅内部，南侧窗户到北侧墙壁之间的距离只有 4 米左右，所以……”

起重机仍在缓慢前进，从窗户插进小别墅中的“十字架之塔”右侧横梁也在不断深入。眼看着“十字架之塔”的右侧横梁就要撞上小别墅的北侧墙壁了，蜜村突然朝对讲机喊道：“停！”话音刚落，起重机便停了下来。小别墅北侧墙壁与“十字架之塔”右侧横梁之间的距离只剩下不到 10 厘米——就像一辆汽车完美停进车库一样。

“正如你们所见，”蜜村随手拢了拢黑色的长发，“‘十字架之塔’右侧横梁的长度比小别墅的进深要长得多，所以‘十字架之塔’的右侧横梁可以一直插到小别墅的北侧墙壁。于是大家就会看到现在这幅景象。”

蜜村伸出细长的手指，指了指那个东西。

我错愕不已。因为——“十字架之塔”右侧横梁的侧面几乎要撞上小别墅内的北侧墙壁，这意味着右侧横梁侧面的大门也与小别墅的北侧墙壁近在咫尺——它们之间的距离只有不到 10 厘米。而与右侧横梁近在咫尺的那面墙壁——也就是小别墅内的北侧墙壁上，究竟有什么东西呢？

答案呼之欲出。“是小房间……”我喃喃自语。

“十字架之塔”的右侧横梁从小别墅南侧的窗户插进了小别墅，而右侧横梁侧面的大门则与位于小别墅北侧墙壁的小房间几乎贴合在了一起。二者之间的距离只有 10 厘米。

而“十字架之塔”大门的钥匙，则从小房间房门上的观察窗处垂落了下来。刚刚蜜村用手帕把这把钥匙和铁栅栏绑在了一起。虽然环状钥匙扣还卡在铁栅栏上，我们无法将钥匙连同钥匙扣一起带出小房间，但钥匙和钥匙上挂着的长约 10 厘米的挂锁却垂坠在房门之外。蜜村紧盯着钥匙看了一会儿，朝对讲机发出了下一个指令。

“高度还不够。再提起来一点。”

接着，小别墅又晃动起来，遵照蜜村的指令稍微升起了一些。

蜜村满意地点了点头，握住被手帕固定在铁栅栏上的“十字架之塔”的钥匙。钥匙旁边就是“十字架之塔”的大门。大门上的钥匙孔刚好与钥匙的高度平齐。

正因如此，被固定在铁栅栏上的“十字架之塔”的钥匙可以轻易够到“十字架之塔”的大门。

钥匙仍被手帕绑在铁栅栏上，在这种状态下，蜜村将手里的钥匙插进了大门上的钥匙孔中——像是为了证明她自己的结论一样。门锁一下子就被打开了。蜜村再次朝对讲机发出指令。

起重机再次开动起来。“十字架之塔”右侧横梁上的大门刚刚还与小别墅的墙壁近在咫尺，现在二者之间的距离却在逐渐拉大。墙壁和大门之间已经隔了数米的距离。

“如此一来，大门就可以打开了。”

说完，她打开了大门，“十字架之塔”内部的房间出现在我们眼前。

第五个密室(十字架之塔密室)的诡计

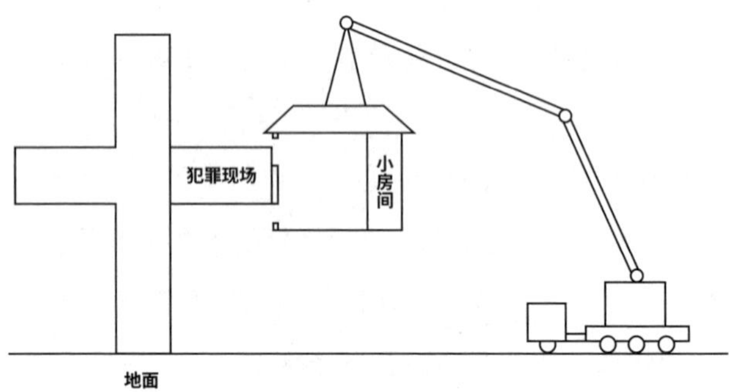

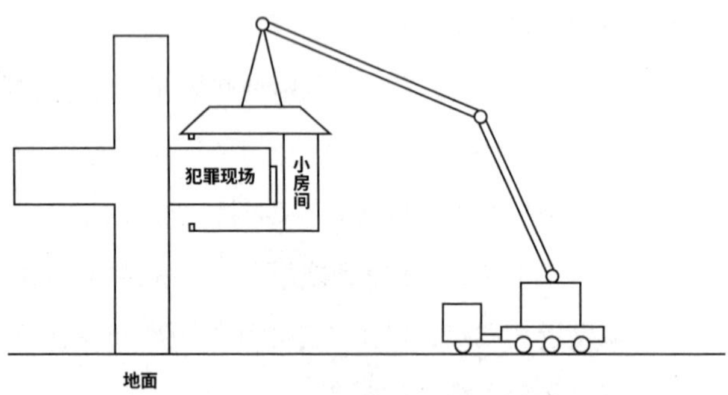

随着“十字架之塔”的右侧横梁插入小别墅左右对开的窗户，
从小房间观察窗垂下的钥匙也逐渐靠近“十字架之塔”的大门

她微微笑了笑："这就是'十字架之塔'的诡计。"

我对蜜村重现出的密室诡计惊叹不已。她真的在不把钥匙带出小房间的前提下，打开了"十字架之塔"的门锁。这样一来，凶手既可以把关押在"十字架之塔"里的医织带到塔外，也可以在杀害老绅士詹特曼后重新锁上大门。接下来，凶手只要解开将房门观察窗上的铁栅栏和"十字架之塔"的钥匙绑在一起的手帕，再用晾衣杆把钥匙挂回小房间里侧墙壁上的金属挂钩上，一切就算大功告成了。

凶手采取的具体行动如下：

1. 将"十字架之塔"的右侧横梁插入小别墅，并使放在小别墅内小房间里的"十字架之塔"的钥匙靠近"十字架之塔"的大门。

2. 在小别墅内喷射催眠瓦斯，使"十字架之塔"的右侧横梁四周充斥着瓦斯气体，进而令"十字架之塔"中的医织陷入昏睡状态。

3. 打开"十字架之塔"的门锁，将医织从"十字架之塔"带到小别墅中。

4. 将"十字架之塔"的右侧横梁从小别墅中拔出。

5. 操作起重机使小别墅的高度下降，将医织带到小别墅外（室外）。

6. 将预先用安眠药迷晕的老绅士詹特曼运到小别墅内部。

7. 操作起重机使小别墅的高度上升。

8. 使"十字架之塔"的右侧横梁插入小别墅内，将老绅士詹特曼运到“十字架之塔”内部并杀害。

9. 锁上“十字架之塔”的大门。

10. 将“十字架之塔”的右侧横梁从小别墅中拔出。

11. 操作起重机，将小别墅运回初始位置。

12. 用晾衣杆将钥匙挂回小房间里侧墙壁的金属挂钩上。

我再次环顾四周——小别墅里一件家具也没有。这是因为，凶手为了在这座小别墅里杀害执木后，能够使小别墅倾斜并插上门闩，于是将所有家具都运了出去。不过凶手的这一举措也为“十字架之塔密室”的诡计提供了方便。房间中没有任何家具，所以“十字架之塔”的右侧横梁插入小别墅的窗户时也不会遇到任何障碍。

我又看了看小别墅的天花板——所有照明设施都埋在天花板内部。屋内没有安装吊灯，这也为“十字架之塔”的右侧横梁插入小别墅的窗户减少了阻碍。

“但是，这个诡计可以由一个人单独实施吗？”夜月提出了一个关键的问题，“我觉得最少也需要两个人吧？就像刚才的黑川小姐和蜜村小姐一样，除了一个起重机的驾驶员，还需要另一个人在小别墅里告诉驾驶员大门与墙壁之间的距离远近。”

夜月的这个问题很是尖锐。

“即使只有一个人，也可以实施犯罪。”蜜村答道，“小别墅内部装有无线摄像头，凶手只要坐在起重机的驾驶室里看着摄像头拍下的实时影像，就能知道大门与墙壁之间的距离远近了。凶手一定是预先从小别墅的窗户放下了绳梯，待‘十字架之塔’的右侧横梁插入小别墅的窗户后，就爬上绳梯，从窗户进入小别墅内。窗户比‘十字架之塔’右侧横梁的侧面大了一圈，所以即使‘十字架之塔’的右侧横梁已经插入窗户，二者之间也还留有可供人出入的空隙。凶手从这个空隙进入小别墅内，像我刚才一样打开‘十字架之塔’的门锁。然后，凶手又爬下绳梯回到起重机驾驶室，操纵起重机，使‘十字架之塔’的大门离小别墅的北侧墙壁稍远些，确保二者之间的空隙足以使那扇向外开启的大门能够顺利打开。这些事完全可以由一个人单独完成。”

的确可以完成。虽然听起来非常麻烦。

“凶手大概是那种为了打造出完美密室而丝毫不怕麻烦的人。”蜜村说，“那个人，确实干得出这种事。”

我有些吃惊。她的语气就像是已经知道谁是凶手了一样。于是我问了她这个问题。

这回轮到蜜村吃惊了。她露出一副十分讶异的表情：“难道你还不知道吗？我还以为你肯定已经知道了呢。”

我和夜月面面相觑，我俩完完全全不知道。在这种事情上，我和夜月就是总也“不知道”的那种人。

蜜村叹了口气：“是吗……”

她胡乱拢了拢自己的黑色长发，接着说：“真拿你们没办法啊，那我就告诉你们吧。凶手就是大富原小姐。她就是‘密室全鉴’。”

大富原就是“密室全鉴”——蜜村说出的结论令我倒吸一口冷气。但同时我又觉得，这的确是那位密室狂大小姐能干出来的事。

但是……“你这么说，肯定是有根据的吧？”慎重起见，我问道。

虽然我相信蜜村肯定不会单凭感觉锁定凶手，但我确实也很想知道她到底是如何得出这个结论的。

蜜村点了点头。“当然有根据。”她说，“今天中午，葛白你不是被人袭击又被人偷走了房卡吗？那起案件的凶手是大富原。这就是我的根据。”

我摸了摸自己被凶手打过的头，那里已经肿起了一个大包。所以那时候打我的人是大富原吗？但蜜村是怎么得出这个结论的？我如是问道。

“很简单。”蜜村答道，“那时凶手之所以要把你打晕，是为了从你手中抢走房卡。换句话说，是为了取走留在‘房卡密室’犯罪现场的假房卡。关于这一点你们没有异议吧？”

“没有。”关于这一点我们早已达成共识。

“这意味着，”蜜村接着说，“凶手想要拿到房卡，所以才袭击了葛白。但你们不觉得这很奇怪吗？如果凶手想要拿到房卡，那么凶手应该去袭击夜月小姐，而不是葛白。”

我皱了皱眉，完全不明白她的意思。为什么凶手非要袭击夜月不可？明明拿着房卡的人是我啊。

蜜村循循善诱地说：“你好好想想。布雷克法斯特小姐的尸体在‘房卡密室’中被人发现后，落在现场的房卡在谁手里？是夜月小姐吧？所以当时在场的人应该都以为房卡一直在夜月小姐手中。至少绝不会笃定地认为房卡在葛白手里。因为夜月小姐也可能会给把房卡交给我或者黑川小姐。然而凶手却为了拿到房卡而袭击了葛白。换言之，如果凶手并没有无差别攻击每一个有可能握有房卡的人，就说明凶手一定出于某种确切的理由而笃定房卡就在葛白手中。那我问你们一个问题。在岛上的几个人中间，究竟有谁有这种‘确切的理由’？换句话说，谁会知道夜月小姐把房卡交给了葛白？”

我回忆着当时的情景。我是在宅邸的图书室里，从夜月的手中接过房卡的。当时在场的人有——我、夜月、蜜村，还有大富原。

“除了我和夜月小姐以外，知道房卡在葛白手里的人就只有大富原小姐了。”蜜村说，“如果凶手不是大富原小姐的话，那么凶手在抢夺房卡时一定会第一个袭击夜月小姐，而不会去袭击葛白。但是夜月小姐却未被袭击。所以凶手就是大富原小姐。”

大富原曾说，她在制定“密室诡计游戏”的玩家名单时，是和一位自称“密室伯爵”的网友商量后才确定下来的。但既然大富原就是凶手，那么这个“密室伯爵”大概是她虚构出来的，一切都是大富原在自导自演。

“但是，大富原小姐为什么要杀了大家呢？”

我刚说完，就意识到这是一个没有意义的问题。大富原是“密室全鉴”——也就是杀手。她只是受人委托实施杀人。至于她究竟受到了谁的委托，只要问她自己就会得到答案。

为了寻找大富原，我、蜜村、夜月和千代里老师四人一起来到了她居住的宅邸。可她并不在宅邸内。不过我们找到了羊子小姐，于是向她询问大富原的下落。

羊子小姐想了一会儿，答道：“莫非她在‘天坠之塔’？”

“‘天坠之塔’？”夜月疑惑地问。

“它是这座岛上最高的建筑物。”羊子小姐答道。

正在这时，我突然想起了什么。在我们登上金网岛的第一天，羊子小姐曾经说过，宅邸旁矗立着的这座“天坠之塔”高约 40 米，比环绕金网岛的围网还要高。

羊子小姐说，大富原的书房就位于“天坠之塔”中。大富原很喜欢那间书房，所以经常待在那里。于是，我们和羊子小姐一起赶往“天坠之塔”。“天坠之塔”的周围有一圈栅栏，高度约到我的腰部。翻过栅栏后又往前走了 30 米左右，我们便来到了塔的入口。从入口进入塔内，前面是一段旋转楼梯。羊子小姐边上楼梯边说：“这座‘天坠之塔’只有一间房间，就是顶层的书房。其余地方全都是这样的楼梯。”

楼梯大概有十层楼高。爬到顶后，我们面前出现了一扇房门。它应该就是书房的房门。我最先走到门前，打开了房门。

然后，我看到了这样一幅景象——

房间内部溅满了鲜血。正中央则是大富原的无头尸体。

第十八章

第七个密室

“这……这是？”

眼前这具横卧在地的无头尸体让我忍不住失声尖叫。虽然我们在房间内找了一圈也没找到被割下的头颅，但从体型和衣着来看，这具尸体应该就是大富原。蜜村也瞠目结舌。接着，她又把手抵在嘴边，像是在思考着什么。

“这是什么情况？”夜月不解地问，“所以，大富原小姐并不是凶手？”

“我认为她就是凶手。”蜜村答道。

“但……但她已经死了啊！”

“确实，已经死了。”蜜村胡乱拢了拢黑色的长发，“我们不得不承认这一点。”

一时间房间内重归寂静。

“总……总之，我先去把医织小姐找来。”羊子小姐说完，离开了“天坠之塔”的书房。

房间内再度寂静。我重新观察了一遍书房的内部陈设。

这间房间整体呈圆形，直径约为10米。虽然它名为“书房”，但房间内却没有几个书架。房间四周也没有墙壁，全都是可以开关的玻璃窗。此时此刻玻璃窗全部处于开启状态，房间内充满了初夏黄昏的清新空气。窗户高约10米。整个空间相当开放明亮——如果不考虑房间中央那具无头尸体的话。

房间里的家具只有沙发、桌子、带轮子的全身镜和两个高度及腰的书架。全身镜离大富原的尸体很近，其他家具则离尸体较远。桌子上还摆着一个插有蒲公英的玻璃花瓶和一只穿着长裙的兔子玩偶。蒲公英似乎是大富原亲自采摘的，一共有五朵。但所有蒲公英的茸毛都没有被风吹散。

兔子玩偶的头颅被人用刀割了下来。桌子上还留有刀痕，大概是兔子玩偶的头颅被割下时留下的。玩偶旁摆着一把迷你小刀。玩偶的头颅似乎就是被这把小刀割下来的，刀柄上用纯金刻着“密室全鉴”几个字。

这与前几个杀人现场中留下的玩偶和小刀一模一样——毫无疑问，这是一桩连续杀人案件。可这样说来，大富原就不是凶手了。换言之，“密室全鉴”正藏身于我们现在还活着的几个人当中，且又犯下了新的罪行——就像是在嘲笑我们一样。

我感到一阵绝望。蜜村的推理错了。我们输了。

书房的房门没有上锁，看来这次的犯罪现场并不是密室。我感到有些不对劲。为什么只有这次，“密室全鉴”没有实施密室杀人呢？

我正想到这里，羊子小姐终于带着医织回到了书房。医织或许是已经知道了大富原被害的消息，脸色十分青白。

等到亲眼看到大富原的尸体后，她尖叫了一声：“凶……凶手是要把我们都杀掉吗？”

说完，她捂住嘴，像是在强忍着恶心，以防自己会吐出来。羊子小姐充满歉意地对她说：“不好意思，医织小姐，可以请你验尸吗……”

医织睁大了双眼，露出一副绝望的表情。接着，她后退一步和羊子小姐拉开了距离，颤抖着说："不……不要。我不想验尸。"

"啊？为什么？"羊子小姐不解地问。

"为什么？你怎么会问出这样的问题？答案不是很明显吗！"医织喊道。

然后，她死死盯着我们，叫道："因为你们之中就有杀死大富原女士的凶手啊！所……所以我不要在这种地方验尸！而且现在也顾不上验尸吧！"

医织颤抖着从口袋里取出一把水果刀。接着，她紧紧握住水果刀，把刀尖对准了我们。

"医织小姐，"千代里老师晓之以理，"请你冷静一下。你现在疑神疑鬼也没用。"

"别把我当傻子！"

医织把水果刀扔向千代里老师。水果刀没有刺中千代里老师，而是落在了她的脚边。千代里老师颤抖了一下，敏捷地躲到了我的身后——毋宁说，是拿我当盾牌。

医织又把手伸进口袋，拿出了一把新的水果刀，尖叫着警告我们："总……总之，不……不要再来找我了！我要自己保护自己！我……我绝对不要待在这儿，和杀人魔在一起！"

医织说完，一溜烟儿跑出了书房。

看着她远去的背影，蜜村评价道："确实也会有人这么想。"

这个家伙冷静得过了头吧！"你不害怕吗？"我问道。

"害怕？为什么？"蜜村不解地问。

“嗯……我该怎么回答这个问题呢……”

“你自己也有可能会被杀死。不会因此感到害怕吗？”

“完全不会。”蜜村不以为然地说，“因为我没做过得罪人的事。”

谁给她的自信说出这样的话？！

她完全无视了我的内心想法，沉吟着说：“而且……”

不过，紧接着她又摇了摇头：“算了。还是等我想清楚再说吧。”

说完，她看向千代里老师，提议道：“没办法，不知道医织小姐上哪儿去了，咱们只能放弃推测死亡时间的想法。不过如果只是确定死因的话，靠我们自己应该也能做到。”

千代里老师皱着眉说：“你是让我验尸？”

“你以前不是法官吗？应该已经见惯了尸体吧？”

“你以为法官是干什么的？”千代里老师抗议道，“我虽然在判决的相关材料里见过几次他杀尸体的照片，但还是来到金网岛之后才第一次见到真正的尸体！你觉得我能派上用场吗？”

蜜村耸了耸肩：“但也没有其他办法了。毕竟也没有其他能验尸的人选了。而且看过照片就已经足够了。普通人大概一辈子也不会见到他杀尸体的照片吧？”

蜜村和千代里老师来到大富原的尸体旁边准备验尸。我也战战兢兢地跟在她们后面。

大富原的尸体倒在房间中央。我们之前都以为她的脖子是被什么东西割断的，但仔细观察后才发现并非如此。它看起来像是被一股强大的力量强行扯断的。

这应该就是她的死因。不过……

“这种杀人方式，凶手到底是怎么做到的？”千代里老师有些哑然。

“至少靠人类的力量无法做到。”蜜村沉思着说，“只有大猩猩或者雪人之类的生物才能犯下这样的罪行吧。”

“啊？雪人？”夜月兴奋起来。她很喜欢未知生物，其中又尤其痴迷雪人。她之前甚至跑到埼玉的一处宅邸去寻找雪人。

“但即使不考虑她脖子被扯断的事实，单从现场的状况来看，这也不可能是人类犯下的罪行。”羊子小姐自言自语。

她的话引起了蜜村的兴趣。蜜村问道：“这是什么意思？”

“其实……”羊子小姐答道，“这座‘天坠之塔’只有一个出入口。而这唯一一个出入口一直被监控摄像头严密监视着。所以，如果监控摄像头没有拍到任何人的影像，那么凶手就是从这个出入口以外的路径进入塔内的。至于出入口以外的路径……”

我追随着羊子小姐的视线，很快意识到这条“路径”在哪里。

“窗户……”我喃喃地说。

我仔细地观察起周围的窗户来。

这间圆形房间没有墙壁，四周都是可以开关的玻璃窗。而且这些窗户均为向上开启的款式，就像跑车的车门一样。换言之，如果把所有窗户完全打开，那么从房间内部就完全看不到玻璃了，只能看到房间四周留有几根柱子一样的窗框——现在便是这种状态。

我走近窗边，瞬间感到其中暗藏着的恐怖。这里没有任何墙壁，给人一种站在校舍屋顶边缘的感觉。我把窗框当作扶手紧紧握住，战战兢兢地眺望着窗外的景象。这间书房是“天坠之塔”里唯一的房间，所以下面完全没有窗户或阳台之类的起伏，墙面如断崖般一直延伸到地面。从我所在的位置到地面之间的距离大约为 40 米。人类无论如何也无法顺着墙壁爬到书房。

不过，凶手或许用某种方法在窗框上绑了绳子，然后抓着绳子爬进书房。我提出了这个思路，不过……

“不可能。”羊子小姐否决了我的想法，“因为这座‘天坠之塔’的外墙在离地 20 米的地方装了一圈防盗传感器。因此，当有人试图抓着绳子爬过传感器时，一定会触发传感器发出警报。这种传感器的感应范围很大，即使是离墙壁 10 米远的物体也可以被感应到。因此，它绝不可能感应不到用绳子爬进窗户的凶手。”

也就是说，凶手用绳子爬进窗户进入书房的可能被排除了。同时，雪人等非人生物利用强劲臂力攀墙而上进入书房的可能也被排除了。毕竟外墙上装有传感器，雪人的动作也肯定会被传感器捕捉到。

“那么蛾人呢？”夜月不知何时也来到了窗边，“现在看来，凶手似乎也只能是蛾人了。”

什么叫“凶手似乎只能是蛾人了”？她摆出一副名侦探一样的表情，说出来的话却极不靠谱。而且什么是“蛾人”？或许是未知生物中的一种？

“蛾人是美国的一种蛾型怪人。”夜月说。

果然。蛾型怪人。如果是蛾型怪人的话，它的确能挥动翅膀飞上塔顶，并从窗户进入书房。

我问她："那美国的怪人为什么会出现在日本？"

"因为很久以前，日本和美国的陆地是连接在一起的呀！"夜月得意地说。

我真的头痛起来。

慎重起见，我决定把书房的其他窗户也检查一遍。每扇窗户外的景象都大同小异。只有南侧窗外有一处高约数米的断崖，断崖下就是大海。因此，南侧窗户离金网岛四周的围网之间，只有3米左右的距离。不过，位于"天坠之塔"内的书房比围网还要高出10米左右，且围网上还装有振动传感器，一旦有人试图爬上围网，警报就会立即响起。所以凶手经由围网爬到窗户并进入"天坠之塔"的可能性也几乎为零。

那如果用起重机呢？用那辆在"十字架之塔密室"诡计中用到的起重机呢？然而，起重机的吊臂即使抬到最高，也无法到达书房窗户的高度，而且"天坠之塔"的四周还有一圈齐腰高的栅栏，任何车辆都无法开到塔旁。因此，使用起重机的可能性也几乎为零。

之后，我们返回宅邸，查看了"天坠之塔"出入口处监控摄像头录下的视频。视频里没有出现任何一个人的身影。

"所以从某种程度上来说，'天坠之塔'也是一间密室。"蜜村说道。

的确，塔的唯一出入口被监控摄像头监视着，因此，凶手无法经由这个出入口到达书房。而且我们刚刚也确认过，凶手不可能经由窗户进入书房。换言之，蜜村说的没错，“天坠之塔”就是一间密室。而且从某种意义上来说，这也是理所应当之事——既然这是“密室全鉴”犯下的罪行，那现场不是密室反而奇怪。

想到这儿，我和羊子小姐说了一件一直令我感到好奇的事：“不过，这座岛上到处都是监控摄像头啊。”

蜜村被囚禁的“大牢”门前有，存放“第六把钥匙”的房间门前有，“天坠之塔”的入口处也有。这座岛上到底有多少监控摄像头？

“其实也没有那么多。”羊子小姐给出了一个意想不到的答案，“除了金网岛四周围网上和围网大门上的监控摄像头以外，岛上只有三处装有监控摄像头，分别是‘大牢’‘放有第六把钥匙的房间’和‘天坠之塔’的入口处。只有葛白先生已经知道的这三处地方装有摄像头。而且说到围网……”

羊子小姐操作鼠标，切换了电脑上正在播放的监控视频。她好像开始播放其他监控摄像头拍下的视频了。

“您在做什么？”我问道。

“这是我每天都要做的工作。”羊子小姐答道，“这些监控视频是金网岛四周围网上的监控摄像头拍下来的。我每天都要查看这些视频，确保没有外人潜入岛内。”

闻言，我再次看向画面，发现所有摄像头都朝向正上方，像是在拍摄天空一样。这么说来，围网上的摄像头的确一直朝向正上方拍摄视频，以监视是否有人翻越围网——这里简直像个要塞一样。羊子小姐再次操作鼠标。这一次，画面中央出现了一个沙漏图标，提示我们系统正在处理相关信息。

“我正在用AI筛选视频。”羊子小姐说，“只要拍到了可疑物体的片段，就会被AI筛选出来。”

几秒钟后，沙漏图标消失了。取而代之的是一个播放视频的新窗口。

羊子小姐吃了一惊：“监控摄像头好像拍到了什么东西。很少会出现这样的情况。”

“所以……”

“是的，这意味着有人曾经翻越围网。”

我们都倒吸一口冷气。羊子小姐也略显紧张地说：“那我要开始播放视频了。”

说完，她点击了一下鼠标。

画面上，一个球状物体从围网上方飞跃而过。羊子小姐露出一副不解的神情，把视频图像放大了一些。虽然画质有些下降，但我们勉强辨认出了那个“球状物体”的本来面目。

那是西洋甲胄的头盔。然而，它却拖着一条鲜血尾迹——似乎鲜血是从头盔内的头颅里流出来的。也就是说，它是……

“人头？”

“从现在的状况来看，应该是大富原的头。”千代里老师回答了我的疑问，“换句话说，凶手扯下大富原的头以后，把它扔到了围网外。”

“天坠之塔”书房的南侧窗户与金网岛四周的围网之间仅隔了3米，所以凶手的确可以把扯下来的头颅从窗户扔到围网外。

“但是，凶手为什么要给大富原小姐的头戴上头盔呢？”夜月说，“这有什么意义吗？”

“头盔好像是之前装饰在宅邸玄关的那个。”千代里老师说，“但我完全想不通凶手为什么要把它戴在大富原的头上。这是个谜题。”

夜月和千代里老师同时叹了口气。这时，蜜村无视了她们二人，径直冲出了房间。我慌忙追了出去。蜜村穿过走廊，在宅邸的玄关处停住了脚步，望着那里的甲胄。

那副甲胄上的头盔的确已经不见了。现在它看起来就像一副无头甲胄一样。

“黑川小姐说得对。”蜜村调整着因快速跑动而变得剧烈的呼吸，说道，“看来戴在大富原小姐头上的头盔，的确是这副甲胄上的。”

接着，她恍然大悟似的说：“原来如此。事情是这样的吗？！”

我无比震惊。

她胡乱拢了拢黑色的长发，说道：“我全都明白了。这起案件的凶手和‘天坠之塔’密室的真相，我都知道了。”

她无疑是在宣布，金网岛上发生的连续密室杀人案件即将迎来真正的终结。

蜜村接着说：“那么，咱们就去解开最后一个谜题吧。”

第七章

金网岛上所有惨剧的真相

金網島におけるすべての惨劇の真相

我和蜜村回到了查看监控视频的电脑所在的房间。之后，蜜村立刻把我们带到宅邸外。

“为什么要去外面？”我问道。

“因为去外面会比较方便。”蜜村只说了这样一句话，然后就继续沿着柏油路向前走去。最终，我们来到了海岸边，在那里遇到了正在生火的外泊里。

外泊里也看到了我们：“怎么了？大家怎么都过来了？”

“因为我知道了谁是凶手。”蜜村说，“所以从现在开始，案件就要进入解决篇了。外泊里小姐，可以请你也一起听听我的推理吗？”

外泊里的唇边浮现出老奸巨猾的笑意。她挑衅地看着蜜村：“有意思。本小姐洗耳恭听。”

现在，沙滩上一共聚集了六个人，分别是蜜村、我、夜月、千代里老师、羊子小姐和外泊里。除了医织以外，全员都已到齐。要把医织也叫过来吗？我刚想到这儿，无意间环顾四周，突然看到了一个人影。我朝她招了招手。她迟疑了一会儿，终于还是朝这边走了过来。那人正是医织。她也来与我们会合了。

“现在全员已经到齐了。”蜜村说，“马上进入案件的解决篇。”

“那么，我先说说谁是金网岛上连续密室杀人案件的凶手。”蜜村说道，“但这个答案是显而易见的。凶手就是大富原小姐。她杀害了执木先生、音崎先生、波洛坂先生、老绅士詹特曼和布雷克法斯特小姐，然后她本人又被另一个人杀害了。换言之，前五起杀人案件和大富原小姐被害的第六起杀人案件，它们并不是连续杀人案件。第五起杀人案件是一个转折点。”

“原来如此。”千代里老师说道，“的确，你的假说从逻辑上能说得通。但你的根据是什么？我相信你这个人不可能毫无根据地讲话吧？”

“我当然言之有据，而且有两个根据。”

蜜村说完，竖起右手的两根手指，比出一个胜利的手势。接着，她又将中指弯曲起来，只竖着一根食指说道：“第一个根据，是由我之前的推理得出的。凶手袭击葛白并偷走了房卡，所以凶手一定知道房卡在葛白手中。因此，凶手就是大富原。”

这个推理的确经得起推敲。如果大富原没有被人杀害的话，那么我们几乎可以就此结案了。然而现实却是，大富原被人杀死了。从这一状况出发，我们必须将这样一种可能性也纳入考虑：第一起到第五起杀人案件的凶手也不是大富原，且此人刚刚又犯下了第六起杀人案件，换言之，这六起杀人案件都是同一凶手所为。

因此，如果要证明“第一起到第五起杀人案件”是大富原所为，就必须首先证明“第一起到第五起杀人案件”和“第六起杀人案件”是不同凶手所为。至于蜜村能否证明这一点……

“当然，我有根据。”蜜村说，“这就是我刚刚提到的第二个根据——象征物错误。”

“象征物错误？”

听到这个词，我首先联想到兔子玩偶——那个出现在所有杀人现场中的玩偶。的确，兔子玩偶不是被小刀刺中，就是被人割下了头颅。但这有什么问题吗？它们不过是凶手为了装点杀人现场而进行的表演，很难想象其中会有什么深意。

我说完自己的感想后，蜜村点了点头："是的。那些象征物本身确实没有太大的意义。但它们的意义还是比你想象的要大一些。它们的存在不只是为了象征被害者的死状，还有更深层次的意义。"

"更深层次的意义？"

"是的。"蜜村说，"简单来说，它们象征着《无人生还》。"

《无人生还》的象征？

"你的意思是……"夜月惊讶地问，"它们是阿加莎·克里斯蒂那本《无人生还》的象征物？"

蜜村点了点头。

"不错。这次案件中，所有的被害者都和《无人生还》中的登场人物之间有着千丝万缕的联系。具体说来……"

蜜村说完，从口袋中取出手机，打开了阅读软件。手机屏幕上显示出《无人生还》中的登场人物名单。

【登场人物】

劳伦斯·沃格雷夫……原法官

维拉·克莱索恩……体育教师

菲利普·隆巴德……原陆军大尉

埃米莉·布伦特……老妇人

约翰·麦克阿瑟……退役将军

爱德华·阿姆斯特朗……医生

安东尼·马尔斯顿……青年

威廉·布洛尔……原警官

托马斯·罗杰斯……执事

埃塞尔……执事之妻

“这些就是《无人生还》中的登场人物。”蜜村把手机拿给我们，“他们的职业各不相同。但是，他们的职业与金网岛上的被害者们——更准确地说，不光是与被害者们，还与现在聚在这里的我们构成了一一对应的关系。”

蜜村说完，所有人都面面相觑。

“莫非……”千代里老师指着自己的脸，“我就是原法官？”

“是的，黑川小姐与劳伦斯·沃格雷夫一样，都曾经做过法官。所以，凶手恐怕原本打算把你也给杀了。不过你幸运地捡回了一条命。”

“真的假的？！”千代里老师狼狈地说，紧接着又向蜜村抗议道，“别说这么吓人的话！”

“遗憾的是，这就是事实。”蜜村平静地说，“下一个是体育教师维拉·克莱索恩。”

“布雷克法斯特小姐在她老家的村庄里开过餐厅。”羊子小姐说，“不过我听说她在开餐厅之前，一直都在做体育教师。这么说来，维拉对应的人或许就是布雷克法斯特小姐？”

原来如此，这个思路听起来没什么问题。那么，接下来是原陆军大尉菲利普·隆巴德。

“什……什么?!”医织说,“这座岛上竟然还有人当过陆军大尉?”

的确,岛上应该没有这样的人。这样一来,蜜村刚刚提出的“兔子玩偶是《无人生还》象征物”的假说就被推翻了。

“开什么玩笑?这是什么意思?”外泊里抗议道,“这些玩偶怎么可能是象征物!”

“不好意思。”蜜村道了个歉,“不过接下来的对应关系都需要经过一些加工才能成立。”

“加工?”外泊里哼了一声。

正在此时,千代里老师好像突然明白了什么,竖起食指说道:“大富原的全名是大富原苍大依!”

“是的。”蜜村点了点头,“大富原的名字里有‘大依’两个字。在日语里,‘大依’和‘大尉’的读音相同。所以原陆军大尉菲利普·隆巴德对应的人物就是大富原苍大依。”

于是,又一组《无人生还》登场人物和金网岛上被害者之间的对应关系被我们给找到了。接下来是“老妇人”埃米莉·布伦特。

“那么……”医织再次开口道,“‘老妇人’又是谁?”

我们的推理再次碰了壁。

“我们之中年纪最大的人是千代里老师。”我说,“所以,老妇人就是她?”

“开什么玩笑!我才不是什么‘老妇人’!”千代里老师的怒火完全在情理之中。

“那会不会是医织小姐？”夜月说。

“我……我是‘老妇人’？”医织震惊地说，“可是我才29岁。”

众人再次沉默下来。

过了一会儿，羊子小姐打破了沉默：“咱们几个人当中，谁比医织小姐年纪更大？”

谁也没有举手。

于是羊子小姐无情地宣布：“那医织小姐就是‘老妇人’。”

“不对。”蜜村摇了摇头，“完全不对。‘老妇人’对应的不是医织小姐，而是外泊里小姐。”

所有人都被这个答案震惊得说不出话来。

“什么？！”终于，外泊里喊道。

她似乎非常激动，视线十分飘忽：“为什么是本小姐？！莫非……莫非因为本小姐是活了上千年的吸血鬼？”

这一组的对应关系竟然如此草率吗？

“这倒也说得通。”蜜村耸了耸肩，“但还有一个更直接的思路。外泊里小姐的全名不是外泊里英美里吗？在日语里，‘英美里’三个字的读音和‘老妇人’的名字埃米莉一样。”

因此，象征物的假说依然成立。

外泊里哭丧着脸，哀叹道：“本小姐还挺喜欢‘英美里’这个名字的。”

但蜜村完全没有理会她，无情地接着上一个话题说道：“那么，接下来是退役将军约翰·麦克阿瑟。这里的推理也很简单。音崎先生的全名是将军音崎，正好对应着‘将军’的角色。接下来是医生爱德华·阿姆斯特朗……”这个人物根本无须讨论，他对应的肯定是身为医生的医织。接下来是安东尼·马尔斯顿……

“和外泊里小姐刚刚的情况一样，我们在推理与他对应的人物时，也要重点考虑‘安东尼’这个名字，而不是‘青年’这个属性。”蜜村说，“老绅士詹特曼的全名不是安东尼·詹特曼吗？所以他正好对应了这个角色。不过‘老绅士’詹特曼却偏偏对应了‘青年’的角色，这实在有点讽刺。”

“那有什么！还有本小姐呢！”“老妇人”外泊里说，“本小姐对应‘老妇人’，这不是更离谱吗！”

蜜村已经解释到了这个地步，剩下的部分就非常简单了。

原警官威廉·布洛尔对应了同样当过警官的波洛坂。执事托马斯·罗杰斯肯定对应了执事执木。而执事之妻埃塞尔则对应了执木的前妻羊子小姐。

“现在，我们已经找到了《无人生还》登场人物与本次连续杀人案件当事人之间的所有对应关系。”蜜村说，“然而，我、葛白和夜月小姐却没有任何对应关系。不过，既然被害者的人数必须是十人，那在金网岛上的众人之中，必然会有三个人与书中人物之间不存在对应关系。另外，本次案件既是模仿《无人生还》的杀人案件，同时也是连续密室杀人案件，那么，凶手必须留下几个活口，让他们向警方提供‘现场是密室’的证人证词。换言之，凶手需要几个‘生还者’——尽管《无人生还》中并不存在这样的角色。所以，我、葛白和夜月小姐或许就对应着‘生还者’的角色。”

原来如此。凶手无论制造出多么精良的密室，一旦杀光了所有人，那就没有人能告诉警察“现场是密室”了。如此一来，密室杀人将变得毫无意义，而且凶手向世人展示密室的欲望也得不到满足了。

“这样一来，所有对应关系就已经找齐了。”蜜村说，“不过，前面的推理难度并不是很高，头脑敏锐的人应该可以一眼看破。接下来的部分才是正题。我刚刚说过，存在一个象征物错误。具体而言，就是大富原小姐的被害现场。那里放着一个身穿长裙的兔子玩偶。你们不觉得这很奇怪吗？”

“奇怪？哪里奇怪？”

我努力回忆着当时的情景。大富原的被害现场确实摆放着一只身穿长裙的兔子玩偶。它的头颅被人割下，像是象征着大富原的尸体一样。但我想不出它到底哪里奇怪。这只玩偶身上似乎并没有任何“错误”。

“不对。的确出了‘错误’。”蜜村说，“你仔细想想摆在宅邸餐厅里的十只兔子玩偶。我虽然没有亲眼见过它们，但听说是七只身穿塔士多礼服的玩偶和三只身穿长裙的玩偶？”

的确如此。但那些玩偶全都被凶手拿走了。而且凶手在每个杀人现场都会留下一只玩偶。如果被害者是男性，就留下身穿塔士多礼服的玩偶，如果被害者是女性，就留下身穿长裙的玩偶——至今为止毫无例外。金网岛上发生的六起杀人事件皆是如此。

“是的，毫无例外。”蜜村胡乱拢了拢黑色的长发，“而且从十只玩偶全部失窃这一点来看，凶手应该一共打算杀死十个人，并在每个杀人现场都留下一只玩偶。如果被害者是男性，就留下身着塔士多礼服的玩偶，如果被害者是女性，就留下身着长裙的玩偶。但是，这很奇怪。凶手如果打算基于上述性别原则杀死十个人，那么总有一天凶手的计划会进行不下去。”

“计划会进行不下去？”千代里老师说，“这是为什么？”

“原因很明显啊。”蜜村微微笑了笑，“因为，包括葛白在内，这座岛上一共只有五个男性。但身穿塔士多礼服的兔子玩偶却有七只。所以就算凶手打算杀掉十个人，上演一出《无人生还》的剧目，最后也至少会剩下两只身穿塔士多礼服的玩偶。所以，刚刚提到的象征物性别原则是绝对无法成立的。然而，凶手还是在现场留下了兔子玩偶。我们该如何理解凶手的这一行为呢？答案很简单。被害者为男性时留下身着塔士多礼服的玩偶，被害者为女性时留下身着长裙的玩偶——我们只能假定，这个关于象征物性别的解释本身是错误的。”

关于象征物性别的解释是错误的？

可实际上，现场的确留有与被害者相同性别的兔子玩偶。凶手一定是有意为之。至少，既然兔子玩偶有性别之分，那很难想象凶手完全不考虑这一点而在杀人现场随机留下一种性别的玩偶。

这又意味着什么呢？这时我突然想到，刚刚蜜村花费了很长时间来将这次事件中的当事人与《无人生还》中的登场人物一一对应起来。莫非，凶手选择兔子玩偶性别的标准并非被害者的性别，而是……

“凶手是根据与被害者相对应的《无人生还》中登场人物的

性别，来确定留在现场的兔子玩偶的性别的！”

蜜村点了点头：“正是如此。第一个被害者执木先生对应着执事托马斯·罗杰斯。从托马斯·罗杰斯这个名字我们也可以看出，他是一位男性。所以，凶手在执木先生的被害现场留下了身穿塔士多礼服的兔子玩偶。第二个被害者音崎先生对应着退役将军约翰·麦克阿瑟。从约翰·麦克阿瑟这个名字，我们同样可以看出，他也是一位男性。所以，凶手在音崎先生的被害现场也留下了身穿塔士多礼服的兔子玩偶。”

然后是第三个被害者波洛坂，他对应着原警官威廉·布洛尔。从威廉·布洛尔这个名字可以看出，他当然也是一位男性。所以凶手在波洛坂的被害现场也留下了身穿塔士多礼服的兔子玩偶。

接下来是第四个被害者老绅士詹特曼，他对应着青年安东尼·马尔斯顿。他的角色属性是“青年”，所以肯定也是一位男性。因此，凶手在老绅士詹特曼的被害现场也留下了身穿塔士多礼服的兔子玩偶。

而第五个被害者布雷克法斯特小姐对应着体育教师维拉·克莱索恩。日本人可能对“维拉”这个名字比较陌生，但它一般是女性的名字。即使单从名字的读音来看，大概也很少会有人将它误认为是男性的名字。在布雷克法斯特小姐的被害现场，凶手留下了身穿长裙的兔子玩偶，这并没有违背象征物的性别原则。

“接下来，就是最关键的第六起杀人案件。”蜜村说，“被害者大富原小姐对应着原陆军大尉菲利普·隆巴德。从菲利普这个名字也可以看出，绝对是一位男性。然而现场留下的却是身穿长裙的兔子玩偶。所以在第六起杀人案件中，凶手并没有遵照之前的原则来挑选象征物。若按原则来看，凶手本应留下身穿塔士多礼服的兔子玩偶，但实际上凶手并没有这样做。很显然，这里产生了一个错误。那么我问问大家，为什么会产生这个错误呢？”

我忍不住勾起了嘴角，因为答案显而易见。

“因为第六起案件的凶手和前五起案件的凶手并不是同一个人？”所以在第六起案件中，象征物性别原则才没有成立，也由此产生了“象征物错误”。

“不错。”蜜村肯定了我的答案，“我正是根据这个错误，才得出了‘第一起到第五起杀人案件’和‘第六起杀人案件’并不是同一凶手所为的结论。刚刚我已经通过房卡的逻辑推理出‘第一起到第五起杀人案件’的凶手都是大富原小姐，而大富原小姐本人又在‘第六起杀人案件’中被杀害了。这样一来，金网岛上发生的所有杀人案件就都得到了合理解释。”

“如果我们认为大富原小姐是前五起杀人案件的凶手，那在她的被害现场中，一个谜团就已经有了答案。”蜜村说，“简单来说，这个谜团就是‘凶手为什么要给大富原小姐的头颅戴上甲胄的头盔’。”

的确，这正是“天坠之塔密室”中的谜团之一。凶手为什么要给大富原的头颅戴上甲胄的头盔？到目前为止，我完全没有任何头绪。

“但如果反过来想呢？”我正苦恼着，蜜村忽然开口道，“如果不是凶手给大富原小姐戴上了头盔，而是大富原小姐自愿戴上了头盔呢？”

自愿戴上头盔？

“等等，蜜村……”我说，“大富原有必要自愿戴上头盔吗？我完全想不到她为何要这样做。”

“可能确实没必要。”蜜村坦率地说，“但如果你考虑到大富原小姐是‘第一起到第五起杀人案件’中的凶手这一前提呢？如果以此为前提的话，你不觉得她就有戴上头盔的必要了吗？”

“有了戴上头盔的必要？”

“你也太迟钝了。”蜜村叹了口气，“杀人犯为什么会戴上头盔？理由有且只有一个。”

“莫非……”夜月突然喊道，“莫非，为了遮住自己的脸……之类的？”

蜜村笑了笑：“回答正确。不愧是夜月小姐。你的感觉真是敏锐。”

……只有我的反应这么慢，真是抱歉啊。

蜜村无视了我的反应，继续说道：“没错。大富原小姐是为了杀死下一个目标，才戴上了头盔。她这样做是为了实施犯罪时不被人给认出来。如果采用这个思路，那么现场留下的玩偶——象征物的错误就能得到解释。那只玩偶是大富原为了杀死下一个目标而准备的。所以现场才会留下一只身穿长裙的玩偶。换言之，大富原小姐的下一个目标是与《无人生还》中女性登场人物相对应的人——具体来说，就是与老妇人埃米莉·布伦特相对应的外泊里小姐、与执事之妻埃塞尔相对应的羊子小姐，是你们二人中的一位。”

“本……本小姐？！”外泊里慌了神。

“还有我？”羊子小姐说。

“但真的是这样吗？”千代里老师问道，“那只身穿长裙的人偶真的是大富原准备的吗？如果准备它的人不是大富原，而是杀死大富原的凶手——如果凶手是为了误导我们而‘故意弄错玩偶的性别’，那么‘第一起到第五起杀人案件的凶手是大富原，第六起杀人案件的凶手另有其人’这个推理本身就会被推翻。”

“不会被推翻的。”蜜村干脆地说，“我很讨厌‘后期奎因问题’[1]，但我无法否认它的存在。它是本格推理中的结构性缺陷，无论是多么优美的推理，都会被这个无聊的诡辩简单推翻。这实在令人难过，但这种状况的确随时有可能发生。不过……”

她笑了笑，接着说：“幸好在这次案件中，我们可以排除‘后期奎因问题’的可能。我已经能够确定，那个玩偶绝不是由凶手准备的，肯定是由大富原小姐亲手准备的。因为把它放在书房桌子上的人，只会是大富原小姐，而不会是除她以外的任何人。”

千代里老师盯着蜜村说：“那么，你推理的根据是什么？”

“当然是因为——现场是密室。”

蜜村的目光中泛出冷意：“‘天坠之塔’的出入口被监控摄像头二十四小时监视着，而且凶手也不可能顺着塔的外墙爬上来再

① 后期奎因问题：侦探小说中的侦探如何确定线索的真伪，如何确定自己已找齐全部线索，又如何确定已知线索并不是凶手伪造出来的。如果答案是“无法确定”，那么小说中侦探推理出的真相就不一定是真正的真相。后期奎因问题向所有本格推理作品的严密性提出了质疑。

从窗户进入室内。换句话说，没有人能够进入‘天坠之塔’的书房。但就是在如此完美的密室中，却摆着一只玩偶。这样看来，这只玩偶只能是由被害者大富原小姐亲自准备的，不是吗？”

我暗自吃惊。

的确如她所说。已知现场为密室状态，那么的确除了大富原本人以外，没有任何人能将玩偶放到那间书房里。虽然我也考虑过这一可能性——凶手在“天坠之塔”外操纵无人机将玩偶放到书房内，但从现场的状况来看，这似乎是不可能的。因为玩偶的头颅被刀割下，且放置玩偶的桌子上还留有挥刀留下的刀痕。如此一来，玩偶就不可能是在被割下头颅后才放到桌子上的。它一定是先被放到桌子上，之后才被人割下了头颅。所以把玩偶放到桌子上的绝不是无人机，而是人类——也就是唯一能进出这间书房的人，大富原。

而且桌子上除了摆有玩偶外，还摆着一只插有蒲公英的花瓶。花瓶里一共插了五朵蒲公英，所有蒲公英的茸毛都没有飘走，还完好地留在花朵上。如果曾有无人机接近过这张桌子，那么这些茸毛肯定早已被风吹走了。这也可以作为一条否定无人机假说的证据。所以玩偶一定是被人类——大富原放到桌子上的。

而玩偶和那把刻着“密室全鉴”字样的小刀的主人，应该就是“第一起到第五起杀人案件”的凶手。换言之，大富原是它们的主人，这意味着她就是“第一起到第五起杀人案件”的凶手。只要能够确定除大富原外没有任何人能进入“天坠之塔”，那么这一推理便不可撼动。

千代里老师皱着眉说："的确如此，不过……"

"但这么说来，"千代里老师对蜜村说，"'第六起杀人案件'的凶手是如何杀死大富原的？她可是被人活生生扯下了脑袋！凶手到底用了什么方法，才能在不进入密室的前提下扯掉了大富原的脑袋？"

的确，这个问题我也想不明白。我之前一直认为，凶手肯定是通过某种方法绕过了监控摄像头，或通过某种方法从窗户进入了书房，然后扯下了大富原的头颅。因为，与"凶手在不进入'天坠之塔'的前提下杀死了大富原"相比，还是我想象的方法更加切实可行。

凶手在不进入"天坠之塔"的前提下杀死了大富原——这真的是人类能做到的事情吗？

"当然能做到。"蜜村说，"只要使用某种特殊的凶器，就能做到。"

"特殊的凶器？"

蜜村点了点头，说出了那种凶器的名字："反器材步枪。"

"有人从窗外，用反器材步枪狙击了戴着西洋甲胄头盔的大富原小姐。子弹打中了她头上的头盔。在子弹动能的作用下，大富原小姐的头被扯断并飞出了窗外。"

"凶手用反器材步枪的子弹'扯'掉了她的头？"

蜜村说出答案后，我愣了一会儿，然后看向夜月："反器材步枪？"

"我好像在哪儿听过这个词。"夜月说。

“你之前看的那部电影里不是出现过吗？就是你在来金网岛的船上看的那部电影。”

“哦，对。”夜月终于想了起来，“好像是一种威力很大的枪？被打中的人，身体会变得像奶酪一样千疮百孔？”

是的，反器材步枪的威力极为强大，甚至能打穿厚达 20 毫米的铁板。但大富原被杀时还戴着西洋甲胄的头盔。而且那副装饰在宅邸玄关处的甲胄，是用特殊合金（强度相当于相同重量钢铁的 5 倍）制成的。因此，那顶头盔本应能够抵挡住反器材步枪从正面射出的子弹。可是，虽然头盔未被子弹击穿，但戴着头盔的大富原却没能承受住子弹的动能，她的头颅从脖颈处被扯掉，从“天坠之塔”的南侧窗户飞出了窗外，然后又飞到了金网岛四周的围网外侧。

安装在围网上的监控摄像头拍下了当时的景象。换言之，大富原的头颅不是被凶手故意扯掉的，而是因子弹的威力过大而飞了出去——这并非凶手的本意。

飞到围网外的头颅肯定落在了金网岛附近的海里。因此，只要仔细检查那颗头颅和上面戴着的头盔，就一定能够发现它被反器材步枪打中的痕迹。

“如果我们已经确定凶器就是反器材步枪，那么凶手就已经自动浮出了水面。”蜜村说，“因为大富原小姐的尸体倒在了‘天坠之塔’书房的正中央。那间书房是一个直径为 10 米左右的圆形房间。所以从‘天坠之塔’下面向上看去，书房中央完全是一处死角。这样一来，凶手如果在‘天坠之塔’之下进行狙击，就无法瞄准目标，也无法保证子弹能够射中目标。因此，凶手如果想要狙击大富原小姐，就必须在与‘天坠之塔’相同高度的点位上进行射击。”

的确，这个思路非常合理。这样一来，凶手就是从与“天坠之塔”相同高度的建筑物上打中了大富原。那么……咦？

我疑惑地问道：“这座岛上有和‘天坠之塔’一样高的建筑吗？”

羊子小姐摇了摇头：“没有。因为‘天坠之塔’就是金网岛上最高的建筑物。”

她说的没错——“天坠之塔”足有 40 米高，是岛上唯一高于围网的建筑。

“那……但是……到底是什么意思？”夜月不解地问，“凶手到底是从哪里射出子弹，打中大富原小姐的？”

蜜村微笑了一下，指着某个方向说：“肯定是从那里射出的子弹啊。”

我们顺着她手指的方向看去。我目瞪口呆——那里有一座漂浮在海面上的孤岛。

它的名字好像是，月牙岛。那是一座位于金网岛北侧的无人岛。

月牙岛上有一处高约 40 米的小山丘，山丘上建有一栋宅邸。宅邸到金网岛的距离约为 500 米，而到案发现场“天坠之塔”的距离则约有 1000 米。

我睁大了眼睛。

千代里老师震惊地说：“所以……难道说……”

“不错。”蜜村点了点头，“实施第六起杀人案件的凶手并不在金网岛上。”

那个杀手坐在窗边，紧紧盯着步枪的瞄准镜。被镜片放大的视野里映出目标人物的面孔。杀手调整着自己的呼吸，静待心跳重归平缓。第一次杀人时，他的指尖曾因恐惧而颤抖，第二次杀人时，他的胸口曾因罪恶感而疼痛。如今，他的手上已经沾满数十人的鲜血，恐惧和罪恶感早已成为过去，但这些情感仍在他的脑中留下了一片残影，干扰着他指尖的触觉。所以，他尽可能地保持平静，等待着清晨泡咖啡时那种闲适心情的到来。唯有如此，他才能完成好这次的任务。

终于，杀手的心情如同水面一般平静。他抓住这一瞬的机会扣动了扳机。射出的子弹正中目标头部，目标人物当场死亡。

杀手长舒了一口气，把步枪放在原地，从口袋里掏出一支烟，用打火机点燃。正吞云吐雾时，手机响了。打电话来的是一个替他介绍杀人生意的掮客。

他接起电话，掮客问道：“最近怎么样？”之后掮客也不多客套，直截了当地说：“有个活儿想让你来做。”

杀手苦笑了一下。那人总是这样，从不知道有“客套话”的存在。但杀手也不喜欢多讲废话，对掮客的处事风格很是欣赏。

杀手答道：“有活儿？行啊。”掮客说了句“太好了”，之后像有什么难言之隐似的，又补了一句：“不过雇主提了个挺麻烦的附加条件。”

杀手听了这句话，眉头微蹙。他意识到这单生意可能会有些棘手，犹豫着问："到底是什么条件？"

"他想让你在密室里杀人。"

杀手露出了一丝苦笑。原来如此。这确实是个"麻烦的条件"。

自从密室杀人开始泛滥，一种新职业在这个国家横空出世。那便是专做密室杀人生意的杀手。这些被叫作"密室代理人"的人在杀人时必会把现场布置成密室。无论刮风下雨，他们都一定要在密室里才会杀人。

而杀手自己也曾是密室代理人中的一员。是的，"曾是"——过去式啊。

杀手叹了口气，答道："我已经不做密室代理人了。我现在只是一个普通的杀手。"

电话那头的掮客不可置信地说："你在说什么呢！你以前可是大名鼎鼎的'密室全鉴'啊！"

"密室全鉴"，真是令人怀念的说法。杀手那时候对世上所有的密室诡计都运用自如，所以被世人冠以"密室全鉴"的名号。最先这样叫他的是谁已无从考证，不过渐渐地，连他自己也用起了这个名号。这些事不过是发生在几年前，他如今想来却已恍若隔世。那个时候自己还年轻得很——杀手——"密室全鉴"这样提醒着自己。

杀手兀自沉湎于感慨，掮客终于忍不住说："拜托了。咱俩都是老朋友了。"

确实，自己刚开始做密室代理人时就认识这个掮客了。不过密室代理人本身也是三年前才出现的新兴职业，所以两个人来往的时间也不算太久。

然而，“密室全鉴”已经决定要接下这单生意了。没有什么具体的理由。只不过是因为自己很久没有接过密室杀人的生意了，突然有人给他介绍这样的生意，当然兴致很高。他甚至有点厌恶自己头脑之单纯。果然自己永远也无法拒绝“密室”两个字带来的甘甜滋味吗？

“好，这单生意我接了。”“密室全鉴”答道。

掮客听了雀跃不已，随后又自觉失态似的，一板一眼地说：“这真是太好了。”“密室全鉴”并不讨厌掮客的这一点。掮客是个本性善良、坦率纯朴的男人，他为什么要涉足这个见不得人的行当反倒是个谜团。

“密室全鉴”向这个坦率纯朴的男人问道：“那目标是谁？”

“啊，等等……”电话那边传来了翻动纸张的声音，“目标有好几个，一会儿我把名单给你发过去。不过里面可有个大人物。”

“是谁？”

“大富原苍大依这个人，你听说过吗？”

“密室全鉴”点了点头，自己当然听说过。于是他答道：“知道。日本首屈一指的大富豪。”

据说如果把股票和房地产都算上，大富原的资产将近 1 兆日元。

“这位大富豪——大富原苍大依，也是这次的目标。另外还有几个人。”掮客说道，“大富原住在‘金网岛’上。那是太平洋上一个远海的孤岛，也是大富原自己的私产。”

“这地方正适合上演密室杀人的剧目，跟推理小说一样。”“密室全鉴”苦笑一声，“在这座远海的孤岛上，连续密室杀人的大幕就要拉开了吗……”

但在说完这句话以后，“密室全鉴”又接着说：“不过非常遗憾，我拒绝这单生意。”

“密室全鉴”的语气充满歉意却又无可奈何。

然后，“密室全鉴”听到电话那边的掮客陷入了沉默，不知道是不是因为自己给出的答案太过意外。或许掮客从没想到会在最后一刻遭到拒绝吧。但这也是没办法的事。做不到就是做不到。因为……

“密室全鉴”从月牙岛上宅邸的窗户眺望着金网岛，用手中的卫星电话向对方解释道：“非常遗憾，大富原苍大依已经被杀了。因为我刚刚用反器材步枪把她的头给打飞了。其他目标人物的名字是什么？哦，执木、音崎、老绅士詹特曼这三个人？哦，他们也已经一个接一个地死去了。所以，这单生意我没法接——因为无论是多么优秀的杀手，都无法杀死一个死人。”

事件全部解决后又过了两天，接我们下岛的船只终于来到了金网岛。我们也终于与外界取得了联系。我们用船上的无线电设备报了警。警察来到金网岛以后，又把我们扣押了整整一天来询问案情做笔录。第二天，我们才终于恢复自由，坐上了归程的船只。

警察果然在金网岛周围的海里找到了大富原那颗戴着甲胄头

盔的头颅——这进一步印证了蜜村的推理。反器材步枪的子弹还卡在那顶合金制成的头盔里。

“但大富原小姐为什么要杀了大家呢？”在归程的船上，我向蜜村问道。

当时，甲板上只有我与蜜村两个人。夜月和千代里老师不知是不是太过疲倦，已经在船舱里睡着了。黄金周最后一天的海风吹拂着蜜村的黑色长发。

“你是想问她的动机吗？”蜜村按住被风吹起的黑发，说道，“其实我对动机没什么兴趣。我在看推理小说的时候，也会跳过描述动机的那几页。”

“大概全日本只有你会跳过去吧……”我惊讶地说。

蜜村撇了撇嘴，不满地说：“我不这么认为。”说完，她倚在船舷的扶手上，无言地望向苍茫的大海。

“不过，有一件事我是知道的。”过了好一会儿，蜜村才淡淡地开口，“大富原小姐并不是真正的‘密室全鉴’。真正的‘密室全鉴’另有其人。至少我是这样认为的。”

“我同意。”

不过，我其实一直都确信大富原就是真正的“密室全鉴”——直到蜜村说出刚刚那句话以前，我一直都确信着。但仔细想来，如果大富原真的是“密室全鉴”，那么案件中就有些说不通的地方。

因为把被害者们邀请到金网岛上的人正是大富原。如果她是真正的“密室全鉴”，那就意味着“密室全鉴”为了完成杀人生意而特意把目标人物都邀请到了自己的孤岛上。我很难想象杀手会在杀人时把目标人物邀请到自己家里。但如果说大富原不是真正的“密室全鉴”，那我就更不明白她的犯罪动机了。

“这只是我的推测。”蜜村铺垫了一句，接着说，“她只是因为想杀人，所以杀人。她想实践一下自己想出来的密室诡计——这就是她唯一的动机。”

“你有什么根据？”

“因为她的犯罪实在太像是游戏了。”蜜村说，“我之前也说过，金网岛上的杀人案件模仿了《无人生还》里的情节。这样一来，我们很难想象大富原小姐对这次的十个目标人物全都怀有恨意，又恰巧能把十个人全都与《无人生还》中的登场人物对应起来——这种巧合几乎不可能发生。就算像医生、法官这样的职业属性能够找到对应人物，但像‘安东尼’‘将军’这样的名字，要想找到对应人物太困难了。那么我们只能认为，大富原小姐并不是对每一个目标人物都怀有恨意，而只是挑选了一些符合对应条件的人，并把他们作为目标人物。换句话说，这就是一次无差别杀人游戏。”

“原来如此。”

听完蜜村的思路，我确实感到这次“密室诡计游戏”的玩家名单有些奇怪。这场游戏的赏金足有10亿日元，除了蜜村和千代里老师的确智力超群以外，像波洛坂、音崎、老绅士詹特曼之流，我确实感到他们的实力不太够格。虽然从逻辑上来看，邀请“这个密室侦探了不起！”或“本格密室侦探前十名”中排名靠前的人物来参加游戏也说得通，但大富原之所以会选择他们几个，更像是在挑选与《无人生还》中登场人物相对应的人选。另外，从性格上来看，波洛坂很可能会主动住进“斩首密室”，所以大富原大概会优先把他列入玩家名单。

“但是，大富原小姐在挑选游戏玩家时，可能不只有‘与《无人生还》的登场人物相对应’这一条标准。她或许还有其他的挑选标准。”蜜村边按住被海风吹起的头发边说。

“还有什么标准？”我问道。

“标准就是……”蜜村说，“‘用社会上的普遍标准来衡量，被杀死也无妨’——她特意挑选了这样的‘恶人’作为目标人物。但这只是我的推测，没有任何根据。”

“你是说，这并不完全是无差别杀人？”

比如千代里老师——她虽然侥幸没被杀害，却也是原定的目标人物之一。她是开启了密室黄金时代的始作俑者。在日本的所有法官之中，恐怕她是最遭人怨恨的一个。所以，她或许也算一个“用社会上的普遍标准来衡量，被杀死也无妨”的“恶人”。

老绅士詹特曼是臭名昭著的宗教团体的骨干，其他几个目标人物或许也由于种种理由而遭人怨恨。

于是，我问道：“那些被害者到底犯了什么罪？”

“现在大富原小姐已经死了，咱们也无法查证了。”

蜜村说完，将视线从海面上收了回来，转过头来看着我，半开玩笑地说：“也有可能大富原把写着犯罪动机的手记装到了瓶子里，而那瓶子现在正漂浮在海面上——就像那本著名的古典推理小说中的最后一幕那样。”

葛白、蜜村等人离开金网岛后又过了三个多小时，一位警官在金网岛附近捡到了一封装在瓶中的信件。瓶子随海浪浮浮沉沉，一下一下地撞击着围网下的围墙。它大概曾漂到围网外，又被海浪给冲了回来。

那位警官来到围网外，从海里捡起那个瓶子，打开瓶盖并展开了瓶中的信件。信件足有十几页，头一句写道：

“这封信应该不会被任何人看到。我计算过潮水的流向，它一定会顺着洋流向远方漂去，迷失在无人知晓的大洋深处。但如果万一有人拾到了这封信，那这对日本警察来说将是一件幸事。因为，这封信会揭开金网岛案件尘封了数年，甚至是数十年的真相。”

警官越读越满腹狐疑。这封信的作者似乎非常笃定，信在几年后，甚至是几十年后才会被人捡到。但不知是不是因为作者算错了潮水的流向，它只在海上漂了几天就被人捡到了。

信中接着写道：

“我叫大富原苍大依，是个大富豪，也是金网岛的主人。同时，我也是金网岛上那起连续密室杀人案件的凶手。你一定会感到非常吃惊。至于我为什么要留下这封信——因为我不能接受那起案件成为未解之谜。谜底必须要被人揭开。虽然我不知道这封信会在几年后还是几十年后被人捡到——但我认为案件之谜必须要由偶然间捡到这封信的人来揭开。因为，这才是那起案件最完美的结局。不过，我是不会告诉你我使用了什么密室诡计的。关于谜底，你已经知道了多少？我最喜欢杀死波洛坂的‘斩首密室’

和杀死老绅士詹特曼的‘十字架之塔密室’，但杀死外泊里小姐的‘无脚印密室’和杀死羊子小姐的‘五把锁密室’也让我难以割舍。人们在没有一个脚印的沙滩上发现尸体时，那景象一定很美；人们在挂着五把锁头的小别墅里发现尸体时，内心肯定会被激起极大的兴趣吧。”

当然，现实中外泊里和羊子都没有被杀。大富原在杀死她们前，她自己就遇害了，她的杀人计划也随之化为泡影。

“所以，我用到的密室诡计，还请大家凭自己的力量一点点解开。不过我想在这里谈一谈我的犯罪动机。作为那起案件的凶手，我至少应该把我的动机告诉大家。这是因为，如果在案发后几十年，犯罪动机突然大白于天下，那时肯定会舆论哗然吧——你难道不这样认为吗？”

警官翻到了下一张信纸，上面写着：

“我患上了不治之症，已经时日不多了。所以我想在最后的日子里，实施一场华丽的连续密室杀人案件。在案件的最后，我打算杀死我自己，并伪装成他杀。不过，仅仅是这样还不够有趣，我还打算让大家在密室中找不到凶器——我想在自己的生命即将走向终结时，将这样的‘凶器消失诡计’付诸实践。”

可在现实中，大富原是被杀手狙击而亡的。也就是说，她在将自杀计划付诸实践前就已经死去。因此，她实际上没能用到她在信中提到的“凶器消失诡计”。

“我在选择连续杀人的目标人物时，颇费了一番脑筋。我实在不忍心杀死无辜的人。所以，我决定只选择那些按社会普遍标准来看有罪的人，作为我的杀人对象。但请你不要误会。这绝不意味着我是为了‘替天行道’而杀人。我只是为了减少一些自己的罪恶感。”

警官又翻到了下一页。下一页信纸上简单列出了这次案件中被杀的——或在大富原的计划中本应被杀的人过去犯下的罪行。

“首先是黑川千代里。黑川小姐是制造出这个密室黄金时代的罪魁祸首。当然，我其实很喜欢这个因她的判决而变成如今这副模样的世界。但按社会普遍标准来看，她就是一个恶人。所以，非常抱歉，我决定杀了她。”

警官又翻了一页。

“接下来是金网岛上的厨师莱蒂西亚·布雷克法斯特。她在美国的一个村庄中做体育教师时，曾经犯下了虐杀儿童的罪行。所以，抱歉，这就是我决定杀死她的理由。”

警官又翻了一页。

“接下来是金网岛上的执事执木。不过……”

警官弹了下舌，翻到下一页信纸，想看看执木到底犯过什么罪。

但装着这封信的瓶子似乎没有盖紧瓶盖，瓶中灌进了一些海水。

剩下几页信纸上的文字都因墨迹被浸湿而无法辨认了。

后记

我们的密室探险

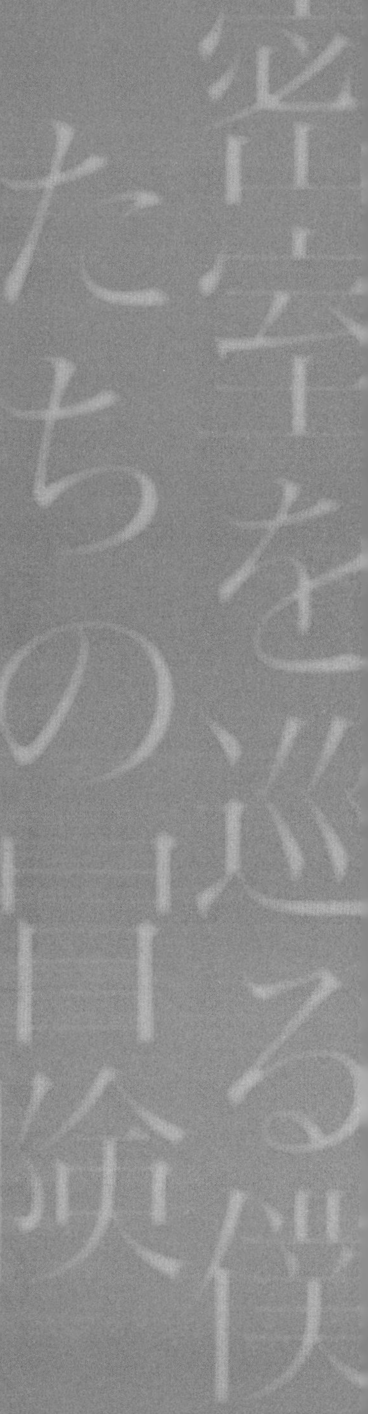

我迎来了从金网岛死里逃生后的第一个星期日。这一天我直到午后才起床下楼，看到来我家玩的夜月正在冰箱里翻找着什么。

“香澄，不好了！”见我下楼，她转过头来对我说，“冰箱里有闪电泡芙！”

那又怎么了？

“冰箱里有闪电泡芙！！”

“那又怎么了？”

“再不吃就坏了吧？我现在必须把它吃掉！”

“……这又不是你家冰箱。”

“香澄，”夜月一脸认真地问，“有哪条法律规定说不能吃别人家的闪电泡芙吗？”

嗯……这倒也没有。

“应该没有这样的明文规定。所以，我要开始吃了。”

夜月说完，就拿出闪电泡芙吃了起来。

吃着吃着，她突然递给我一块：“香澄，你要尝尝吗？”

我叼着闪电泡芙来到客厅，坐在沙发上打开了电视。电视上刚好在播放新闻节目。新闻内容与发生在金网岛上的连续密室杀人案件有关，好像留在现场的迷你小刀——就是那些刻有“密室全鉴”字样的小刀——的鉴定结果已经出来了。鉴定的结果是，那些小刀都是伪造的。也就是说，犯下一连串杀人案件的大富原并不是真正的“密室全鉴”。

至于大富原究竟为何要自称“密室全鉴”，警方仍在全力调查这一问题，尚未得出确定答案。但警方在调查她的手机时发现，她曾搜索过大量“密室全鉴”的相关信息。新闻中一位接受采访的犯罪心理学家据此认为，大富原可能对“密室全鉴”怀有强烈的憧憬之情。正因如此，她才会模仿“密室全鉴”的手法，犯下这次的连续密室杀人案件。但这只是那位犯罪心理学家的个人推测。那位大小姐可是个重度密室迷，我认为她之所以会搜索“密室全鉴”的相关信息，纯属个人兴趣使然，而不是因为什么“憧憬之情”。

总而言之，大富原并不是“密室全鉴”。这一点已经是板上钉钉之事。

这样一来，真正的“密室全鉴”究竟身在何方呢?

突然，一个想法从我的脑中掠过。

用反器材步枪射杀了大富原的人，莫非就是那个“密室全鉴”?

但这个念头刚刚闪过，我就忍不住苦笑了一下。

——这也太巧合了。世界上不可能有这样的巧合。

“密室全鉴”拖着带轮子的行李箱朝地铁站走去。虽然现在才是五月，但天气已经很热了。不过今天有微风吹过，令人感到心旷神怡。再加上“密室全鉴”今天的心情很好——自从用反器材步枪成功杀死大富原以后，“密室全鉴”的心情一直都很好。

“密室全鉴”并不知道雇主为什么要让自己杀死大富原——自己也没兴趣知道雇主的动机。大富原是个大富豪，所以肯定会招来不少人的恨意吧——“密室全鉴”对雇主动机的理解仅限于此。

不过，在接到一单又一单“杀死大富原”的生意请求后，“密室全鉴”还是忍不住想：那个大小姐到底做了些什么事？肯定做过些相当恶劣的勾当吧？

总而言之，对“密室全鉴”而言，大富原只是一个平平无奇的“目标人物”，因此，“密室全鉴”对大富原的死没有产生任何感慨。毋宁说，“密室全鉴”几乎不会因为别人的死亡而心有波澜——“密室全鉴”对这方面的情感早已消磨殆尽。

可“密室全鉴”现在为什么会如此兴奋呢？当然只有一个理由。那便是——大富原的被害现场是一间密室。

虽然这间密室并不是“密室全鉴”有意为之，但从结果来看，大富原被杀案被人们当作了一起确凿无疑的“密室杀人案件”。对“密室全鉴”而言，这实在是一件无上的乐事。“密室全鉴”已经有相当长的时间没有接过密室杀人的生意了，但这次无心插柳的“密室杀人”让“密室全鉴”意识到，密室对自己而言有着无可替代的重要性。“密室全鉴”已经花了很长时间来进行自我探索，这一次终于弄清了究竟什么才是对自己而言重要的东西。

“密室全鉴”又拖着行李箱走了一阵，终于来到了地铁站的进站口前。“密室全鉴”从口袋里取出卡包，正在这时，手腕处却突然被人撞了一下，卡包顺着地砖滑了出去。“密室全鉴”忙要把卡包捡起来，却有人（不是刚才撞到的那个人）抢先一步拾起卡包递了过来。“密室全鉴”接过卡包，感谢道：“本小姐谢过。”

“密室全鉴”站在阳光下，略显强劲的春风吹起她的头发。

她穿着雪白的衣服，拥有雪白的肌肤，绑成双马尾的雪白发丝此刻正随风舞动。

“密室全鉴”正在认真地思考着一个问题：

“下一个，我该在密室中杀死谁呢？”

“话说，昨天我在地铁站遇到外泊里小姐了。”周一下课后，我来到文艺部活动室，蜜村对我如是说道。

“哦，遇到外泊里了？”我回答得有些漫不经心，“那个家伙住在这条街上吗？”

“我也不知道。但她拖着一个大号行李箱，所以……”蜜村似乎在回忆着当时的情景，“可能是要去哪里旅游，顺便来这条街转转吧。但她看起来气色还不错。有人帮她捡起了卡包，她还道谢来着呢。”

“哦，有人帮她捡起了卡包？”

这个故事也太稀松平常了吧？我觉得它不值得蜜村特意告诉我……

“外泊里小姐的双马尾还在迎风飞舞……她似乎在故意摆着什么姿势给人看似的。”

“那个家伙在做什么？”

“仰头看着天空，做出一副疲倦的表情。”

“……我都替她害臊。”

“‘我就是美少女，怎么了？’她的动作给人一种这样的感觉……”

“她以为自己成了什么轻小说里的角色了吗？”

"我倒是觉得她成了画中的人物。"

蜜村附和了一句，又把视线投向她刚刚正在读的那本精装书上。但我也不知道她是不是真的在附和我。之后的一段时间，蜜村的目光都没有离开过那本精装书。过了好一会儿，她终于"啪"的一声把书合了起来，不知道是不是已经读完了。

"我有句话想跟你说。"她若无其事地说，"我只是打个比方，不一定这事就是真的。"

"打个比方？"我反问道。

"是的，打个比方。"蜜村说，"或者说，你也可以当作某种'思想游戏'。我们这回不是被卷入了那座岛上的连续密室杀人案件当中吗？而且案件的凶手大富原小姐又被另一名杀手击杀。我在想，如果那个杀手就在我们几个人之中呢？换言之，我们几人当中，就有杀死大富原小姐的凶手——如果以这个条件为前提进行推演，那么你认为我们当中究竟谁才是凶手？"

"如果凶手就在我们几个人之中……吗？"

这个思想游戏实在很荒谬。我曾经考虑过杀死大富原的人会不会就是"密室全鉴"，这个想法已经足够荒谬了——但蜜村提出的思想游戏比我的想法还要荒谬。

不过从某种意义上来说，它作为思想游戏的题目又显得太过无聊了。因为，如果凶手就在我们几个人之中——那么凶手是谁已经显而易见。

所以我对蜜村说："那肯定是外泊里啊。"

"为什么？"蜜村疑惑地问。

我这是又被她小瞧了吗?

我一边揣摩着她的用意，一边说出了自己的理由："那当然是因为，我们之中有可能犯下这桩罪行的，只有外泊里一人啊。"

"是吗……"蜜村附和了一句，紧接着就开始反驳，"但真的只有她一个吗?"

她接着说："你也知道，金网岛四周都是高达30米的围网，人类根本不可能翻越过去。就算有人想要翻越，也会被围网顶部装着的监控摄像头拍摄下来。所以，身处岛上的人要想来到围网外，就只能经过围网上的那道正门。但正门上同样安装着监控摄像头。换句话说，谁也无法进出这座被围网围住的金网岛，从某种意义上来说，它就是一间'巨大的密室'。当然，这里就会产生一个问题。外泊里小姐是如何离开这间'巨大的密室'，来到位于月牙岛宅邸中的狙击点位的?"

蜜村说话时的表情极为认真，我忍不住笑出声来："你别再开玩笑了。"

"我有吗?"她似乎对我的反应有些意外，"我没觉得自己是在开玩笑啊。"

"你说的这些话本身就很像是在开玩笑啊。"我有些吃惊，"难道不是吗?根本就不需要考虑外泊里是如何离开金网岛的。因为她从一开始就不在金网岛上。"

蜜村睁大了双眼："外泊里小姐不在金网岛上?"

"是的。"我说，"外泊里不在金网岛上，她根本就不需要'来到'月牙岛。因为在金网岛上接连发生杀人案件的三天时间里，她一直都待在月牙岛上，根本就不在金网岛。”

我说完后，蜜村露出了一副惊愕的表情：“这是什么意思？外泊里小姐在月牙岛上？”

她从刚才开始就表现得很奇怪。她到底是怎么了？外泊里一直就待在月牙岛上，根本就不在金网岛——以蜜村的能力，肯定早就看穿这件事了。

突然，我的脑中灵光一现——原来，这是一场“叙述性诡计[①]游戏”啊！游戏已经悄然开场了，我刚才却一直没能反应过来。

“叙述性诡计游戏”是我和蜜村在初中时常玩的游戏。简单来说，这个游戏的规则是，一方扮演被叙述性诡计欺骗的“读者”，另一方则扮演推理小说的“作者”，并向“读者”揭开水面下隐藏的真相。大概只有我们两人才会在初中时玩这种游戏，但它玩起来还是相当有趣的。这一次，我似乎已经被任命为《金网岛连续密室杀人案件》这部推理小说的“作者”了。所以，我必须向“读者”蜜村揭开“最后一个谜题”。

我轻咳一声，竭力演得像个“作者”一样：“‘这是什么意思’？答案只有一个！”

蜜村“扑哧”一声笑了出来。

“不好意思，”她嘲笑我道，“你演得太过了。”

我忍下了她的无理要求，用稍稍收敛些的演技重复了一遍刚才的台词：“‘这是什么意思’？答案只有一个！”

① 叙述性诡计：作者利用文字技巧，故意使读者对某些事实产生误解或忽略某些事实，再在后文中揭露真相，给读者营造出一种“意料之外，情理之中”的阅读体验。

蜜村当即换上一副苦恼的表情：“‘答案只有一个’？答案究竟是什么？我不明白你在说什么。”

虽然我很不愿意承认，但她的演技的确很好。这个曾被警方逮捕又录过无数口供的女孩果然演技非凡。

蜜村用精妙的演技接着说：“我们不是和外泊里小姐说过好几次话吗？你和夜月小姐甚至还从她手里接过了烤芋头和烤棉花糖！所以，你给出的这个答案真的很奇怪。如果外泊里小姐一直都待在月牙岛上，那她就不可能和身处金网岛的你们对话，也不可能递给你们烤芋头。”

“的确，这听起来是不可能之事。”我说，“但实际上却是有可能发生的。蜜村，你觉得这两座岛之间的位置关系是什么样的？可以画给我看看吗？”

蜜村疑惑地看了我一眼，从放在一旁的包里取出纸张和圆珠笔来，在那张纸上画了一幅地图。

“是这样的吧？”

蜜村画好的地图和我想的一样——月牙岛位于金网岛的北侧。我忍不住笑出声来。

看到我的反应，蜜村不快地皱了皱眉：“到底怎么了？有什么不对吗？”

“完全不对。”

“完全不对？到底哪里不对？”蜜村不解地问。

我让她把纸笔递过来，我自己又画了一张新的地图。

蜜村睁大了双眼：“难道说……”

北

金网岛和月牙岛之间的位置关系（蜜村画）

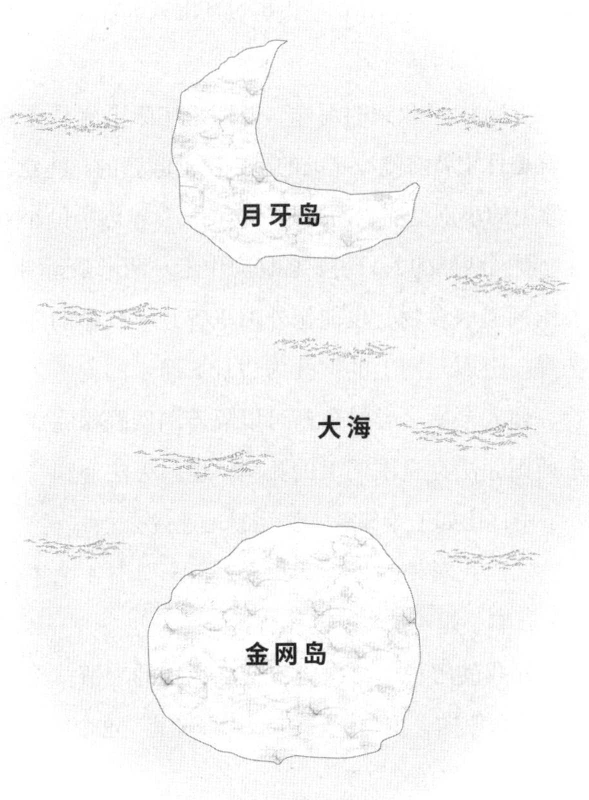

我点了点头："绝大多数'读者'可能已经忘了，金网岛和月牙岛其实离得很近，二者之间只有数米的距离。这个信息在小说开头已经告诉各位'读者'了。所以，如果外泊里住在月牙岛南端——也就是月牙岛上最靠近金网岛的地方，那么她就可以隔着金网岛四周的围网跟我们对话，也可以从围网的孔洞中把烤芋头、烤棉花糖之类的东西递过来。"

正如我在台词中念到的那样，外泊里实际上就是在月牙岛南端——也就是月牙岛南侧沙滩上的小别墅前露营的。注意，是"月牙岛"沙滩上的小别墅前，而不是"金网岛"沙滩上的小别墅前。因此，身处围网两侧的人只需要各往海中走一两米来到围网旁边，就能隔着围网递取食物，也能像外泊里曾经对我做的那样，弹对方一个栗暴。金属丝网上的网孔为边长 5 厘米的菱形，所以诸如递取食物、弹人栗暴之类的事都可以隔着围网轻松完成。但尺寸过大的东西则无法穿过围网上的孔洞，也就无法递到身处围网另一侧的人手中，比如玉米棒就无法完整地递过去。

所以，之前我对外泊里说"我想要玉米"时，她才会拒绝我说"真抱歉，本小姐不能把它送给你"。

蜜村听完我的解说，再次露出一副惊讶的表情。然后，她像忽然想到了什么似的，说道："莫非，'外泊里'这个名字……"

"嗯？这个名字怎么了？"

"没什么。我本以为她是因为在野外露营才会叫'外泊里'。但现在看来，我之前的想法应该是错的。原来她是因为一直住在金网岛之外，所以才会叫'外泊里'。"

北

金网岛和月牙岛之间的位置关系（葛白画）

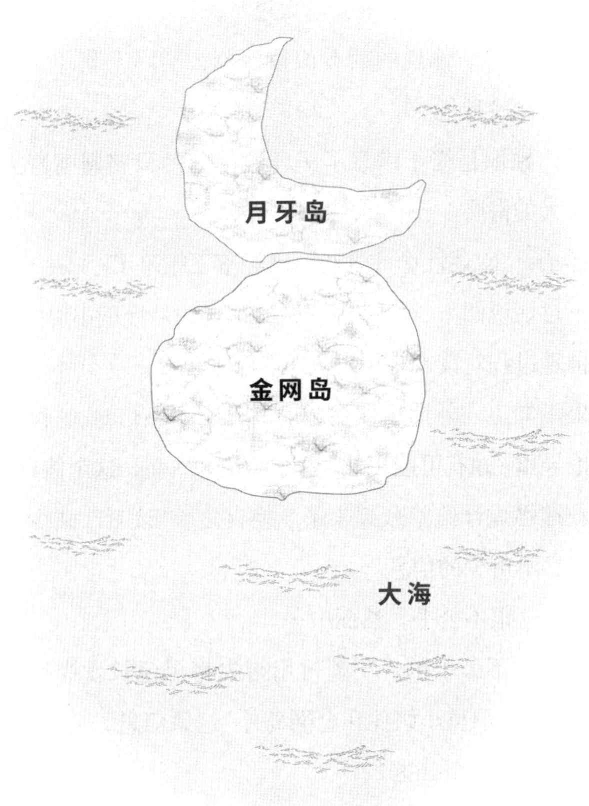

我目瞪口呆。蜜村到底在说些什么?！外泊里这个名字是人家的本名，在野外露营也好，住在金网岛之外也好，这一切都不过是巧合，和人家叫什么名字没有半点联系。

“但要说是巧合，这也太过巧合了吧?”

“巧合这种东西，经常会‘太过’。”

“不好意思。你说的话看似很深刻，实际上我却觉得相当浅薄。”蜜村冷冷地说。

接着，她像是终于满意了一样，抬起两只胳膊朝着天花板伸了一个大大的懒腰。

看样子，“叙述性诡计游戏”已经落下帷幕了。

“不过话说回来，”我说，“如果这真的是推理小说中的案件，那这个推理过程对读者来说也太不公平了。”

如果不知道“外泊里住在金网岛外”这条信息，“读者”就绝不可能推导出“她有可能犯罪”这个结论。然而，这个信息却被“作者”用叙述性诡计给隐藏起来了。换言之，“读者”缺少了一条对推理而言必不可少的信息。

所以，这很不公平。然而……

“没什么不公平的。”蜜村用指尖将黑色长发拢到耳后，接着说，“因为‘外泊里小姐住在金网岛外’这条信息，是可以根据‘读者’已知的信息推导出来的。”

“‘读者’可以根据已知信息推导出外泊里住在金网岛外?”我震惊地说，“你的意思是，这个叙述性诡计其实可以用逻辑破解?”

蜜村点了点头："不过我这样说的前提条件是，这个叙述性诡计是发生在小说中的——换言之，是建立在有一批'读者'来阅读小说的基础上的。所以这充其量只是一场思考实验。那么接下来，咱们还是继续刚刚的'叙述性诡计游戏'吧。请你不要忘了这个前提。"

"当然，我不会忘的。"

我们当然不是小说中的登场人物——这一点很重要，所以我必须在此说明。因此，我当然知道现实中并不存在什么"读者"，但蜜村接下来要谈到的，是假定有"读者"存在的情况。

蜜村见我理解了她的意思，终于开始了她的推理："那我就要开始了。首先，推理的突破口就是我们在'天坠之塔'书房中发现的大富原小姐的尸体。书房中还放着大富原小姐准备好的兔子玩偶，所以我们认为她接下来准备去杀人。这里的推理没有什么问题吧？"

我点了点头，的确没有任何问题。

"而她之所以会戴上甲胄头盔，是为了在行凶时隐藏起自己的面容。关于这一点也没有什么异议吧？"

"没有。"

"但你仔细想想，这里有个疑点。"

我疑惑地问："疑点？到底哪里可疑了？"

大富原在"天坠之塔"的书房中戴上头盔，准备戴着头盔出门，赶往下一个目标人物所在的位置。但她还没来得及出门就已经被人给杀死了。我觉得她的行动没有任何不自然之处。

“有的，有一个地方非常不自然。”蜜村说，“因为‘天坠之塔’的入口处装着监控摄像头，不是吗？”

我忍不住惊呼一声。的确如她所说。“天坠之塔”的入口处装有监控摄像头，所以，如果戴着头盔的大富原走出“天坠之塔”，那么她的身影就一定会被监控摄像头给记录下来。“天坠之塔”是大富原的私人房间，所以如果我们从监控视频中看到有人戴着头盔进出“天坠之塔”，就会立刻知道那人一定是大富原，也就知道了大富原就是凶手。

换言之，大富原虽然在书房里戴上了头盔，但她并没有打算戴着头盔走出“天坠之塔”？也就是说，她打算先摘下头盔，等走到“天坠之塔”外之后再重新戴上？

我不解地问：“可如果是这样的话，大富原又为什么要在书房里把头盔给戴上呢？”

如果她原本就打算出门前摘掉头盔，那么提前戴上就没有任何意义，只会给自己徒增麻烦。

“这个问题的答案很简单。”蜜村说，“线索就是——全身镜。”

“全身镜？”

的确，大富原的尸体旁摆着一面全身镜。

全身镜。能照出全身的镜子。

我恍然大悟：“她是为了用镜子看看自己戴上头盔时是什么样子！”

也就是说，她是想确认一下自己的脸有没有完全被头盔遮住。虽然这顶头盔是能够遮住整个面部的款式，按理说可以完全遮住她的脸，但她毕竟是要去杀人，为慎重起见，在全身镜前戴上头盔看看遮挡效果，也是非常顺理成章的行为。从某种意义上来说，这相当于一次“试衣”——她在确认自己的穿搭是否适合去杀人。

可是想到这儿，我突然又有些不解。

不对，等等。冷静下来想想，大富原戴上头盔的这个举动还是充满了疑点。她为什么会这样做呢？毕竟……“大富原当时已经杀了五个人了啊！”

第一起到第五起杀人案件都是大富原下的毒手。可在实施第六起杀人案件以前，她却又站在全身镜前戴上了头盔，想看看头盔能否完全遮住自己的脸。

很明显，这种行为很不自然。因为……

“如果假设大富原在实施第一起到第五起杀人案件时都戴着头盔，那么她应该已经习惯了这顶头盔。换句话说，她应该已经知道头盔能否完全遮住自己的脸了。所以她根本没必要再次站在全身镜前戴上头盔。”

可实际上，大富原的确在全身镜前戴上了头盔。很明显，这种行为毫无意义——就像我们没有必要再次进入试衣间，只为看看已经穿过无数次的衣服穿在自己身上时的样子一样。而且即使现在戴上了头盔，她在出门前也必须把它摘掉。那么，大富原究竟为什么会这样做？我只能想到一种可能。

“莫非，她之前杀人时都没有戴头盔？”

换言之，她在实施第一起到第五起杀人案件时都没有戴头盔，直到打算实施第六起杀人案件时，才戴上了头盔？如此一来，她就必须站在全身镜前确认一下头盔能否完全遮挡住自己的脸。

蜜村点了点头："是的。"

"那她为什么偏偏在第六次杀人时要戴上头盔呢？"我自然而然地问出了这个问题。

蜜村竖起右手的两根手指："关于这个问题，有两种可能。"

两种可能？

"第一种可能是，她即将面对众人环视的情况。换言之，她打算在可能被人目击的情况下实施杀人。"蜜村说，"但有一个事实可以帮助我们推翻这个可能性。葛白，话说回来，你觉得大富原小姐在第六起杀人案件中打算杀死谁？"

"这个嘛……"答案显而易见，"不是羊子小姐就是外泊里。"

"天坠之塔"内摆着的兔子玩偶身穿长裙。所以大富原的下一个目标一定对应着《无人生还》中登场的女性角色。符合这个条件的只有羊子小姐和外泊里两人。

"如果大富原小姐打算在众人环视的环境中实施杀人，那么她就是打算在有可能被人目击的情况下杀死羊子小姐和外泊里小姐中的一个。比如，她可能在羊子小姐和你在一起的时候袭击羊子小姐。"

的确，如此一来我就会看到凶手的脸——如果大富原不戴上头盔遮住自己的脸，就会被我当场认出。也就是说，如此一来凶手就有了戴上头盔的必要。

"但是，这种可能性可以被轻易排除。因为我们已经发现了大富原小姐写下的信件。"

蜜村指的是那封在金网岛附近的海里被发现的信件，信件被人装在瓶中漂浮在海面上。那封信里……

“在那封信里，大富原小姐已经写下了她打算如何杀死羊子小姐和外泊里小姐。”她说，“羊子小姐的尸体会在一座挂着五把锁头的小别墅中被我们发现——也就是‘五把锁密室’，而外泊里小姐的尸体则会在沙滩上被我们发现——也就是‘无脚印密室’。在这两起杀人案件中，她们的尸体都会被人发现，从这一点上来看，这与前五起杀人案件之间没有任何区别。这也是最为典型的密室杀人，至少并不是在众人环视的情况下实施的杀人。所以我们至少可以得出这样一个结论：大富原小姐之所以会戴上头盔，并不是为了在众人环视的情况下实施杀人。”

换言之，蜜村刚刚提出的两种可能性，其中之一已经被排除。如此一来，大富原戴上头盔的理由，就只剩下一种可能。剩下的那种可能性究竟是什么？

“很简单，”蜜村说，“她是为了不让监控摄像头拍到自己的脸。”

我目瞪口呆。

蜜村没有理会我的反应，接着说：“大富原小姐在实施第六起杀人案件时，必须经过某个一定会被监控摄像头拍到的场所。羊子小姐之前曾经说过，除‘天坠之塔’入口处的那个监控摄像头外，金网岛上还有三处装有监控摄像头——我输掉‘密室诡计游戏’后曾受到惩罚被关进的‘大牢’的入口处有一个；存放保险箱‘第六把钥匙’的房门前有一个；金网岛四周的围网上开了一扇大门，大门上也装了一个。一共只有这三个监控摄像头。另外，虽然围网顶部也装了监控摄像头，但围网上还安装了振动传感器且人类根本无法爬上围网，所以可以不把这些摄像头纳入考虑范围。”

蜜村竖起了右手的三根手指：“所以大富原小姐就是打算在这三处装有监控摄像头的地方实施杀人。然而，被关入‘大牢’的人是我，并不是羊子小姐或外泊里小姐，而且大富原小姐打算实施第六起杀人案件时，我已经离开了‘大牢’。而存放‘第六把钥匙’的房间又是什么情况呢？那个房间已经有近两周的时间无人进出了，所以无论是羊子小姐还是外泊里小姐都不可能在那里休息。如此一来……”

只能得出一个结论。

大富原之所以要戴上头盔，是为了不被围网正门处的监控摄像头拍下来。换言之，她必须来到围网外才能实施第六起杀人案件。

“也就是说……”

“不错，这意味着大富原小姐的第六个目标身处围网之外——也就是在金网岛之外。”蜜村说，“羊子小姐很显然一直待在金网岛上，所以她不是第六起杀人案件中的目标人物。因此，大富原小姐原定在第六起杀人案件中杀死的人就是外泊里小姐——这也意味着外泊里小姐并不在金网岛上。”

外泊里并不在金网岛上——蜜村干脆利落地证明了这一点，我着实佩服得五体投地。她竟然真的用逻辑破解了叙述性诡计。

她的话也让我想通了一件事。大富原的尸体在日落前就已被我们发现。如果说她当时戴上头盔是打算去杀人，那这个时间段未免有些太早了。但如果她戴上头盔是为了在镜子前看看自己的样子，那么我就能够理解她的这一行为了。她的杀人时间肯定是在入夜以后。例如，她在午夜前后来到“天坠之塔”外，戴上头盔，再披上斗篷一类的东西让人无法认出她的体格，然后穿过围网大门，来到围网外杀死外泊里——这便是她的计划。

“接下来只是我的推测，不过……”蜜村说，“在大富原小姐一开始的计划中，恐怕并没有戴头盔这个环节。不仅如此，她甚至可能是在实施杀人计划的过程当中，才意识到自己不得不戴上头盔。”

她的话很是奇怪，我听得不甚明白。

“也就是说，”她说，“外泊里小姐本来并没有打算住在月牙岛，而是准备住在金网岛。她一开始是打算在金网岛上露营的。如果以此为前提进行推理，那么一切就都说得通了。大富原小姐本打算在金网岛上杀死外泊里小姐，瓶中信件里记载的‘无脚印密室’中提到的沙滩也是金网岛沙滩，而非月牙岛沙滩。然而，外泊里小姐带着露营用具来到金网岛后，却告诉大富原小姐自己准备住在月牙岛上。大富原小姐当时并没觉得有什么不妥，痛快地答应了这个要求。但等到她准备杀死外泊里小姐时，她才意识到自己犯下了一个致命的错误——她忘记了围网正门上监控摄像头的存在。如果要经过那道正门来到围网外，那么她的身影必定会被监控摄像头拍下，于是她不得不紧急寻找能够遮住自己面部的道具。到底该用什么来遮住自己的脸呢——正急得团团转时，她突然注意到了装饰在宅邸玄关处的甲胄头盔。大富原小姐忍不住笑出声来。这个东西就很好——戴上它以后，自己就像是古典推理小说中会出现的那种不明身份的怪人一样，这着实很有本格推理的韵味。大富原小姐激动地把头盔取了下来，又把它拿到了‘天坠之塔’的书房中——她就是在这间书房中进行杀人的准备工作的。这间书房是大富原小姐的私人房间，所以除她本人以外，再无第二人能够进出。虽然塔的入口处装有监控摄像头，但大富原小姐当天穿着一条蓬松的长裙，所以可以轻易将头盔藏在裙下并带进书房。之后，大富原小姐在全身镜前第一次戴上了那顶头盔，嘴角浮起笑意。她当时一定非常兴奋吧。她或许在全身镜前转着圈，摆出种种姿势。但就在这时……”她被反器材步枪射中了头部，头颅被整个扯掉。

蜜村的这番话，的确能够完美解释大富原小姐在“天坠之塔”中戴上头盔前的经过。

“但这些都只是我的推测。至于它们是否正确，我还不能确定。”蜜村笑着说完，伸了个大大的懒腰，看着窗外说，“咱们差不多该回去了吧？”

的确，天空已经染上了茜色，日头也开始西斜。蜜村从椅子上站了起来，开始收拾东西准备回家。

我问道：“不过，外泊里为什么要住在月牙岛呢？”

我才想起来，蜜村并没有提到外泊里住在月牙岛上的理由。外泊里似乎是在月牙岛的小别墅里淋浴取水的，从这一点来看，月牙岛上的基础设施应该还可以正常使用。但即使如此，外泊里为什么要特意选择住在月牙岛上，而不是和大家一起住在金网岛上呢？我完全想不出合理的理由。在蜜村刚刚的推理中，外泊里原本是打算住在金网岛上的。如果这个推测是真的，那么外泊里的行为就显得更加不合逻辑了。

说实话，我实在想不通外泊里为什么非住在月牙岛上不可。

“哦，原来你要问这个。”蜜村把黑色长发拢到耳后，“案件解决后，我也出于好奇去问过外泊里小姐，她是这样说的——‘因为金网岛没有浪。’”

“金网岛没有浪？”

这个回答充满了哲学韵味。

“当然，她并没有什么深意。”蜜村笑道，“就是物理层面上的意思，没有波浪。毕竟金网岛被围网围在了中间。”

原来如此。围网架设在高50厘米的混凝土围墙上，而围墙则绕金网岛一周，把金网岛围在了中间，波浪被围墙挡住，无法到达沙滩。所以……

“在没有浪的沙滩上露营实在无趣——外泊里小姐当时是这么说的。”

所以外泊里才选择住在月牙岛而非金网岛吗？这个理由实在是很“逍遥自在”。于是，我顺便又问了蜜村一个我一直好奇的问题：“在现实当中，杀死大富原的人是外泊里吗？”

“是不是外泊里小姐……”蜜村耸了耸肩，“的确，如果凶手就在我们之中，那么凶手就只有可能是外泊里小姐。但凶手也有可能是这两座岛屿之外的人。而且后者的可能性更高。月牙岛的面积不小，所以住在月牙岛南端的外泊里小姐完全有可能一次也没有遇到过潜伏在月牙岛北端宅邸内的杀手。所以，虽然我告诉了警察外泊里小姐有可能是凶手，警察们也半信半疑——或许我应该说，是‘二分信，八分疑’。”

“‘二分信，八分疑’？”

“是的。算是抱有一点渺茫的希望吧。”

不过，如果外泊里真的是凶手，那么她与大富原之间的“缘分”还真是“妙不可言”。毕竟大富原在准备杀死外泊里时，反而被外泊里给杀死了。外泊里肯定不知道大富原的黑手已经悄然伸向了自己——她在不知情的情况下杀死了大富原，从结果上看，这一举动保住了她自己的性命。

想到这儿，我不由得露出一丝苦笑。警方的“二分信，八分疑”的确再正常不过了。

“不过如果把这些都当作我的妄想，这的确是一个相当有趣的故事。”蜜村耸了耸肩，“我要走了。”

说完，她拿起书包走出了文艺部活动室。但紧接着她又回过身来，从活动室的入口处探进头来问我：“葛白，那个作业做得怎么样啦？”

“那个作业？”

“就是那个……”蜜村摸了摸自己的脸颊，“之前你不是说过吗？说你一定要自己解开。”

哦，是那个！我想起来了。

那天的活动室也像今天一样，被夕阳染成了茜色，十分美丽。

那天，我就是在这间活动室里，彻底输给了蜜村。

所有人都认为，蜜村就是三年前日本首起密室杀人案件的真凶。我试图解开那间密室之谜，却惨败于蜜村之手。

“非常遗憾，回答错误。”她当时如是说道。所以我才说出了那句话——“我一定要解给你瞧！”

蜜村听完笑了笑，说：“我等着这一天。因为，你一天没有解开那间密室之谜，这个故事就一天不会终结。”是的。我们两个人的故事一定不会终结。我们的密室探险故事。

“太好了。请你不要忘了那天的约定。”站在活动室门口的蜜村似乎终于放下心来。

她就是为了和我说这句话才特意回来的吗？她对我寄予期待——我可以这样想吗？蜜村不知是不是察觉到了我的想法，理了理头发，想要遮掩什么似的说道：“加油吧。”

然后，她略显落寞地说：“如果你不加油的话，就会有别人先于你解开密室之谜了。”

我忍不住笑了笑。

蜜村不解地问：“这话有什么奇怪的吗？”

我一时不知道该如何回答。她再次问出了这个问题，让我有些害羞。毕竟我的回答没有任何根据，而且从某种意义上来说，我的回答将把我对她的全部心思都暴露出来。

但我最终还是给出了我的答案——因为我想借这个机会把一切都告诉她。

“不用担心。”尽管这个回答毫无根据，但我还是如是答道，“因为我觉得，即使把世界上所有的名侦探全都叫过来，除我以外也没有任何人能解开你制造出的密室之谜。世界上能够毁掉你人生的，只有我一个人。”

连我自己都不知道，我究竟从哪里来的勇气说出这样的话。但不知为何，我却又对我说出的话充满信心。

如果有一天她制造出的密室之谜被人解开，她的人生也随之会被摧毁……

那么，那个解开谜题的人一定是我。

也只能是我。

“哦，是吗？”蜜村没有理会我，匆忙拢了拢自己的黑色长发，嘴角露出一丝笑意，“我希望能看到那一天。”

说完，她就离开了活动室。

不知道是不是我的错觉，但是……

我觉得走廊中她的脚步声似乎比平时更轻了。